长篇社会话题小说系列

庄锋妹 著

今年，我们

学而思

① 家长 "替罪羊"

中国青年出版社

图书在版编目（CIP）数据

今年，我们学而思 .1 / 庄锋妹著 .—北京：中国青年出版社，2018.1
ISBN 978-7-5153-4952-7

I. ①今… II. ①庄… III. ①长篇小说－中国－当代 IV. ① I247.5

中国版本图书馆 CIP 数据核字（2017）第 259537 号

书　　名：今年，我们学而思 1
著　　者：庄锋妹
责任编辑：庄庸　陈静
特约编辑：于晓娟　张瑞霞
出版发行：中国青年出版社
社　　址：北京东四十二条 21 号
邮　　编：100708
网　　址：www.cyp.com.cn
门 市 部：(010) 57350370
印　　刷：三河市君旺印务有限公司
经　　销：新华书店
开　　本：710mm×1000mm 1/16
插　　页：1
印　　张：19.5
字　　数：300 千字
版　　次：2018 年 6 月北京第 1 版
印　　次：2018 年 6 月河北第 1 次印刷
印　　数：0,001 ～ 5,000 册
定　　价：38.00 元

目录

第一章

没用的男人

市重点初中整个上海就寥寥几家，全市有那么多的孩子都想进去，自己一个小小的律师又有什么能耐在那么多虎视眈眈的家长中去抢夺一个金贵稀少的名额呢？

月亮湾小区 29 栋 602 室。程浩和往常一样早晨七点准时醒来，却发现不在卧室里，而是在书房的真皮黑色沙发上。他那还算健硕，但已有明显小腹的身子在弹簧沙发上翻了翻，"滋"，从背部传来裸露的肉体和真皮黏住又撕开的声音，一下子就把还想要再睡十分钟的那种美好念想给撕破了。

程浩依然紧闭眼睛，一排不算长但是很密的睫毛在眼帘处抖动了几下，眉头微蹙，一把扯过脖子底下的雪白的没有套枕套的枕头，把头深深埋了进去。一分钟后，又探出头，把脸贴在了枕头上，睁开了惺忪的双眼，盯着书房角落里的某一个点发呆。

每一个幸福的家庭都很相似，而不幸的家庭都有彼此不幸的理由。这种不幸也许是一个很小的不如意引发的，当然也有可能是很多很多的不幸组成的。比如，作为博士的自己，硬是在单位被整整压制了几年，做了一条不打折扣的、儿子嘴里的大咸鱼；比如前段时间妻子吵着说暑假要去欧洲行；比如前段时间，老家的堂哥又给自己打电话，说爷爷生活费不够，希望自己能寄点儿回去；还有儿子程梓涵即将面临的小升初……

他又翻了个身，本来侧着的身子躺平了，双手交叉放在脖子后面，眼睛直直地盯着压得很低的木制天花板，脸色相当难看。

"你作为一个男人，在单位混了那么久，竟然连孩子的学校问题都搞不定，你说你有什么用！家里要你干吗？"

"你看人家贝贝的爸爸，一个电话就把儿子的事情给搞定了，你呢？你是孩子的爸爸吗？"

"我不管你用什么方法，如果涵涵进不了市重点初中，我和你没完，这日子大家都不要过了！"

这是昨晚妻子苏子美在客厅里，对自己歇斯底里的怒吼。那不屑和鄙视的眼神，那字字戳心的话，如今想起，即使在这盛夏，都免不了后背发凉。

"噌"的一声。

程浩突然从沙发上坐了起来，随手抓起掉在地上的白色小背心，胡乱地往身上一套，走出了书房。

楼下客厅的木地板上，一个醒目的凹坑边躺着一个透明的玻璃花瓶，里面浑浊的水淌了一地，几支本来娇艳欲滴的红色康乃馨早已病恹恹地四处分散……

他眼神冷冷地瞥了一下，无视地绕了过去，然后拿起了自己昨晚扔在沙发上的裤子，从兜里掏出一盒香烟和打火机，直接点燃，把自己再一次扔进了客厅的布艺沙发中，嘴里缓缓地吐出烟圈。

这是自己结婚以来，第一次这么放肆和休闲地享受一支烟。苏子美有洁癖，她是绝对不允许程浩在客厅吸烟的。以她的话来说：你自己想早点死不算，还非要拖着家人当垫背的吗？所以程浩每次想要抽烟的时候，只能躲到卫生间，开着排风扇和窗户吸烟。夏天还好，冬天就够呛，向北的卫生间，一开窗，那刺骨的寒风直接扼杀人吸烟的欲望。所以很多时候，程浩都是匆匆吸上几口，然后掐灭扔进马桶里冲掉。

但今天自己不想在乎那么多了，这个三室两厅的房子，是自己辛辛苦苦攒了首付买来的，现在的贷款大头也是自己在承担，凭什么自己不能在自己的房子里做自己想做的事情，享受自己的生活？凭什么日子过得这么小心翼翼，还要看她苏子美的脸色？凭什么！

程浩昂起头，对着洁白的天花板，微微张开嘴巴，徐徐地吐出了一个个烟圈。在淡淡缭绕的烟雾里，一股巨大的落寞感突如其来地吞没了他。

是，他知道，四十岁的男人虽然已经过了比拼荷尔蒙和力比多的生理阶段，但却步入了人生中最具魅力的时期。只是，同样也步入了另一个可怕的时期——中年危机。这种上有老下有小，付房贷交学费，忙应酬顾家庭的夹层日子，简直就是地狱，不堪回首。不敢生病，不敢请假，更不敢任性！每天睁开眼就要思忖支付活着的所有开支，那些每天必要支出的金额明细像电脑的影像在自己脑海里划过！自己真的好累——有时候很想——可是——算了，别再感叹生命，别自艾自怜了。以目前这个年龄这个状况而言，这种感叹简直就是奢侈品，说得严重点，就是浪费生命。

他猛吸了一口烟，直接用拇指和食指把烟头给掐灭了，然后扔进了茶几旁边的垃圾桶。一个鲤鱼打挺，趿着拖鞋走进了卫生间。

今天是周一。早上八点，他的那辆香槟色宝马×1稳稳地停在了单位的地下车库。熄火后直接抓起在上班路上途经的路边摊买的手抓饼，急急地往嘴里塞，最后一口气喝完了整袋冰凉的豆浆。

擦了一下嘴，对着后视镜整理了一下衬衫，拿起公文包，下车。

外人看来，这一身装扮，怎么看都是单位白领阶层，或者说比较成功的男人。但是只有程浩知道，这辆看上去还算装门面的车子是自己去年用一部分年终奖付了首付贷款买来的，如今还背负着每个月 3000 元的贷款。没错，自己应该算是个白领，只是在这家上海有名的"诚信"律师事务所做了整整七年，却还是个名不见经传的小人物，只负责一些离婚啊、家暴啊之类的小案子，鲜有大的案子落到自己的头上。就像这几天轰动全城的这个案子，因为所涉及的男女主人公的社会效应，所以显得尤为棘手和特殊，不但成了人们茶余饭后的热点谈资，也让好几家律师事务所像热馍馍一样相互争抢，而自己最近这几天也在为这个炙手可热的案子找寻和收集所有的资料。

八点二十，程浩提前十分钟到了事务所。他看到助理任艳穿着包臀裙，端着一杯热气腾腾的咖啡从自己身边一扭一摆，趾高气扬地擦肩而过。不用猜，都知道这个走起路来像跳芭蕾、脚尖一颠一颠的女子，此刻去的方向肯定就是新来的那个叫许杰军的办公室。

程浩心里冷哼了一下，虽然自己在单位不受待见，但是骨子里特有的骄傲是不会因为环境改变的。只是今天，在这一瞬间，内心竟然莫名涌上了悲凉和无奈。

这个叫许杰军的律师，就是昨晚妻子苏子美嘴里的那个贝贝的爸爸。此人上个月才到程浩所在的这家律师事务所，听说之前一直在北京一家很知名的律师事务所工作，在那里工作得也是风生水起的，传言——在他手里，从来没有打不赢的官司。所以一到这里，领导都把他当做宝，更别提别人了。

这些都没什么，最关键的是，他的儿子许亦贝和自己的儿子程梓涵在同一所学校同一个班级，还是同桌。这两个孩子平时就像是亲兄弟，好得不得了，什么事情都一起完成：一个跑办公室另一个肯定陪着；一个挨老师批评另一个一定也陪着挨批。老师经常笑着说，简直像连体儿。因为这两个孩子的原因，所以两个妈妈也成了朋友，平时没事都会约着一起带孩子出去玩，一起吃饭聊天。时间久了，话题也就从孩子身上转移到了家庭婚姻里的老公身上了。至于女人间会说什么聊什么，这就不得而知了。照理说，两家的主要成员这么亲近，那么两个男人应该也会比较熟悉和热络，但奇怪的是，程浩和许杰军不但不熟悉，确切地说应该是完全陌生，因为他们从来没有见过面。

对啊，人家是什么级别啊？那可是整个行业的翘楚啊，肯定是每天忙，案子一个接着一个！不像自己，经常是处理完一个案子后不知要晾多久才能接到下一个案子。单凭这点，人家能成为让整个单位的男人羡慕、女人仰慕的对象也就成立了。唉，你程浩算什么啊？即便你来了有七年了，可抵不上人家才来一个月啊！更重要的是，人家才回到上海一个月，就能把自己的儿子送进市重点初中！这才是真正的牛掰呢，这说明人家的人脉和资源已经到了别人无法想象和企及的程度！你程浩又算什么啊？天天涎着脸，放低身段，说尽好话，为儿子的学校找人脉，但人家不是敷衍就是直接拒绝。苏子美说的一点也没有错：在单位混了那么久，连儿子的学校都搞不定，你还算是个男人吗？

想到这儿，程浩的脸一阵红，心里却是深邃的悲凉。

自己怎么不清楚呢，这年头最值钱的就是人脉了，人脉才是最好的资源。当今社会，就是利益置换，当你手中的筹码不足以打动别人，或者说你的资源不能让别人觉得非要和你合作才能得到他想要的利益，甚至是别人根本不屑和不想要的时候，那么别人凭什么来帮你呢？所以在拼爹的时代，你只能不断地拼自己，不断地攫取各种社会资源，包括权力金钱名望……给自己的孩子创造可以拼爹的平台。

夜色慢慢吞噬着这个逼仄又压抑的屋子，苍白的白炽灯下，程浩正埋头在一堆资料里，褐色办公桌上的笔记本电脑正显示 Word 文档，上面的大标题是："李孙离婚一案细节剖析（5 月 22 日）"。一份用塑料袋打包的外卖原封不动地放在桌沿，像是一个被打入冷宫的妃子，无人问津。

"滋滋……"手机震动了一下。

程浩没有反应，继续翻着那堆资料，眉头微蹙，似乎在找寻一份很重要的东西。

"滋滋……"手机再次震动。

他依然没有抬头，只是用眼角的余光，迅速地瞄了一眼，随后又把目光移回了资料中。

"滋滋……""滋滋……"

手机带有节奏地短促地不停地震动了几下，似乎那头的人有很重要的事情，一副善不罢休的样子。

程浩翻阅的手指停顿了一下后，终于从那堆资料里抬起头来，然后拿起手机，打开了微信。

——我跟你说啊，涵涵的学校你给我抓紧点！今天家长会，他们校长特地在会上说到孩子进市重点的好处。会后我也和班主任沟通了一下，她说以我们涵涵的学习能力去市重点初中一点问题都没有，关键看我们家长了。

——你托的那个人行不行？不行的话给个话，爽快点，磨磨蹭蹭地耽误我们的孩子，他能负得起这个责任吗？

——还有，今天贝贝的妈妈偷偷和我说，她家贝贝要去实验附中。据小道消息，现在这个学校的名额有限，很多人都挤破脑袋想进去……

——我可跟你说啊，涵涵可是你的亲生儿子，你这个当爹的现在不帮什么时候帮啊？你别一天到晚摆着一副清高的样子，该低头的时候还得低头，该弯腰必须得弯腰！

——对了，这么晚怎么还不回家？不就是一个小小的律师嘛，别把自己装成人家大律师日理万机的样子。人家贝贝爸爸这么有名的律师，每天晚上都回家陪儿子吃饭，而你呢，天天不着家，真不知道在干什么?!

本来还想通过努力工作来给自己和家人创造更好生活的程浩，在看到苏子美发过来的这些微信时，怒火瞬间如火药一样点燃了。

"啪"的一声，手机被重重地扣在了办公桌上。程浩的一张脸因为气愤五官都变了样，特别是架在鼻梁上的无框眼镜后面的那双眼睛，傲气中带着一丝厌恶，无奈中又含有一丝叛逆。

这女人，仗着是自己的妻子，就可以这样诋毁和蔑视自己吗？她凭什么认为自己的丈夫没有去低声下气地求人家呢？她又凭什么觉得别人的丈夫能搞定的事情自己的丈夫就能搞定呢？市重点初中整个上海市就寥寥几家，全市有那么多的孩子都想进去，自己一个小小的律师又有什么能耐在那么多虎视眈眈的家长中去抢夺那一个金贵稀缺的名额呢？她以为自己的老公是教育局局长吗？即便是教育局局长，也很难把自己的孩子给安排进去，不是吗？几千人抢一个名额，这种惨烈的竞争除了靠过硬的学习成绩之外，当然不排除过硬的关系，可自己是什么角？一个外省人士，拿着一张自认为很耀眼的法律系博士文凭，在这座大都市里讨生活，每天被生存压得喘不过气，如尘埃般苟且地活着……

　　但不管自己多愤怒，苏子美其实还真没有错！作为一个女人，她为了孩子来依靠自己的男人，这一点她没有错；作为母亲，她想让自己的孩子接受最好的教育，想方设法地让孩子的父亲去争取和创造条件，她也没有错；作为这个城市土生土长的女人，她会拿别人家的老公和自己家老公做对比，产生攀比的心态，她也没有错！所以，说到底，错的是他，是他无法给予妻子和家庭足够的安全感。

　　"唉……"程浩深深地叹了一口气，刚刚还挺直的后背瞬间被压弯，整个人瘫坐在办公椅上。自己无数次地在这样的黑夜留在办公室里奋战，但是唯独今夜，他感觉到孤独和无助，突然就滋生了一种无家可归的情绪。

　　良久，他还是拿起了反扣在桌上的手机，从通讯录里翻找出了唯一一个和自己私交还算不错、在这座城市算比较有头有脸的，在市教育局工作的大学同学沈柯。

　　"嘟嘟嘟……"手机里传出接通的声音。

　　程浩却开始思考怎么斟酌字眼。有一点他不得不承认，虽然自己是法律系的高材生，但在人际关系的处理和维护上其实是比较白痴的。不知是性格使然还是从小生长的环境造成的，总之自己很不喜欢应酬，也不喜欢高谈阔论，谈天说地，更不要说在领导面前溜须拍马，曲意逢迎了！所以他其实是个没有什么真正朋友的人，要有，也是工作上的需求，或是面子上的工程，彼此利益上的共同体而已。

　　"喂，哪位啊？"电话终于接通了，却传来一声接着一声的喧闹声和劝酒声。

　　程浩眉头一皱，但想到苏子美的那些话和涵涵那双单纯又好强的眼睛，他立马谦虚地自报家门："老同学，是我，程浩。"虽然对方看不到自己的笑脸，但程浩还是刻意地堆起了笑容，他知道这笑容一定比哭还丑。如果可以，他情愿哭一场也不愿这般低声下气地去打这个电话啊，但是现实生活中从来就没有如果，只有结果。

　　"哦，程浩啊，是你小子啊……"电话那头的人在打了一个响亮的饱嗝后，有些醉态地大声问道，"说，有什么事？"

　　然后程浩依稀听到有人又开始敬他老同学沈柯的酒，说什么这次孩子上学的事都要靠他多照顾了……接着身旁又有人附和道：有我们沈主任在，还有什么事情搞不定的呢，你大可放心……随后又是一阵劝酒调笑声。

　　"这个，老同学，"程浩明显地感觉到这个时候不适合谈事情，所以他礼貌又含蓄地建议道，"要不你先忙，改天我再给你电话？"

　　"没，没事，老同学，你说，什么事？"沈柯舌头都打结了，但还是叫道。

　　程浩眉头又是一皱，他也喜欢喝酒，特别是一天工作之后，总会来点小酒解解乏，但他讨厌喝醉酒，特别是在公共场合。他一直认为，喝酒有时候也是一门艺术，一定要恰到好处，多一分会酩酊大醉，少一分则少了飘飘欲仙之感。显然今晚的沈柯已经过了量，失了度。

　　程浩思考了一下后，还是选择了说！他担心自己今晚不说，也许就可能不再开口求人了。就像前几天拜托的一个客户，当初拍着胸脯说没问题，如今再打电话已经不接听了。

　　"老同学，想拜托你个事，请你帮个忙，"程浩的脸再次挤成了一团，露出笑容，"我儿子马上就要小升初了，想请你帮我在市重点初中争取个名额，你看……"

"没问题，"未等程浩说完，沈柯直接答应道，"你老同学难得开口，能有不帮之理？"说完，哈哈笑了起来。

"真的？"程浩不可思议地追问道。他没想到事情会这么简单容易，早知道这样，就应该直接找沈柯，还找那个什么客户啊。

"当然啊，我们是什么关系啊？那可是大学时上下铺的兄弟啊！"沈柯洪亮的声音从话筒里传出，"你放心，这件事我放在心上……心上了，等，等明天，我就……我就给你答复。"说完，他又打了个响亮的饱嗝。

这一次，程浩的脸是真的绽开了笑容，他激动地不停地说道："谢谢，谢谢，太感谢你了，老同学。"

挂了电话，程浩四仰八叉地瘫在真皮办公椅上，双眼盯着天花板，巴眨巴眨的，似乎好运来得太突然，还没有适应过来。

几分钟后，他匆匆地关了笔记本电脑，看了看桌上早已凉透的外卖，直接扔进了旁边的垃圾桶。临出门的时候，把本来提在手里的笔记本电脑又放回了办公桌上。今晚，他不想像之前那样，回家还要工作，而是想回去喝瓶冰镇的啤酒，吃上一碗热气腾腾的番茄鸡蛋面，然后美美地洗个澡，躺在床上吹着空调，再和妻子苏子美聊聊儿子涵涵去了市重点初中后的打算和计划。

时 空 轴

这一天，苏子美就像是吃了炸弹又像是个陀螺，从家里到单位再到银行又到儿子的海阳学校。此刻她拖着疲惫的身子，拎着硕大的包，硬挤进了这趟开往徐家汇的地铁里。正值下班高峰期，里面别说座位，连一个站的地方都是奢侈，人都像是悬空的气球一样，整个身体的平衡度完全由别人帮你掌控着，只要别人身子稍微动一下，你就感觉自己快要被带倒了。苏子美皱着眉头，闭着眼睛，把包放在胸前，假寐着。虽然眼皮在打架，身子快要散架了，但她的整个大脑处在兴奋状态，根本安静不下来，索性在人群中困难地伸出拿手机的右手，开始在备忘录上记录东西。她习惯想到什么就记录些什么，有时候在笔记本上，有时候就在手机的备忘录上。这个习惯是她在读高中时就养成的，所以家里的书橱的一角，有好几十本花花绿绿的随记本了。

　　"昨晚和程浩为了涵涵的事情闹得很不开心，这似乎是我们最近一年闹得最凶的一次，看来他很生气，昨晚整夜都没有回卧室，躲进了他的书房，不知今天他会怎样。唉……不管了，真心很烦！"她信手写道。

　　跳空一行，她继续："最近对上班很反感，真想请假待在家，什么都不做，但是，但是……我有什么资格任性呢？"

　　又叹了一口气后，继续写道："今天的家长会开得真让人心塞，看今天这些家长的样子，大家都想去市重点初中啊，都想给自己的孩子创造一个好的平台。但是我的孩子涵涵呢，怎么办呢？谁能帮我的忙呢？"

　　手指停顿了一下，抬头看了看路线，又低头写道："吴璇说贝贝进市重点初中没什么问题了，看她今天神清气爽的样子，唉……我的孩子怎么办呢？NND，自己的老公都不愿意帮忙，这年头靠男人还能靠得住吗？哦，老天，只要能给我儿子一个上市重点的机会，我愿意付出所有……唉，一想到这个，自己瞬间焦虑和凌乱……"

第二章

微信导火线

刚刚所有怒火的罪魁祸首就是那些微信，那些来自贝贝妈妈的微信。也许他们一家人正开心地庆祝自己的孩子进入实验附中呢，而自己却在家里无来由地被添堵，还牵扯进了自己的家人，真是太傻了！

5月22日　小满　周一

　　"涵涵！"苏子美站在客厅当中，边用抹布擦着茶几边对着涵涵的房门大叫道，"你到底在磨蹭什么啊？都什么时候了，还不洗澡？早点洗完澡，就早点躺在床上看看书，预习预习课文。"

　　"嗯，妈妈，我已经在整理书包了。"涵涵边回应边从房间里跑出来。

　　涵涵是一个长得相当秀气的男孩：瓜子脸，大眼睛，不算挺拔的鼻子，鼻头处还凹进去了一小块。这是程浩家族的特征，只要是男生，鼻头和下巴处都有一个凹槽，有人说这是男人的酒窝。

　　"嗳，你不好好整理书包，跑出来干吗？"苏子美抬头看到儿子毕恭毕敬地站在自己的面前，气就上来了，"我说你这孩子怎么和你爸爸一个德性呢？总是傻不拉叽地听不懂话呢？我让你抓紧时间，你却傻乎乎地跑出来浪费时间！你有跑出来的这点时间，早就看完一篇文章了，真是的。"说完，眼睛对着涵涵一瞪。

"噢……"涵涵明显地眼睛一红，然后低下头，像个做错事的孩子，朝着自己的房间走去，随后，又停下脚步，转过身子，轻声说道，"妈妈，不要生气，是我错了，以后我不会了……"

苏子美一愣，心头一酸。其实自己真的不应该这样吼孩子的，涵涵已经是个非常懂事听话的孩子了，而且他特别敏感，特别是对自己，总是小心翼翼地关注着她的情绪，在乎着她的感受。就像今晚，自己刚踏进家门，他就从房间里奔出来，像只小鹿一样在自己的身旁蹦蹦跳跳的，嘴里兴奋地说着自己这次数学测验又是班级第一！当时的自己，却完全沉浸在家长会之后的那种焦虑中，根本没有心思顾及涵涵的这种心情，轻描淡写地表扬了一下后，就直接回房间洗澡了，全然没有注意到孩子失落的眼神。而刚刚，明显不是他的问题，自己却因为程浩没有给自己回微信，把气愤的情绪都转向了涵涵，自己是多么自私，对孩子是多么不公平。

"涵涵……"苏子美转变了语气，再次唤道。

"妈妈，我在拿换洗的衣服，准备洗澡了……"这一次涵涵直接在房间里回应。一分钟后，听见他的房间传来了打开浴室水龙头的声音。

"你呀，"母亲薛静芳从另一个房间里走出来，边用食指对着苏子美在半空中戳了戳边嗔怪道，"什么臭脾气，就不能和孩子好好说话吗？每次都这样大呼小叫，吓坏了小囡的呀。"

苏子美翻了翻眼皮，正想走进涵涵房间，放在茶几上的手机不合时宜地连续响了几下。她本能地以为是程浩发过来的，却不想是贝贝的妈妈——吴璇发过来的。

——亲爱的，最新消息，我家贝贝已确定进了实验附中，下周去面试，也就过过场，你祝贺我吧。

——还是最好的理科班哦。

——我老公让我嘴巴不要快，说说出去遭人妒忌，哼，我才不管呢，还是要和你分享，我想你一定不会妒忌我的，对吧，嘿嘿……

——但你还是要为我保密哦，不然我老公会骂死我的，么么哒。

苏子美的脸顿时一阵红一阵白，嘴角尴尬地抽动着，不知是该笑还是该哭，或者是该骂？

"怎么啦？"母亲薛静芳看着苏子美哭笑不得的神情，好奇地问道。

"呵，没啥。"苏子美愣了愣，回应道。随后，手机往沙发上一摔，腰板僵直地朝着涵涵的房间走去。

哼，啥意思？啥意思？这不是明摆着炫耀嘛！说什么我不会妒忌，你凭啥认为我不妒忌，就因为我和你认识？平时关系很好？呸，用什么友情道德来绑架我？我还就妒忌了，怎么着！凭啥你家儿子能进市重点，我家儿子就不能进了？有什么了不起，还不是靠老公吗？不就是实验附中嘛，搞得像考上了清华北大……哼，还什么理科班，就她那儿子，数学永远不会超过90分，还能上最好的理科班？吹吧，我看你能把这牛皮吹到什么时候……

苏子美脸上不动声色，心里早已骂开了！其实她早就看不惯吴璇那自命不凡的样子了，一个每天待在家，儿子上学了围着狗，儿子放学后围着儿子的家庭主妇，有什么资格在那里趾高气扬、神气活现的？

因为人家有个管用的老公！

想到这儿，苏子美看了看手表，快九点了，自家的那个不管用的男人还没有回家。天天累成狗，还抵不上人家打赢一场官司拿的钱。

苏子美是越想越气，走路的脚步也不由地放重了。

"涵涵？涵涵？"

卫生间哗啦啦的水声直接掩盖了她的叫声。

"要命了，你洗桑拿啊？要这么久？"苏子美看到涵涵竟然还在卫生间，刚刚压抑着的怒火"噌"的一声就被点燃了，"一个男孩子洗澡洗那么久，你有病啊？还不快出来，磨蹭什么呢？"她边对着卫生间的门大吼着边用右手当风扇对着脑袋扇动着。她很热，确切地说应该是很燥热，体内一股怒火早已蔓延开来。

一分钟后。

"涵涵，你还不出来！都几点啦？你还要不要睡觉！你再不出来，相不相信我把你揪出来！"苏子美再次大吼道，她开始在房间里来回踱步。

"哗……"卫生间门打开了，涵涵如一只受惊的小鹿，目光怯怯地看着面前凶神恶煞般的妈妈，他不知道自己做错了什么，为何平时温柔的妈妈突然变得这般恐怖？

"你到底在干什么啊？洗个澡需要半个小时？浪费时间很开心是吧？你也不看看现在都什么时候了，期末考试就在眼前啦……你，你这孩子，气死我了……"看到涵涵出来，苏子美更是不管三七二十一，边推搡着边怒骂道。

"我哪有，也就几分钟而已！"涵涵嘟着嘴巴，嘟囔道。小学五年级的年龄，已经开始慢慢步入青春期，有时候看到突然不可理喻的妈妈，他就想顶回去，就如此刻。

"哎呀，竟然还顶嘴！"苏子美暴跳如雷。其实她也不知道为什么脾气会这么大，为什么怒火会这么旺盛，为什么有一股很猛烈的不良情绪需要发泄？

涵涵梗着脖子，光着上半身，站在卫生间门口不说话，他觉得自己的妈妈今晚简直就是莫名其妙。当然如果他知道此刻站在自己面前如疯狂狮子般的妈妈是自己的好友许亦贝的妈妈给惹火的，那么自己还会不会这样有个性地僵持着？

"怎么啦？怎么啦？"母亲薛静芳闻声跑进来，看到涵涵光着的上半身还滴着水，房间里又开着空调，紧张地叫道，"哎哟，这个孩子怎么不穿衣服的噶？开着空调呢，要感冒的噶。"说完，急急地从床上拿起一件 T 恤，直接往涵涵的身上套去。

"让他自己穿，他又不是残废！"苏子美一把从母亲手里抢过 T 恤后又扔向了涵涵。

"嗳，你这孩子，这大半夜的又发什么神经？孩子哪里惹你啦？"薛静芳一把从涵涵的头上拿过衣服，边怒斥苏子美，边再次给涵涵套上衣服。

"妈，我就是无法忍受您这样宠他，您这样会把他宠坏的呀！"苏子美跺着脚，大声埋怨道。

薛静芳一愣，随后头也不抬，冷冷道："平时我这样，看你从来没有无法忍受嘛，怎么今晚看了手机，就无法忍受我这个老太婆啦？"

"哎哟，涵涵，乖囡，来，去床上躺着，别傻站在这里。"薛静芳推了推涵涵，嘴巴朝床上一努，柔和地说道。

苏子美的脸色又是一变，没有错，刚刚所有怒火的罪魁祸首就是那些微信，那些来自贝贝妈妈的微信。也许他们一家人正开心地庆祝自己的孩子进入实验附中呢，而自己却在家里无来由地被添堵，还牵扯进了自己的家人，真是太傻了！

但是，不知为何，自己还是无法咽下这口气。

最近一段时间来，程浩第一次觉得回家的心情是那么舒畅，马路上那些亮着的路灯，偶尔擦肩而过的车辆，都成了他眼中的风景线。

眼前这片位于黄金地段的高楼，在盛夏的夜色中，透着一股清冷和高贵，就像是入住在里面的那些业主，不是有钱就是有权，不是老板就是行业翘楚。单看用复古式大理石砌成的围墙，就足以说明了里面入住的业主的身份，而自己单位新来的那位许杰军，就住在这里面。

程浩每每开过这里的时候，心头总是会蒙上一层淡淡的自卑，想目不斜视地匆匆开过，但又总忍不住用眼角的余光去偷偷打量这些矗立的大楼，那种羡慕和嫉妒毫不保留地从眼底跑出来。他梦想有一天自己也能在里面拥有一套自己的房子，每天开着车，从那奢华又尊贵的小区门口进出，享受着高品质物业带给自己的服务。但是，就靠自己目前的这些工资，还有不温不火的事业状态，这只能是个梦，一个旖旎的梦。

但今晚，当程浩再一次从那低调中显着奢华的小区门口经过时，竟然没有如之前那样，去欣赏或者说偷窥，而是快速经过，然后方向盘往左一打，拐进一条小道，直接驶进了自己的小区。

没错，程浩的小区竟然毗邻这个叫作"九仓龙"的高级住宅区。同一个地段，仅隔一条马路，却是两个世界。一个是贵族，一个是贫民。其实这也没有什么奇怪的，在上海这种寸土寸金的国际大都市，如这般两种档次完全不对等却毗邻而居的现象还是很多。所以很多时候，人家问自己住在哪里时，程浩基本不会报自家的小区名字，而是习惯性地说，就在"九仓龙"那边。因为他很明白，"九仓龙"不只是一种身份的代表，也是一个地标的代表。

刚走到家门口，就听到屋子里"豆豆"的叫声。豆豆是一只泰迪狗，在涵涵十岁生日时苏子美买给他的。其实程浩很清楚，向来有洁癖的苏子美怎么可能允许家里养一只狗呢？要不是当时涵涵说贝贝家里养了两条泰迪，非吵着要，财务出身的她是不会花这个冤枉钱的。

"我回来了……"程浩打开门，边脱皮鞋边打着招呼。

屋子里一阵静默，唯独豆豆从阳台的笼子里"咻"的一声跑出来冲到自己的面前，举起前面的两只腿，边开心地叫着边开始撒欢。

"哦，我回来了，豆豆……"程浩看到家里没有人愿意搭理自己，尴尬地蹲下身子摸了摸豆豆的头，又重复了一遍。

"汪汪汪……汪汪汪……"豆豆被主人这么一抚摸，叫得更起劲了，身子开始不断地往上蹿。

"豆豆！"苏子美从房子里跑出来，厉声骂道，"你这只死狗不好好待在笼子里，干吗又跑出来？如果敢在沙发上尿尿，小心我宰了你。"

本来还活蹦乱跳的豆豆听到女主人的怒吼声，吓得躲在程浩的脚边不敢动，发出"呜呜呜"的声音。

"还不回到笼子里去！"苏子美再次吼道。那声音像一根针一样刺穿了程浩的耳膜，他忍不住皱了皱眉头，这个结婚前温婉的江南女子什么时候变成了泼妇？

"这大半夜的大呼小叫干吗呢，也不怕吵到爸妈。"程浩把车钥匙往鞋柜上一扔，不满地说道。

"你也知道大半夜了？我还以为你不知道时间呢。"苏子美一下把矛头指向了程浩，嘲讽道。

程浩一愣，没搭腔，而是朝着卫生间走去。

几分钟后，他来到厨房，发现自己的岳母薛静芳不知何时已经在厨房间给他准备吃的了。

"小程，还没有吃饭吧？我今天早上刚从乡下带回来包的饺子，现在给你煮。"薛静芳边说边利索地从冰箱里拿出一大盘水饺，拿了十来个放进了已经煮开水的锅子里。

"嗯，谢谢妈，"程浩心里一暖，随后柔声问道，"爸呢？今天早上没和您一起来吗？"

"来了，"薛静芳抬起头，目光朝外瞄了一眼，压低声音说道，"在房间里呢……"

"哦……"程浩若有所悟地点点头，朝着客厅走去。

看来刚刚苏子美又发脾气了，不然平时总喜欢坐在客厅沙发上看报纸的岳父不会这个时候就躲进房间里。一般情况下他都会等到程浩回来，说上几句话才回房，除非是周末，因为周末他们老夫妻都会回乡下的老家一趟。而现在，在厨房里的岳母更是让他暖心，不管自己多晚回来，都会给自己准备一份宵夜，哪怕是大冬天，也会从被窝里爬起来给他煮来吃。好多次，和他们说不要再等自己了，只管自己睡觉就好，但是他们每次嘴巴是答应了，行动上却一如既往。他们让他有了家的温暖，得到了父母的爱。

可能他们觉得一直住在自己家里不好意思，想用行动来弥补吧，或者说是心疼他这个从成都千里迢迢、背井离乡来上海的异乡人吧。程浩总是这么想。其实他不知道这只是其中的两个原因，更重要的是，他们也就这么一个女儿，平时这个家大部分的支出都是程浩在承担，偶尔老夫妻俩有个头痛脑热的时候，也是程浩在忙前忙后，带他们去就医复诊，反而是自己的女儿，除了忙她的工作，落得清闲，所以他们老两口等于白捡了程浩这样一个儿子，一个高学历高薪资还能让他们出去倍儿有面子的半个儿子。

"喂，我发你微信干吗不回啊？你到底有没有把我的话听进去啊？有没有去找人啊？"苏子美不知何时像鬼魅般出现在餐厅里，双手抱胸站在正在吃水饺的程浩面前，刻意压低的声音里还是充满了强势。

程浩惊愕了一下，没搭腔，头也不抬地继续吃着碗里剩下的几个水饺。

"喂，我在和你说话呢！"苏子美猛地一跺脚，加大了分贝。

"我在吃饭。"程浩冷冷地回应，依然不抬头，甚至还放慢了咀嚼的速度。

苏子美气急，用牙齿咬了咬下唇。她最不能容忍的就是程浩这种慢郎中，明明知道自己是个急性子，已经火烧眉毛了，但他故意装出一副事不关己的样子。

"啪"一声，苏子美已经把手拍在了玻璃餐桌上，装水饺的盘子微微颤了颤。

程浩一愣，但还是不慌不忙地把最后一个水饺蘸了点辣椒酱塞进了嘴里。随后起身，把盘子拿进了厨房。

"喂，你是聋了还是哑了？我和你说话你听不见吗？"苏子美一下扯住了程浩的衬衫角，咬牙切齿地说道。

这一次，程浩终于把目光移向了眼前这个又准备要和自己吵架的女子。她穿着松垮的长款T恤，把女人该有的曲线都埋在了里面，一张卸了妆的脸暗沉无光，甚至有些毛糙，厚厚的眼镜片后面的那双眼睛直直地盯着自己，死板却露出凶光，特别是鼻翼处的那几粒雀斑，之前自己一直觉得很可爱，如今却因为情绪的问题，突然可憎起来，此刻越发显得大和深，似乎布满了整个鼻子。

"你想说什么？"程浩从她的脸上移开了视线，淡淡地问道。刚刚从单位出来时的那种好心情此刻早已消失殆尽，取而代之的是一种说不上来的疲惫和无力感。现在他什么也不想，就想爬进自己的书房，躺在那张会黏皮肤的沙发上。即便那空间是如此逼仄，空气是如此闷热，甚至像一个牢笼，但终究是属于自己的牢笼，关起门来，只有自己，没有别人。

当初买六楼，就是贪六楼的价格最便宜，而且还送一个小阁楼。一开始装修的时候，苏子美主张把阁楼弄成储藏室，但自己强烈要求做成书房。喜欢独处的他还是想要一个私人的空间。如今看来自己那时的选择是多么正确，刚结婚没有孩子时，三室两厅的房子两个人住显得很奢华，自己也鲜少爬上阁楼的书房。生了儿子后，没人照顾孩子，就把苏子美的父母从乡下接了过来，帮忙照顾孩子和打理家务，就把客房变成了他们老夫妻的卧室。后来儿子长大了，也需要单独一个房间，这样一来，三室两厅的房子三代同堂，就显得热闹拥挤了，这也是程浩为什么会那么喜欢在单位加班晚回来的一个原因。

时 空 轴

客房里，一对老夫妻已经躺在床上，吹着电风扇，戴着老花镜在看电视连续剧。现在这种天其实已经很闷热了，特别是这种老的公寓房，又在顶层，夏热冬凉。但老夫妻不是迫不得已是不会动用房间里的那台空调的，他们嫌电费太贵。老太薛静芳早就听到了客厅里苏子美的大呼小叫，她假装不在意，依然看着电视，只是脑海里不停地找寻苏子美生气的原因。难道是因为程浩在客厅抽烟了？但是早上自己明明已经换过垃圾袋了呀；还是又因为孩子的问题，最近看子美脸色一直不好，看来应该是被孩子的小升初给折磨的。

"老头，"薛静芳用手肘撞了撞身边的苏源，低声说道，"子美他们好像在吵架，你说，我要不要出去看看？"

"唔，别管，年轻人。"苏源摇了摇头，眼睛依然盯着电视机。

"噢。"薛静芳点了点头。心想：万一他们在谈事情，自己这样跑出去总不好，再说应该不会吵起来的，毕竟不早了，会吵到孩子的。

薛静芳推了推老花镜继续看电视。

没多久，她又推了推身边的老伴儿，唠叨着："你说最近子美脾气怎么那么大呢？前天昨天我们回乡下去了，你说他们是不是吵架了呀？我早上看到客厅垃圾桶里有香烟头，地上还有烟灰呢，你说……"说完，她把疑惑的眼神移向了身边的苏源。

苏源轻轻哦了一声后，淡淡地嘲笑道："这子美的脾气还不是像你吗？"说完，用眼角的余光瞥了瞥薛静芳。

"你！"薛静芳气急，刚想反驳又咽了回去，嘀咕道，"我懒得理你……"

接着，她眼睛放在电视机上，但耳朵却变得愈发警觉，时时注意着外面客厅的声响。

第三章

一股深邃的悲凉

即使是在被这家单位压制了七年的时间里，自己也从未放弃过努力和争取，而是把所有的压力和痛苦、无奈和无助、恐惧和不安，都隐藏起来，一个人扛。无数个夜晚，只和工作对话，只为了能突破自己，改变现状。而这些努力和拼搏，难道在苏子美的眼里竟然一文不值？

5月22日　小满　周一

　　"我想说什么？"苏子美一下甩开了程浩的衣角，愤怒地叫道，"你说我想说什么？你觉得我和你之间还有什么可以说的？除了孩子，你觉得我有必要三更半夜抓着你不放，和你说话、聊天还是谈感情？"看来，程浩这种事不关己的反应和态度彻底惹恼了苏子美，只见她双手叉腰，腮帮子来回鼓动，一副气急败坏的样子。

　　程浩厌恶极了苏子美的这种反应。本来还想躺在床上给她一个意外的惊喜，告诉她儿子的事情自己的老同学沈柯已经答应帮忙了的好消息，但看她那上纲上线的样子，别说想给她惊喜，连说话的欲望都没有了。

　　"那就不要谈了。"程浩淡淡地回应，自顾自地朝卫生间走去。

　　"程浩！"苏子美再次跺脚，厉声叫道，她的声音因为气愤而颤抖，"你给我站住，你什么意思啊！"

　　程浩没有停下来。

"你实在太过分了！每天三更半夜回家不算，回到家就这种态度，好像别人欠你似的，你摆着这样一张臭脸到底是给谁看啊？你当这里是你的旅馆啊？当我的父母是你的专职保姆啊？"苏子美气急败坏地叫道，她已经无暇顾及现在是什么时候，也无暇顾及这个屋子里还有老人和孩子，甚至无暇顾及自己的形象，因为她本来焦虑又忐忑不安的心随着涵涵马上面临的小升初到达了一个极限。这个极限她一直在努力控制，或者正确地说，应该是那种侥幸和期待支撑着她最后的信念。直至今晚，在看到吴璇那炫耀的微信，还有程浩始终不回的微信后，她所有的极限都轰然倒塌，情绪彻底崩溃了。

其实程浩真的不想吵架，他是属于那种能和平处理就和平处理，不能和平处理情愿冷战的男人。但苏子美一而再，再而三地用刻薄的言语来挑战他的底线和忍耐力，本来也被儿子这件事搞得很郁闷的他，终于不想再隐忍了。

"到底是谁在摆脸色？是谁回来到现在没有好声好气地说话？是谁在那里善不罢休，指桑骂槐？"程浩怒吼，但是他还是有意识地控制了声音的分贝，毕竟是公寓房不是别墅，楼上楼下的邻居都是低头不见抬头见的。

"我怎么就指桑骂槐了？即便我指桑骂槐又怎么了？还不是因为你，家里什么事情都不管，做甩手掌柜，你到底还要不要这个家？"苏子美不依不饶，大声反驳斥责。

"我不管这个家，谁在养这个家？房贷车贷哪一样不是我在承担？家里生活开销哪一样又少得了我？"程浩非常愤怒，自己辛辛苦苦为这个家努力工作，怎么在苏子美的嘴里就变成了一个甩手掌柜？

"哪个男人不养家？哪个男人不为自己的孩子老婆考虑？你觉得让你养家委屈了？真正觉得委屈的是我，嫁了一个完全给不了我安全感的男人！"

"那你去嫁能给你安全感的男人啊！"程浩气急，本能地反击道。人在情绪失控时往往言语是不经过大脑思考的，唯一的想法就是怎么用言语来自卫，不让自己吃亏。

"你！"苏子美怎么也没想到程浩会说出这般决绝的话，她一下语噎，随后之前所有的情绪和委屈如浪潮般涌上来，"你以为我不敢吗？要不是为了涵涵，我都和你离婚几百次了。嫁给你，要钱没钱，要权没权，要名没名，当初就是被你所谓的才气，所谓的博士文凭给迷惑的，本以为这些都能给我带来幸福，至少能让我心安吧，结果什么狗屁都不是，就是一张完全没用的废纸，还占地方！"苏子美边哭边控诉，"嫁给你这么多年，现在还是房奴和车奴，不敢去品牌专卖店，不敢去美容院，不敢带孩子出国游，更不敢带着父母一起出去走走，连我用的化妆品都是市面上最廉价的！你说，你作为一个男人，给了我什么？"

"好，退一步讲，你不能给我安全感，不能带给我幸福感，这些我都认了，算我当初瞎了眼，非要嫁给你。但是孩子呢？你作为父亲，难道连孩子的安全感和幸福感都给不了吗？你扪心自问，涵涵长这么大，你给过他什么？你陪他玩过什么？你对他关心了什么？他的身体你关心过吗？他的成绩你关心过吗？他的心灵你关心过吗？你参与过他成长中的失败和成功吗？你连最基本的他现在需要什么都不知道！"苏子美完全不顾程浩越来越难看的脸色，依然如机关枪一样扫射。这么长的时间，她太压抑了，她需要发泄，今晚她终于意识到，孩子教育的压力不应该由自己一个人来扛！他还有父亲，那个不管怎么说，也算在这座城市著名的律师事务所里做律师的父亲，他应该有义务动用自己这么多年在工作中建立起来的所有人脉关系，为孩子创造一个机会，一个能让他去更高平台发展的机会！因为这是他的孩子，亲生的！

　　面对苏子美这一连串的控诉，程浩无言以对！看着面前这个完全失控、泪流满面的女人，他不得不承认，对于她，对于孩子，对于这个家，他是亏欠的。但这亏欠仅仅是时间上的缺失，而不是情感上的不付出，因为自己始终把她的父母当成自己的父母，把这个家当成唯一可以让自己牵挂的家。

　　作为男人，谁不想让自己心爱的女人过上优越的生活，谁不想让自己的孩子把自己看成是骄傲和值得炫耀的父亲，谁不想给自己的亲人创造幸福！但这一切的一切都不是说有就有，说能就能的。从小学到初中到高中再到大学直至博士，他程浩哪一天不在努力？不在为自己和未来的爱人创造可以幸福的机会？即便是在被这家单位压制了七年的时间里，自己也从未放弃过努力和争取，而是把所有的压力和痛苦、无奈和无助、恐惧和不安，都隐藏起来，一个人扛。无数个夜晚，只和工作对话，只为了能突破自己，改变现状。而这些努力和拼搏，难道在苏子美的眼里竟然一文不值？还被扣上一个不合格的丈夫和父亲的帽子？她凭什么！更可悲的是，从她刚刚的言语里，她从来没有爱过自己，她当初会选择自己只是因为自己的博士文凭！当程浩突然意识到这点时，他整个情绪完全失控了！

　　"并不是什么事情都是我能搞定的，我不是机器，我是人，凡人！"他从喉咙里发出了怒吼！

　　当自己终于把压抑了很久的话吼出来后，程浩的内心突然就涌上了很深邃的悲凉，他困难地吞咽了一口口水。

　　"没用就是没用，还非要找什么理由！你看看人家贝贝的爸爸，人家也是凡人啊，为何就能搞定孩子的入学问题？你不好好反思自己，不好好找找问题，竟然用这么 Low 的理由为自己辩解，你不觉得丢脸，我都为你感到丢脸！"苏子美又是噼里啪啦地一阵扫射。她今晚所有的情绪和愤怒都来自于这个——涵涵要去市重点初中。

这些话不说则已，一说就像触碰了一个炸药桶，彻底引爆。

程浩骨子里天生有一种自卑感。这种自卑感完全没有随着他被人才引进成为新上海人而消失，那种在小城市出生长大的孩子，骨子里就对大城市有一种敬畏感，而这种敬畏感会影射到大城市中的人和物，不管程浩现在有着让他们整个小城的人都羡慕的上海市户口，还是让很多同学都嫉妒的在著名律师事务所的工作，他在面对那些天生具有环境优势的大城市人时，还是会滋生一种似有若无的自卑感。很多时候，他情愿被别人误会为孤傲、脾气古怪、情商低，也不愿意去应酬和热聊，因为只有他自己知道，外表上的傲很多时候是骨子里自卑的遮羞布。所以当苏子美硬生生地把他的这块遮羞布给扯掉的瞬间，他真的被激怒了。

"比比比，你除了攀比还能做什么！"程浩怒吼道，额头上的青筋暴露，眼镜后面的那双眼睛如利剑一样直射苏子美。

苏子美身体猛地一颤，记忆中程浩从来没有对自己这样怒吼过，即便是在昨晚，在自己把花瓶狠狠地砸在地板上，歇斯底里地叫骂时，他都没有像现在这样暴怒，更别说用这种让人不寒而栗的眼神看自己。

"你给我和人家攀比的资本了吗？我嫁给你这样的男人，你觉得我还有和别人攀比的能力和条件吗？"苏子美冷冷地反驳。你冷酷无情，别怪我比你更冷酷无情！本来说话就比较犀利的苏子美，在程浩平时的影响下，思维变得比较尖锐，在关键时刻还能直接戳中痛点。

"你让我拿什么去和人家比？房子吗？这个被压在所有高楼里，连阳光都不愿意光顾的破房子？票子吗？每个月的工资还没放进口袋，就从这个银行划到了另一个银行，然后等着下个月的工资？还是老公？表面看上去光鲜亮丽，顶着在最好律师事务所上班的名衔，结果连自己孩子的一个市重点初中名额都解决不了的伪男人？"苏子美似乎根本没打算要放过程浩，言语越发刻薄和尖酸。

程浩的脸色从红色到青色再到白色。他镜片后面的两道光越来越冷，如寒冬的冰。

"既然你觉得嫁给我很亏很委屈，那么我愿意放手！"

"你！"刚刚还嚣张跋扈的苏子美被程浩的这句话给惊住了，她虽然嘴巴强势恶毒，但内心压根就没有想过和程浩离婚。先不说对孩子的伤害，就在平时的经济上，如果没有他，自己短时间内就会出现危机，但她刚烈的性格容不得她低头。

"放手？你拿什么来放手？你净身出户？还是能给我和孩子下半辈子的无忧生活？"苏子美嘴角一扯，从嘴里发出一声冷哼，讥笑道。

"如果这些都给不了，请问你又有什么资格在这里高调地说'放手'呢？程浩，你是真的傻还是假的笨呢？难道你在律师位置上混了那么长时间，到现在还不明白，离婚也需要成本吗？也需要能力和条件吗？如果你没有这些能力，你有什么资本来说想要自由？"苏子美口沫横飞，越说越来劲，似乎完全忘记现在站在面前的是自己的老公。

"我有没有资本，这个不用你来操心。"程浩冷冷地回应，此刻他内心的悲凉早已把整个身子给裹挟了。这种悲凉还真的不是因为苏子美的这些话，而是她的这些话让他彻底意识到了现实的残酷。

一个四十岁的男人，竟然连选择的权利都没有！

苏子美一愣，眉毛一挑，趾高气扬地说道："我咸吃萝卜淡操心，有空！现在我只要你给我把涵涵的事情解决，其余的你想怎样就怎样！"说完，她眼睛直直地盯着面无表情的程浩，一副你今晚不给我个答案，我和你没完的样子。

程浩顿了顿，缓缓地吐出了几个字："很抱歉，我无能为力。"

"你！"苏子美气急，失控地叫道，"你这个没用的男人！"虽则下一秒，她意识到了这句话的杀伤力，但是已经脱口而出了。

"是，让你失望了！"程浩的脸微微抽搐了一下后，冷冷地回应。随后转身朝着通往阁楼书房的木制楼梯走去。

"程浩，你这混蛋！涵涵是你的孩子！"苏子美突然撕心裂肺地喊道，"你难道不该为你的孩子努力一把吗？难道你就不能为了你的孩子低下你高贵的头颅吗？难道你不能为了你的孩子放下你尊贵的身份吗？难道让你去做这些，你会觉得有损你的形象吗？"

程浩脊背一僵。他很想反驳——你怎么就知道我没有为了孩子去努力呢？但他选择了沉默。因为他发现自己再怎么努力也无法满足苏子美的要求，一旦无法满足，那么所有的问题都是自己的错！是自己没有能力，是自己不是男人！

"程浩，我告诉你，你真的别把自己想象得很高贵！你真的别再拿自己的博士身份装架子了！当你不能为你的孩子创造他想要的条件时，你就什么都不是！你连做一个父亲的资格都没有！"苏子美咬牙切齿，再次歇斯底里地叫道。

要知道，对于涵涵能不能进市重点初中，程浩是她唯一的期待和希望。

所以当程浩把她唯一的期待给打破时，她选择用世界上最恶毒，最具杀伤力的言语来抨击。

"够了！"最里面的客房的房门猛地被打开，苏子美的父亲苏源铁青着脸走了出来，"你们闹够了没有！这大半夜的还让不让人睡觉！如果要闹就去外面闹，别在家丢人现眼！"

母亲薛静芳皱着眉头，右手的手指对着苏子美戳了戳，又气又急地说道："你呀，你要把你父亲的心脏病给气出来了噶！"

父母突然跑出来，程浩和苏子美才意识到自己的行为太过分了，看来刚刚的战争两位老人家都听到了，现在实在是忍无可忍才跑出来制止的。

程浩看到两位满脸憔悴和倦容的老人家，想到这大半夜的还让他们操心，心中突生不忍，于是压了压情绪，柔声说道："爸妈，吵到你们了，实在不好意思，你们去睡吧，我们也……"

"睡什么睡，今晚不把涵涵的事情解决，谁都不要睡！"向来怕父亲的苏子美竟然直接打断道。

这下惊呆的不止是程浩，连同她的父母。

薛静芳看看脸色越来越难看的老伴，又瞄了瞄同样沉着脸的女婿，她又恨又急，直接跑过去用食指戳着苏子美的太阳穴，骂道："哎哟，你这孩子啊，我看你是撞了邪了啊，今晚看了微信就整个变了样，一会骂涵涵，一会骂程浩，现在是不是准备开始骂我和你爸啦！你说，到底是谁给你发的微信？是哪个人在蛊惑你？"

苏源虎着脸，看着自己的老伴对着女儿又骂又戳的，他实在搞不懂，之前还很孝顺的女儿这一年怎么变得如此暴躁易怒，还有本来感情很好的夫妻，这一年争吵明显地多了很多，感情似乎也有了裂痕。由早上看到的客厅地板上的那一大块凹坑，他就猜到这个周末趁他们回乡下的机会，小夫妻俩肯定又发生了战争。只是他选择了沉默，当做不知道而已。没想到，这战争竟然愈演愈烈，这大半夜的还在鬼哭狼嚎，实在太不像话！

"妈，你懂什么啊！"苏子美一下推开了薛静芳的手指，脚一跺，委屈地说道，"人家贝贝已经被实验附中给录取了，而且还是最好的理科班。我们家涵涵理科那么好，我想让程浩打点一下他的关系，也给涵涵争取个名额，可是他……"说完，她脚又一跺，眼泪就下来了。

薛静芳看了看站在木制楼梯口的程浩，突然不知该说什么。其实她早就猜到今晚女儿这般反常的原因一定和涵涵升学的事情有关。再联想起上周，和自己关系不错的赵阿姨，在小区跳舞的时候，还问起涵涵的事情。照她的话来说，你家女婿在律师事务所工作，人脉广，给你的外甥弄一个市重点初中的名额简直就是小菜一碟……当时自己听了这话，还觉得特别有面子，心想，家里有个出息的女婿到底不一样，以后涵涵上了市重点初中，有得让人羡慕了，特别是这个小区里的那些一起跳舞唱歌的阿姨们，谁都想来巴结自己了。只是没想到，不管是别人还是自己似乎都高估了程浩在这方面的能力……

"他明明没有用心，没有想方设法地去为涵涵找路子，就直接说自己没有能力，搞不定；你看人家贝贝的爸爸，才从北京回到上海一个月，就能把自己的孩子送进市重点。"苏子美继续抱怨道，虽然声音的分贝小了，但语气中还是充满着怨怼，随后手指对着程浩一指，不满地说道，"你看他，在这家事务所做了七年了，难道还不如人家做一个月吗？难道他就没有一点人脉关系吗？没有一点资源吗？要知道他们可是全城有名的事务所啊，多少有权有势的人求他们啊。但是他就不愿意为了涵涵放低自己的身段！妈，涵涵可是他亲生的孩子啊，如果这次没有进入市重点，以后考进四大名校的机会等同于零啊，进不了四大名校，他的清华北大梦就破灭了！"说完，苏子美狠狠地瞪了一眼始终没有辩解的程浩，又开始哭了起来。

"别哭了！"苏源再次吼道，"进不了市重点初中就不要进了！"

"妈，你看爸……"父亲的话让苏子美一下乱了方寸，她感觉到自己快要孤军奋战了，所以一把就拉住母亲薛静芳的手，眼泪开始吧嗒吧嗒地往下掉。

"子美也是为了孩子，你这是干吗？"薛静芳拍了拍苏子美的手，开始为她说话，"再说了，我们家涵涵是有这个能力进市重点初中的，只是现在需要一个机会，一个别人推一把的机会而已嘛……"

说完，薛静芳瞄了程浩一眼，脸上堆起了笑，说道："小程啊，你看哈，如果你有这方面的资源，我们也不要浪费，毕竟帮的是自己的儿子，不是别人对吧？到时涵涵进了市重点初中，你这个当爸爸的脸上也有光对哇啦？"

"妈，"程浩的喉结困难地上下滚动了一下，看了一眼薛静芳，又看了一眼双手背反在身后、低着头不说话的苏源，低声说道，"我真的是想尽办法了，实在……"说完，无奈地叹了一口气。

"小程啊，你也先不要急哈，要不这两天你再好好想想，也许弄不好就想出了一个贵人，能帮我们涵涵的贵人呢，你说对哇啦？"薛静芳没有因为程浩这句丧气的话退缩，反而脸上的笑容更深了，柔声建议道。

程浩想起了下班前的那个电话，想起了喝醉酒答应自己会帮忙的老同学沈柯。他张了张嘴想把这件事说出来，但不知为何，还是选择了不说。也许他突然觉得，原来屋子里的这些人，这些他认为在这个城市最亲的人其实压根就没有把他当亲人，因为他们根本就不相信自己。他们情愿相信自己是为了所谓的面子没有去为涵涵争取机会，也不愿相信他真的已经努力，甚至低声下气地求人家了。

"涵涵不上市重点初中也能考上四大名校，干吗非要上市重点初中呢？"苏源未等程浩回应，突然又冒出了这句话。这无疑让本来以为偃旗息鼓、胜利在望的苏子美，再次如刺猬般竖起刺来反抗。

"爸，您这是什么话啊？难道您到现在还不知道，市重点初中对一个孩子的未来的重要性吗？难道您要眼睁睁地看着自己的外孙输在起跑线上吗？难道您不想让您的外孙能比人家更有机会进四大名校吗？现在的家长谁不知道，进了市重点初中，等同于一只脚踏进名校的门。现在但凡有点想法的家长，哪个不在想方设法，求爷爷告奶奶地找门路，为自己的孩子争取名额；而那些有门路的家长，早已打点好所有的关系，为自己的孩子留好了名额，就等着小学毕业考后，直接进市重点初中。"苏子美噼里啪啦地说道，完全没有给自己喘息的机会，似乎担心自己一喘息，就没有说服力了。

"如果真的如你所说，大家都是凭关系进去的，那么我就开始怀疑这些所谓的市重点的生源了。"苏源面无表情，根本就不屑于苏子美的那一番话，而是提出了自己的怀疑。

"爸，人家当然要看成绩啊！所以竞争很惨烈啊！你要知道整个上海市有多少小升初的孩子，在这些孩子中，随便一抓都是牛娃，你还担心人家的生源？"苏子美直接反驳道。

"既然大家都是牛娃，那么我们家涵涵何必去凑热闹？"苏源沉着脸，问道。

"老头子，我看你是糊涂啦，难道你不知道我们家涵涵的学习吗？他可是经常名列前茅的啊，我们家涵涵都考不进市重点初中，还有谁能考进啊？

真是的。"薛静芳不客气地驳回。涵涵的成绩可是她炫耀的资本之一，小区里的那些阿姨谁不知道涵涵是个聪明的孩子，每次考试都排在年级前五，所以她无法接受有人说她的外孙不行，哪怕是自己的老伴。

"你就天天想着涵涵能让你在那些老太婆面前吹牛，给你长脸，就没想过，这么小的孩子适合给他这么大的压力吗？"苏源也毫不客气地撕开了自己老伴的面子。

"你！"被苏源冷不丁揭穿了私心，就像一下掀开了自己的遮羞布，薛静芳又急又恼，大叫道，"你这老头要死了，谁告诉你我拿涵涵的成绩去炫耀啦？你哪只耳朵听到啦？尽在这里闭着眼睛说胡话！"

苏源从鼻子里冷冷地哼了一下，眼皮翻了翻，没回嘴。

"再说了，现在哪个孩子上学没有压力啊，你以为是之前啊，只要每天做完作业就好啦！你看隔壁那个赵老头家的孙子，才小学二年级，每个周末都像赶场子似的上补习班。"看老头不说话，薛静芳开始边唠叨边说教，"我们家涵涵有点压力也正常啊，现在电视上不都在说，我们现在的孩子缺少的就是能力和压力，缺少挫败感，以后的人生长着呢，现在经不起挫败，以后怎么去面对人生中的那么多不如意啊！我看你呀，啥都不懂，还天天捧着一张报纸，装出一副知识分子的样子。"说完，薛静芳狠狠地白了自己的老伴一眼。

"我不懂，就你懂！是谁告诉你，孩子现在经不起挫败，以后就无法面对生活的不如意了？是谁告诉你，现在的孩子缺的是能力和压力？就那些所谓的专家，屁！啥都不懂，只会和你一样，在这里指手画脚！让我来告诉你，现在的孩子就是有太多的压力，他们的能力其实超出真正学龄孩子的能力，现在的教育早已违反了自然规律，哪有双休日不在家休息，还到处补课的？哪有明明是孩子的作业还需要家长来完成的？哪有去学校读书还需要靠关系进的？你倒和我说说！"苏源沉着脸，噼里啪啦地反驳道。自己一个老教师，难道还让一个女人在这里指手画脚的？

"爸，现在社会不同了，进步了，早已不再是您那时候的教育了。现在的教育先不说涵涵这样小升初了，就是幼升小也竞争相当激烈啊，哪个父母想让自己的孩子输在起跑线上啊，谁都想让孩子一只脚先踏入重点。再说了，之前你们忙着生计，哪有时间来管孩子，注重教育啊，如今大家生活上基本无忧，家家户户基本都是一个孩子，两代人六个大人把所有的精力都放在了孩子身上，当然就更加要注重教育啊。"苏子美不管自己的父亲早已气得吹胡子瞪眼，还是把自己的观点说出来，她觉得自己注重孩子教育这件事，是对的，于她而言，孩子才是她今生最大的事业。

"换言之，在中国，孩子已然成为家庭最重要最迫切的投资了！"苏子美又补充道。

"对啊，对啊，子美说的没有错，我们这些老太婆在一起跳舞，谈得最多的已经不是自家的媳妇怎么滴怎么滴，而是自己为了孩子的读书付出了什么。你看，就我们家前面一栋房子的，为了孩子上一所重点小学，就想在那所学校附近买学区房，结果把这里的房子卖了，把父母的房子也卖了，都不够买一套那里的两室两厅。但这又有什么办法呢？为了孩子啊，如果那里没有房子，孩子就不能去那里上学啊。所以啊，你这老头，是糊涂了呀……"薛静芳叽叽喳喳地说道。

苏源狠狠地白了她们母女俩一眼，呵斥道："孩子是人，是一个单独的社会人，在你们母女眼里竟然变成了一种投资，实在太可笑了！再说这种盲目的投资和跟风本来就有问题，你们却把这种错误的方式当做一个励志故事，我看你们才是糊涂！"

不过，苏源嘴上是这么说，心里却不得不承认老伴和女儿说的都是事实。但即便是事实，当自己家无法去改变或者承受的时候，也只能选择去放弃或者说假装豁达。从程浩刚刚的反应来看，如果自己也帮着子美说话，那么只会把事情搞得越来越糟糕，甚至会把他们小两口的感情逼进一个死胡同。作为男人，他很理解程浩的处境和心情，如果不是真的碰到难题，如果不是真的无能为力，他怎么可能不帮自己的涵涵啊，那可是自己的孩子啊！只能说，他有那心却没那力，这个时候你拿把刀子架在他脖子上，也不能让他给涵涵拿到一个市重点的名额。这点，苏子美没有看清楚，连自己的老伴也没有意识到。

"这怎么是跟风啦，这是现实啊！你的孩子现在在哪里上学，基本就能看到他未来会在哪个平台，甚至可以预想他以后的人生会处在哪个高度！"苏子美情绪又激动了，边哭边叫，"再说了，别的父母都在拼命给自己的孩子创造机会，我怎么可以不给我的孩子创造机会？这样你让我怎么对得起涵涵，以后怎么面对他！我不像你，为了考虑大局，不管自己的女儿，直接把最后上师范的名额给别人，却让我去考什么财大。要不是当初你这么决绝，我今天就是老师，弄不好还是市重点初中的老师，这样我还需要在这里哭着求别人为我的孩子去争取一个市重点的名额吗？"苏子美想到往事，心头一阵辛酸，委屈如浪涛一浪高过一浪，那眼泪更像是开了阀的浪水，滚滚而下。

苏源心头一紧。当初自己不是不想为女儿着想，只是作为副校长的他不想让别人抓住把柄，与其说当初的自己是顾全大局，还不如说是自己的自私，怕因为女儿而给自己的仕途抹上污点。所以每每想起这点，他还是很愧对女儿的。但是她怎么到现在还不明白，现在真的不是程浩帮不帮的问题，而是他根本帮不上的问题。

"涵涵也是程浩的孩子，他不只是你的。"苏源深深叹了口气，低沉心痛地说道。

薛静芳突然意识到了这一点，她是个聪明的老人，知道再这样争论下去，只会把事情搞得越来越复杂，因为女儿已经开始在翻陈年往事了，而这件往事，还恰恰是老头子心里的一根刺，一个坎。看着老头突然耷拉下来的眼睑，还有那一声沧桑的叹息，她知道自己应该阻止了。

"好了，大家都别吵了，不要把涵涵给吵醒了，他明天还要上学呢。"薛静芳打起了圆场，"子美，你也别闹了，这件事程浩会放在心上的，你要相信他，涵涵也是他的孩子。"说完，右手拉了拉子美的衣服后，把目光看向了始终不说话的程浩，脸上堆着笑，柔声说道，"程浩，妈妈说得对哇，你会想办法的对哇？"

程浩张了张嘴，想说什么又咽下去了，随后点了点头，嘴里"唔"了一声，算作是答应了。

"你看，程浩不是答应了嘛，你就别再逼他了，反正现在还早呢，又不是明天就上初中了。"薛静芳用手肘碰了碰还在掉眼泪的女儿，安慰道。

苏源又叹了口气，转身朝着自己的房间走去。薛静芳再次推了推子美，朝着主卧室努了努嘴，轻声说道："快，都去睡吧。"

"程浩，你也累了一天了，快去睡吧，别和子美一般见识哈，明天早上我给你煮番茄鸡蛋面，你最爱吃的……"薛静芳边朝着自己的房间走去，边对着程浩笑着说道。

程浩点点头，无力地爬上了阁楼的楼梯。在自己还未跨进家门口的时候，做梦也不会想到回家等待他的不是冰镇啤酒和面条，而是一场歇斯底里的战争，这场战争几乎耗尽了他所有的力气和对情感的期望，甚至是改变了他对家的理解。

也许，在这个城市，从来没有过自己的家，他注定是个无家可归的男人！

时 空 轴

涵涵早已醒了。他是被外面的吵闹声给惊醒的。然后他一直屏住呼吸，竖起耳朵，把房门外的所有对话一字不漏地听进了耳朵。

爸爸妈妈要离婚吗？周日他们两个已经吵得不可开交，今晚怎么又吵了呢？难道就为了让我去市重点初中吗？如果真的这样，他们离婚了，自己不就是罪魁祸首吗？

外公外婆怎么也掺和了呢？听外公的声音似乎特别生气，外婆为什么还在抱怨呢？还有妈妈，怎么敢和外公顶嘴呢？难道她们不知道外公有心脏病吗？爸爸为什么总是在沉默，就像昨晚一样，他也基本是沉默，要不是他后来摔门而去，自己还以为爸爸没有生气，看来爸爸的好脾气是有限度的。

唉……

涵涵深深叹了一口气，双手交叉枕在了脖颈处，眼睛扑闪着盯着天花板。

"妈妈为什么非要我去市重点呢？"他嘴里嘀咕着，"难道只有市重点初中才能进四大名校吗？如果进不了市重点初中，我就没有机会进清华北大了吗？"

　　"哼，她到底是怎么想的？肯定又是为了满足她的虚荣心，肯定就是想让我给她长面子，在同事朋友面前可以吹嘘。"

　　"再说了，贝贝肯定进不了市重点初中，到时和贝贝分开那得多难受啊……"

　　唉……

　　涵涵再次叹了一口气，咕哝道："如果这世界上没有市重点那该多好啊……"

第四章

初次见面

即便在北京的成绩再斐然，但这里是上海，一切都得重新开始，不管是人脉还是关系网，都得重新开始熟悉、打造和建立。最关键的是，经验告诉他，在一家公司太高调会死得很惨。

5 月 23 日　　小满　　周二

　　许是凌晨的那一场雷雨，今天早上的空气中竟然带着一股湿漉漉的雨水味，让人全身上下都觉得黏稠。

　　程浩很早就来到单位了，他一直站在办公室的窗户前，看着上海市的地标东方明珠发呆。这座国际大都市，到底哪里才是自己落脚的地方？它真的把自己给融入进来了吗？昨天早上，自己还没有这样的念头，每每工作疲惫时，转过椅子就能看到东方明珠，于他而言那是一种享受和极高的待遇，那瞬间内心就会滋生满满的幸福感。这个让很多人向往又无法企及的大都市，自己不但能在这里有一席之地，最关键的是还有一个家，一个真正属于自己的家。但从昨晚开始，这一切都变了，变得如此突然，让他措手不及。

　　很热，凌晨的那场雨似乎没有缓解立夏带来的闷热。程浩扯了扯喉结处的领带，就像扯掉扼住他脖子，让他喘不过气来的无形压力。今天清晨，自己是在苏子美的催促声中醒来的。

——涵涵，快起床，来不及了！

——涵涵，叫你几遍啦，怎么还不起床？你属蜗牛啊，穿衣服这么慢！

——涵涵，快点吃，今天下雨，路上堵车……

最近这几年，这些千篇一律的台词，总会在每周的周一至周五早上六点准时响起，从未遗漏过，连同那尖厉的音调也没有改变过。

之前的之前，自己虽然厌恶苏子美这样的行为，但想到她都是为了孩子，很辛苦，所以心态一直放得很好。但今天早上，当再次听到这尖锐的催促声时，隐藏在内心深处的厌恶感如洪水一般铺天盖地地席卷而来。他有种冲动，真想下去狠狠地抽这个女人两个耳光。

——每天像催命鬼似的，你不累啊？

也正是在那个时候，他突然想到了昨晚没有带回来的工作——那份还没有完全写完的工作方案。

当自己从阁楼上下来的时候，正好撞上了儿子涵涵在吃面条。看到自己，儿子抬起头，怯怯地叫了声爸爸。随后眼神一躲闪，埋头大口吃。

程浩心头先是一酸，这个孩子向来和自己不亲，总是一副很拘谨的样子，似乎很怕自己，偶尔和他探讨学习和生活时，也总是毕恭毕敬的，感觉不像父子，更像是老师和学生。这和自己平时忙碌，陪他时间少有很大的关系，程浩内心还是觉得很亏欠儿子的。从他刚刚看自己的瞬间，还是注意到他的眼皮有点浮肿，眼睛明显有红血丝，这似乎不像是没有睡好，更像是哭过的样子。难道昨晚他听到了吵架声，知道了外公外婆和爸爸妈妈吵架的唯一原因就是因为他？想到这，程浩心头不由得一紧。

或许就是因为这种内心情感的波动，没有吃早餐就急冲冲出门的程浩，还是主动和涵涵打了一声招呼。

——涵涵，爸爸上班去了，你要乖。

随后他看到涵涵猛地抬起头，眼睛在看向自己的时候，嘴巴微微张开了，一副欲说还休的样子。程浩能感觉到，孩子似乎有话要对自己说，所以他特地停下来穿鞋子，等待他的开口。

只是下一秒，他竟然点点头，从嘴里冒出了：爸爸，再见！

这孩子到底要和自己说什么呢？

想起早上的情形，程浩再次扯了扯领带，嘴里嘀咕着。只是未等他理出个头绪来，办公室的门被敲响了。

助理任艳早已推开玻璃门，右脚放在门内，左脚留在门外，半个身子倚靠着门，身子微微前倾，带着职业性的笑容，柔声说道："程律师，上午十点在第一办公室开会。"

"什么会？"程浩追问道。一般会议在上班前助理会逐一通知，但是在第一办公室开会基本都是很重要的会议，常由一把手主持，一般都会提前一天通知。

"不知道哦，我只负责通知哦……"任艳抿嘴一笑，用上海女孩特有的腔调回应道，随后，肥臀一扭，一步三摆地朝着另一间办公室走去。

会是什么重要会议？

程浩昂起头，眼睛看着天花板，开始在脑海中搜索。他有个习惯性动作，但凡碰到需要思考的问题，就会昂起头，双眼盯着天花板，似乎在那里能找到他想要的答案。

不会是关于李孙离婚案吧？程浩猛地反应过来，这个案子所里已经接了快一个月了，但一直没有任何声响，一把手也没有指定让谁来负责，但是每个律师都对这个案子虎视眈眈。毕竟这可不是一般的离婚案，一旦打赢了，弄不好自己就会成为这个行业的翘楚。所以大家暗地里都在收集材料，抠细节，做方案，就等着一把手一声令下推选，自己能拿出一鸣惊人的方案。

完了！程浩的后背"嗖"地冒出一身冷汗，然后手忙脚乱地打开从早上到现在没有动过的笔记本电脑。

自己是个喜欢未雨绸缪的人，凡事都想在前头。其实这个案子自己早在三周前就开始准备，但因为自己在这家单位被压得比较死，很多第一手资料和信息很难获取，他只能靠抠案件的细节，挖掘细节背后隐藏的真相来做这个方案，所以进度也就比较慢。

本来以为一把手不会这么快就要商榷这件事，昨晚下班前助理也没有来通知开会，所以自己在给沈柯打完电话，被告知能搞定涵涵学校的事情后，便想给经常忙碌的自己放个假，没把工作带回家。但没想到，今天会通知开会，而且是上午。

程浩马上屏蔽所有与工作无关的东西，全身心地投入这份方案中。要知道，这个案子对自己来说相当重要，也许还是一次翻身的机会。

上午九点五十分，程浩拿着笔记本和 U 盘来到了第一会议室的门口。

这是一间全部用玻璃隔成的会议室，空旷的屋子中央放了一张特别气派的长方形会议桌，而会议桌最边角的一个座位上，坐着一个陌生的男子，正低着头翻阅着手中的一叠资料。

在程浩推开玻璃门的同时，那个陌生男子也抬起了头，未等程浩说话，便主动从座位上站了起来，对着程浩颔首一笑，自我介绍道："你好，我是许杰军。"

这短短一分钟，从起立到微笑到说话，一系列初见时的礼仪被他诠释得相当完美又非常扼要低调，以致让程浩完全没有思考和反应的余地。

原来面前这个气质温文尔雅、长了一个如刘德华般鹰钩鼻的男子，就是传说中的不败律师？就是那个能在自己不熟悉的城市第一时间搞定儿子市重点初中名额的超人老爸？

"你好，我是程浩。"程浩谦卑地回礼，后背微微一下弯，镜片后面一双犀利的眼睛迅速地打量了一下。

大概一米七五的身高，不胖不瘦，淡灰色的长袖衬衫下是挺括的黑色西装裤，他没有系领带，但却把喉结处的纽扣也扣上了，袖口处更是别有用心地用了纽扣钉，把一个成功人士的成熟形象演绎得淋漓尽致。而自己身上那件白衬衫看上去很干净，但一看就是常穿常洗的，面料显然已经透支；还有脚上这双老古董皮鞋，再擦得怎么锃亮还是出卖了它的年龄。

唉，程浩在内心深深叹了一口气，本以为老天是公平的，但眼前这位男子推翻了自己固有的想法，老天对眼前这位很厚爱啊。

在程浩打量许杰军的时候，许杰军同样也在打量程浩。

其实不用程浩自我介绍，许杰军就知道他是谁。因为就在前两天，自己的儿子贝贝就把他最好的朋友程梓涵带回家了，这个孩子和眼前这位男人简直是一个模子里刻出来的，同样是鼻头和下巴处有一个明显的凹槽。只是有一点让他不明白，眼前这个内敛又谦卑，无形中透出一种孤傲的男子怎么看也不像是同事嘴里所谓的被单位打压了几年的庸才，反而给人一种恰到好处的稳妥和一种强大的气场。特别是他的声音，磁性中带有一种特殊的韧性，让人在听他说话的时候，能明显地感觉到一种语言的张力。

平时开会都会提前到的同事们，今天一反常态地都没有到！透过干净得透明的玻璃，程浩看不到一个同事是朝会议室走来的。

空气中略带尴尬。

"你是程梓涵的爸爸吧？"许杰军突然问道。

向来不喜欢主动搭讪和聊天的程浩微微一愣，还是礼貌地回应："是的，我是涵涵的爸爸。"然后嘴角尴尬地上扬了一下，其实他蛮不喜欢这样的搭讪，总觉得这是女人才有的搭讪方式。对于男人来说，要么不交流，一旦交流就应该目标明确，交流有价值的东西或者说能创造价值的话题。这可能和他自大学时期形成的思维逻辑有关，他不喜欢把时间浪费在没有意义的对话上，关键是他不会交际，碰到自己感兴趣或专业的话题，可能会滔滔不绝，但一旦是自己不感兴趣又不专业的话题，那可能真的除了沉默就是沉默，有时候连敷衍也懒得敷衍。这也许就是让妻子苏子美觉得他无趣、同事们觉得他孤傲的原因之一吧。

看程浩不是很热情的样子，许杰军感觉有点小尴尬，也就不再说话，继续坐在原来的位置上，假装翻看着手中的那些资料。

这时候，其他的同事开始陆陆续续地进来了。程浩就拉开了平时坐惯了的位置，把笔记本和 U 盘放在了会议桌上，脑子里开始回顾刚刚自己整理的方案，脸上露出自信和笃定。可以自恋地说，这是他有史以来做得最详细最棒的方案。

一把手贾伟风风火火地踏进会议室，他那典型的啤酒肚随着身体的晃动，在绷紧的白衬衫里上下跳跃着，就像里面藏着一只蠢蠢欲动的小袋鼠。肥嘟嘟的脸看上去油光满面，似乎每一个毛孔都盈满着油脂。

"今天紧急召集大家开个小会，"贾伟直接站在会议桌的最前头，没有坐下，急急地说道。这似乎不是一个四十几岁成熟男人的作风，更不应该是一个顶级律师事务所最高领导该有的态度。

程浩狐疑地瞄了一眼这个相处了整整七年又最不待见自己的领导，今天的他看上去很反常，这不像他平时看上去儒雅又从容的形象嘛。

"本来呢，我想昨天下班前就请助理任艳通知大家今天的会议，但昨天整个下午我都在市里开会，把这事给忘了，所以就放在今天早上临时通知。"贾伟的小眼睛快速地扫了一圈后，又补充道，"鉴于此，今天的这个会议我们就不展开深度讨论……"说完，圆圆的身体挤进了身边那张黑色真皮椅子里，目光扫了一遍会场。对于这个看似和蔼可亲，实则很有心机的领导，大家总是小心翼翼，毕竟很多大案子都掌控在他的手里。

"大家都听说我们单位来了一位传说中的不败律师吧，但估计大家都没怎么见过面，现在趁会议开始之前，先让大家认识一下。"贾伟双手交叉放在会议桌上，不紧不慢地说道。随后脸上堆起笑容，向坐在最边角的许杰军招了招手，"来，小许，自我介绍一下。"

见贾伟这么高调地介绍自己，许杰军心里有点不舒服。他本来就是个不喜欢张扬的人，更何况自己才刚从北京来到上海，即便在北京的成绩再斐然，但这里是上海，一切都得重新开始，不管是人脉还是关系网，都得重新开始熟悉、打造和建立。最关键的是，经验告诉他，在一家公司太高调会死得很惨。就现在，单凭眼前这位一把手对自己的这种介绍，就足以让他感觉那是一把利剑，一把涂满蜜糖的利剑。如果领导真的很重视自己，早应该在自己第一天报道的时候，引荐给各位同事，而不是等到现在，在会议上。

"小许可是我们这个行业里的翘楚啊，是我们值得学习和仰慕的榜样啊！"在许杰军站起来的同时，贾伟再次吹捧道，并主动鼓起掌来。

许杰军就是在一片充满假意和敌意的掌声中，面带笑容地走向了领导，在经过程浩的位置时，看了程浩一眼。程浩猜不透他为何要看自己一眼，这眼神中又包含着什么？他唯独能做的就是礼节性地点头微笑。

"大家好，我是许杰军，请多多关照。"说完，许杰军把背弯成了90度，很诚意地向在座的同事们鞠了一个躬。在弯腰的刹那，他心头涌上了一种悲哀和无奈，看来只要是有人的地方，不管是职场还是官场，都能闻到硝烟，处处皆是战场。

贾伟绅士地朝直起身子的许杰军点点头，等他回到原先的座位后，很认真地说道："今天的会议只有一个内容，关于李孙的离婚案件。"说完，目光复杂地看了看全场表情严肃的下属们。

贾伟看到大家都开始翻开笔记本，有的甚至已经在手中摆弄自己的U盘，脸上露出跃跃欲试的神情。他知道，那些U盘里装着每个人对这个案子的解读及处理方案。他不紧不慢地说道："刚刚说了，今天的会议我们不深入探讨，"然后他发现刚刚还兴奋得顾盼生辉的同事们，突然五官都耷拉下来了，失望明显地写在脸上。他知道，现在每个人都想争取这个炙手可热得足以让他们一跃成为名律师的机会。为了这个机会，这段时间，谁也没有好好放松过，暗地里都紧锣密鼓地筹备着，也许为的就是今天这个能一锤定音的会议。

"但是，今天的会议很重要，"贾伟话锋一转，言语中带着力量，一字一顿地说道，"因为这是一场只准赢不准输的官司，而且要赢得漂亮！"

程浩明显地感觉到气氛中的紧张，他偷偷瞄了一眼坐在自己斜对面的许杰军。于他而言，这个案子，可以说整个事务所所有有资历的律师都是自己的竞争对手，但也可以这么说，整个事务所真正有能力和自己比拼的除了这个新来的许杰军，别无他人。

"大家都知道，这起离婚案的特殊性，不是因为案件的复杂、关系的错综，或者说证据的不足，而恰恰是它案情太单纯、关系太简单、证据也很明了，唯独让我们不能掉以轻心的就是这起案件的原告和被告。"贾伟眉头微蹙，沉重地说道。

会议室顿时沉默。

大家都知道，这起案件是一起再普通不过的离婚案，一起没有外遇没有争吵没有别人参与的单纯性离婚，而离婚的原因是最普通却又最让人不能接受的——性格不合，无法再生活在一起。像这种离婚案子连不起眼的律师都不乐意接受，更别说如程浩他们这种顶级事务所的业内知名的律师。但因为原告和被告的身份，每家事务所都虎视眈眈。

他们到底是什么身份？一定是非富即贵，弄不好是什么大人物，不然怎么可能轰动整个律师行业，甚至受到社会和媒体的强烈关注呢？关键最近几天还每天雷打不动地霸占着腾讯头条。

——三年前，那对为爱情私奔到大上海的小夫妻，今天竟然把爱人告上了法庭！

当然这样一个标题根本不足以吸引生活在快节奏里的那些人，更不会引起那些只关注名人和明星的媒体。但问题的关键点在于，三年前，从北方一个小县城，开着摩托车，日夜兼程三千多公里，辗转来到大上海的这对小夫妻，他们的理由竟然只是为了满足先天就有地中海贫血的妻子，能来上海看一眼东方明珠和外滩。但是一路的奔波，让妻子的病情更加严重，小伙子卖了摩托车，也不足以支付能维持妻子生命的药，更别说住院了。无奈之下，男子跪在外滩，泣写遭遇，想求得好心人资助……

在这见惯打同情牌的大都市，这样的故事每天都在发生，谁也不会去关注，但恰恰碰到一个外国记者，而陪这个外国记者在外滩采景的人也是一个报社记者，然后的然后，一切都水到渠成……这个北方男孩硬是用他们如泣如歌的爱情故事，博得了社会很多善心人的同情，妻子去医院得到了免费的治疗，一家物流公司开始给男孩提供了快递员的工作，没过多久，又直接把他提升为重要管理人员，公司老板不但给他们在上海郊区买了一套两居室的房子，还以人才引进的方式解决了小两口的户口，并全部挂在这套房子上。如此看来，这家公司的老板为了借这对夫妻的人气打造公司这张名片也真的是拼了。这对本来命悬一线、居无定所的小夫妻，竟然在短短几个月内彻底改变了命运，在这个让多少人羡慕的国际大都市有了一席之地，不但有了户口，还有了房，第二年还生了个女孩。这手牌简直是赌神附体啊，打得绝了！

所以当这对备受社会关注的小夫妻说要离婚，甚至要闹上法庭时，无疑又在社会上掀起一场大风波，让那些嗅觉如狗鼻子的媒体又抓到了一个吸人眼球、点击率飙升的题材。

"他们两个已经不再是三年前的那对小夫妻了，他们尝到了媒体的甜头，现在懂得利用媒体来做事了，"贾伟再次蹙眉，无可奈何地说道，"你看，男的找了和我们不分上下的'昇新'事务所，女的呢就找到了我们，不过听说，他们不止找我们两家，同样还找了好几家，看来他们各自早已想好利用我们来打好这手牌了……"

"现在他们的诉求都很明确，就是要那套挂着户口的房子。"贾伟继续说道，眼神复杂又凌厉地扫了一眼那些正思索着的下属们。

"因为，谁都想要这个上海的户口。"贾伟补充道。

程浩深深吸了一口气，他太清楚，对于一个外地人来说，一张上海户口代表着什么！那是让你彻底摆脱过去身份的一个最重要的条件，也是能让你光明正大地留在这所大城市，得以享受这座大城市带给你的所有福利的硬件。

"好了，如果大家没有别的问题，今天这个会议就这样吧，回去把整个案件的思路再整理一下，扣住关键点，挖掘事件背后的真相，最重要的是，千万不能让媒体抓住把柄。今天是周二，周五我们再一起深度交流，然后决定由谁来负责这个案子。"贾伟边起身边说道，看他那着急的样子，似乎有更重要的事情等着他去做。

时 空 轴

许杰军没有立刻离开会议室，他目送着所有同事离开，然后缓缓地从椅子上站起来，把自己整个人置身在这片透明又空旷的玻璃间里。他有一个不为人知的癖好，喜欢独处在一个陌生的环境中，然后放空自己，任由思绪飞舞，最后在这些杂乱飞舞的思绪中抓住一些自己想要的，最后归纳筛选总结。他把这些最终的思绪称之为"灵感"，此时，这个玻璃间对于他来说就是陌生的。

从北京回上海一个月了，进这家公司也快一个月了。这一个月中，自己几乎把全身心都投放在工作中，熟悉案件、建立人脉、整合资源等，反而忽略了单位里的这些同事。今天自我介绍时，一看很多都是陌生的面孔。不过，那个叫程浩的家伙，其实今天早上在地下车库就看到过他。当时他的车正好停在自己车的斜对面，然后看到他下车后，绕着车子走了一圈，似乎在检查是否被刮伤什么的，后来走出了一段路后，他又退了回去，又看了看窗户，拉了拉门……自己被这个一看就有强迫症的家伙给逗乐了，虽然自己也有点强迫症，但却不会像他那样严重。所以就因为这，多看了几眼。

听说这个程浩是博士，很有才，但在业内却没有什么名气，根据自己这一个月的观察，似乎他也不讨领导喜欢，同事之间相处得也很冷淡，刚刚自己也尝试到了他的冷漠，看来这个人还真有点古怪。

不知怎么，许杰军平时很热闹的思维今天竟然被这个程浩给占领了，他像一个幽魂一样不停地在许杰军的脑海里来回闪现。

撞邪了！许杰军嘀咕道。随后拿起了桌上的资料，走出了会议室。

而在同时，程浩也正在想许杰军，这个没有他打不赢的官司的行业翘楚，会不会这次就成了自己的对手呢？毕竟自己和他之间没有较量过，不知他的实际能力到底如何。如果他一旦和自己成为这个案子的对手，那么自己还得好好修改方案，绝不能低估了这个空降兵。

第五章

一通被凌辱的电话

她突然觉得心头很压抑，像压了一块沉重的大石头，喘不过气来，她要逃离，需要去外头呼吸一口新鲜的空气。这种欲望很迫切，迫切到下一秒就想冲出这栋大厦的玻璃……

5月23日　小满　周二

　　华远进出口公司的财务室里，苏子美眼睛傻傻地盯着电脑屏幕，财务报表上那一串串如蚂蚁一样的数字，早已让她麻木了，只是今天更让她觉得厌烦！

　　马上要月底了，照理来说，是每家公司财务最忙的时候，更何况最近是单位的旺季。但她就是什么也不想做，从早上到现在，她全部的心思都不在工作上，满脑子都在想涵涵的事情和程浩找关系的问题。

　　昨晚那一场歇斯底里的争吵，似乎耗尽了她所有的力气，早上要不是弄涵涵，送他上学，自己真的不想起床，只想昏天暗地地睡一天。

　　苏子美深深叹了一口气，抬起左手握成拳头状轻敲着自己头痛欲裂的脑袋，右手握着鼠标敲打着桌面。这磨人的小升初啊，简直是把人往死里整，自己似乎早已因为它患了病，精神病！

　　她不知道自己从什么时候开始，心里的焦虑和担心，甚至恐惧，已经越来越浓。更可怕的是，在离小升初越来越近时，面对孩子偶尔的不如意，自己竟然不断地放大他的缺点，直至失控。在每一个考分缺月之夜，频繁地从猫妈变成狼妈，甚至用"爱的名义"把孩子绑上了似乎只是为了满足自己的虚荣、梦想和弥补缺憾的战争中……

苏子美又深深叹了一口气，捏了捏鼻梁。受过高等教育的她怎么不知道这样教育产生的后果是什么？她怎么不会反省自己的行为呢？在看到涵涵那双饱含泪水的眼睛时，自己何尝不是心痛得要窒息？但是，这是现实社会，是目前你根本无法改变的教育现状，当你无法改变，你除了妥协还能做什么？

她再次拿起桌上的手机，打开特地下载的"教育帮"，这里有很多关于教育的资讯，但苏子美只看其中一个栏目——小升初。那个栏目中，每天都聚集着一帮和她一样焦虑迷茫又不甘的家长，在论坛上分享一些关于小升初的资讯和个人的情绪。现在的人变得越来越奇怪，往往宁愿和陌生人分享心情，也不愿意和自己身边的人分享，包括自己。很多时候，她就是把自己陷在这些论坛里，看着说着，开心着焦虑着，却很少有欲望和自己的朋友去倾诉，即便是睡在一起的丈夫。

——听说，实验附中下下周就要招生了，凡是想通过报名进去的，都要参加他们学校的考试，通过了才能进去。

——似乎还有面试呢？全英文的自我介绍……

——我们已经对实验附中不抱希望了，想要他们学校的一个名额，简直比登天还难。

——那去民办的初中吗？上海市也有好几所民办的初中，教学质量不比实验附中的差，比如钟山学校，每年考上四大名校的比率甚至高出了实验附中。

——问题是，那民办学校的学费又是多少家庭能承担的呢？

——那怎么办？总比学区房好吧。

……

苏子美早就明白，在这里你会快速地被传染焦虑症，而且快速地发酵，但她总是无法阻止自己每天要进入这个地方，找寻一种心灵上的寄托和安慰。

唉……她又叹了一口气，这些家长们的对话，让她本来不安又焦灼的心越发压抑和愤怒——时间不等人，如果再不找关系，那么涵涵就没有机会了。而所谓的私立学校，真的不是像她们这种家庭能去考虑的。

眼睛随着手中的手机转动几下后，苏子美快速地按下了那一串熟悉的号码。

"嘟……嘟……嘟……"电话那端响了很久，才传出"对不起，您所拨的电话暂时无人接听，请稍后再拨。"

在干吗呢，电话也不接？

重复拨，还是无人接听；再拨，依旧。

苏子美突然想起早上那碗搁在餐桌上纹丝未动的番茄鸡蛋面，心里嘀咕着：他不会还在生昨晚的气吧？

要死了，这个男人！难道他不知道自己都是为了孩子吗？而且这个孩子还是他们程家的种，我苏子美是在为他家耀祖荣宗啊，他真的是只什么都不懂的猪！

苏子美在心里狠狠地骂程浩，但骂归骂，事情还是要解决，看来自己也应该找找手头的人脉了。她打开了手机通讯录，开始一个名字一个名字地翻找。

但让她失望又自卑的是，翻遍整个通讯录都找不到一个自己可以开口的朋友。是的，她不得不承认，自己没什么朋友，确切地说没有私交很深的朋友。当时读大学，自己是带着对父亲的憎恨和抵触的心去上的，整整四年，她都厌恶极了这学业。这也导致她的性格比较内向和孤傲，很少有同学愿意和她交流，她也懒得和他们说话。于她而言，所有学经济的女人都是神经病。

"砰"的一声，苏子美颓废地把手机放在了办公桌上，其实她很想扔，但是想到办公室其他的同事，还有坐在不远处始终盯着他们工作的领导，她不敢。

两分钟后，她起身，假装拿起了茶杯，顺手把手机藏在茶杯底部，朝着茶水间走去。

是的，她不甘心。就在刚刚放手机的时候，她脑海里突然冒出了一个人——潘悦，当初那个把自己师范大学的名额抢走的高中同学。虽然苏子美对她到现在还耿耿于怀，但为了孩子，她豁出去了。

放下茶杯，苏子美躲进了厕所，右手翻阅潘悦的电话，左手拇指放进了嘴里，开始不断啃指甲。这是她的一个特性，一旦紧张的时候，就会啃指甲，所以大拇指的指甲永远都是光光的。

找到了。她深深舒了一口气，然后警惕地看了看厕所的大门，又竖起耳朵听了听有没有人在里面。

牙齿咬了一下下唇，按下了那个让她一辈子都不想联系的名字。其实这个电话也是她刚刚在前不久高中聚会的同学群里找到的。

"嘟……嘟……嘟……"铃声响到第三声的时候，那头接了起来。

"喂，你好，哪一位？"一个沙哑的中年妇女的声音传了过来。

无须辨别，苏子美就知道这是潘悦特有的声音。读书时，因为她的嗓音，还一度被同学们嘲笑，特别是她在说自己的理想是当一名老师时，全班都笑翻了。就她这个像被棉絮压住的声音，还能做老师？这不是耽误下一代，摧残我们祖国的花朵嘛。但是谁也想不到，人家就是有这个命，当时全校只有一个保送师范大学的名额，却被她给拿去了，还是自己的父亲亲自点名给她的！如今人家不用当老师，也能爬上市教育局督导室主任的位子。

"潘悦你好，我是苏子美。"苏子美嘴角扯了扯，回应道。她能感觉自己不只是面部僵硬，连声音也是僵硬的。

手机那端短暂的沉默，也许是被这个意外的电话给惊住了。是呀，二十年没有联系的人，突然给你电话，你说你会是兴奋还是激动或者说根本就想不起有这么一号人物？

"咳……咳……"那端传来咳嗽声，随后沙哑的声音再次响起，"是子美呀，好久没联系，一切还好吗？苏校长一切可好？"

真不愧是久经官场的人，说起这些客套话连草稿也不用打。如果她真的还记得自己的父亲的话，早就打电话问候了，还在这里装什么腔作什么势？苏子美心里冷哼了一声。不过，毕竟现在是自己有求于她，所以……

"一切都好，我们都很好。你呢？"苏子美收起所有的情绪恩怨，笑着迎合道。从厕所的洗手池的镜子中，看到自己笑得比哭还难看。

"我，不错啊，就是忙了点，等改天有空我去看老师哈……"潘悦客套地说道，"记得替我问候苏校长和师母。"

"嗯，好的，谢谢……"苏子美轻轻地回应，然后接下去她不知道怎么说，脑子里不断地斟酌怎么开口？

一分钟后，手机里传来打字的声音，潘悦在那头说道："子美，要不我们改天聊？我这边……"

"哦，等一下！"苏子美急急地叫道。她突然醒悟，自己如果再不说就没有机会了，以自己的个性不太可能再有这种勇气和肚量打这个电话了，所以当潘悦说要挂电话，她急得忘记了所有的恩怨，还有内心的那一股傲气和尊严。

"怎么？还有事？"那头潘悦的声音明显地冷淡了。

苏子美深深吸了一口气，为了涵涵，作为母亲，自己愿意放弃所有的一切，也要为他争取一次机会，哪怕这也许不会是一次机会，而是羞辱！但她愿意！

"潘悦，"苏子美努力地咽了咽口水，困难地说道，"我想请你帮个忙。"

"什么？"潘悦虽然没有挂电话，但那沙哑的语气里有了不耐烦。

"是这样的，"苏子美再次吞咽了一口口水，舔了舔干燥的嘴唇，低低地说道，"我儿子涵涵马上要小升初了，我和我爸爸都想让他进实验附中，但是，你知道的，现在如果没有关系……"

"哦，你孩子这么大了呀，恭喜你啊，"潘悦岔开了话题。

"嗯，谢谢……"苏子美是何等聪明的女子，她怎么会不知道潘悦的真正用意，但一想到为了孩子，她鼓起勇气，涎着脸继续问道，"你看，你能不能帮我打个招呼，让实验附中给我们家涵涵一个机会？"随后又想到什么，急急地补充道，"如果有什么需要，我们都愿意的，而且我们全家都会感谢你，真的。"

"子美啊，你这话说的，我们是老同学啊，你父亲又是我的恩师，哪存在帮不帮的呀，"潘悦的沙哑嗓音中竟然带了一丝柔软。

苏子美内心莫名一阵感动，那一瞬间，她觉得是自己以小人之心度君子之腹了。

"但是，就像你说的，现在竞争这么激烈，想进一所好的学校真的不是那么简单的，不是靠谁说一句话就能搞定的。今天即便是教育局局长也没这个能耐啊，你说对哇？再说了，现在的教育都是秉持公平公正公开，我坐在这个位置，怎么能犯这种原则性的错误呢？怎么能拿别人家的孩子开玩笑呢？以后我还怎么问心无愧地去督导学校呢？你说对哇？"潘悦思路清晰地说道。她真的很聪明，学会利用职务来说事，把所有的不愿意和不想都算在她的职务上，因为她这样的职务，所以她不能帮这个忙。

苏子美淡淡地从喉咙里吐出一个哦字，看来自己还是单纯，潘悦前面所有的客套都是为刚刚这段话做铺垫的，刚刚那种感动突然消失得无影无踪。但不知为何，她还是不想放弃，她甚至想象潘悦不看僧面看佛面，看在父亲当年帮她的份上，也许能……

"潘悦，我理解你，坐在这个位置上必须公平，但是我想请你看在我父亲的面子上，帮帮我，好吗？"苏子美的声音都哽咽了，她从来不知道自己可以这般卑微，要知道手机对面的那个人是自己的对手和敌人啊。但这一刻，她终于明白了母爱的伟大，"即便不是实验附中，比它稍微弱一点也可以，只要是市重点初中，我们愿意花点钱的。"情绪让人的思路混乱，苏子美就是这样的，她在潘悦稍后的那一声怒吼中才意识到。

"苏子美，你这是什么意思？你是想让我犯罪吗？什么叫花钱你们愿意？现在的教育是可以用钱来买的吗？是你们这些无知家长随意可以践踏的吗？那些学校，是你们说想去就能去的吗？如果每个家长都像你这样，那么还需要什么教育，什么制度！"潘悦愤怒地吼道，那沙哑的声音似乎能听到撕裂的声音，"既然你觉得教育是买卖，那么你就花钱去买吧，恕我无能为力！"

苏子美如从梦中惊醒一般，还未等反应过来发生了什么，就听到手机里传来"嘟嘟嘟"的忙音。

她双手撑在洗脸台上，羞愧地垂下头，脑袋都快埋进腋下了，刚刚所有的勇敢都突变成懊恼，在她身体里发酵。在听到手机的忙音后，她才彻底醒悟，这是一场利用职位当做挡箭牌的官场商业化的拒绝。她不得不承认，在潘悦面前，自己注定了是 Loser，不管是之前，还是现在，她输得一败涂地，而且活生生地被别人理直气壮地推上了道德审判席，接受审判。

愣了很久很久，苏子美才抬起头来，一边用手指拂着刘海，一边从镜中打量自己。厚厚的眼皮，深深的眼袋，还有眼角越发明显的细纹，包裹着一双无助又无奈的眼睛，额头上凸起的几个痘痘，透着顽强的生命……她眉头一皱，鼻子一酸，委屈的泪水顺着眼角流到了那张黯淡无光的脸上。

自己才多大啊！还没有到 40 岁呢，怎么看上去就像个怨妇呢？这该死的小升初，在折磨自己的身心的同时，也在消耗自己的容颜。

"唉……"苏子美深深叹了一口气，"涵涵，妈妈为了你，愿意千千万万次。"她边缓缓擦着嘴角的泪边喃喃道。

"嗨，苏姐，你在洗手间啊？"有人突然叫苏子美，把正沉浸在自己世界里的苏子美吓了一跳，她再次用手背慌乱地擦了一下，转过身子，努力让嘴角上扬。

原来是自己同一个办公室的两位小姑娘，她们刚从学校毕业没多久，整个人都流露出逼人的青春。她们正用惊讶的眼神看着自己。

"苏姐，怎么了？你怎么哭了？"其中一个叫小孙的女孩关心地问道。

"苏姐，是不是被领导批评了？"另一个叫小闵的女孩猜测道。

　　"哦，没有。"苏子美急急辩解道。她最不能接受的就是被同事认为自己工作能力不强，但是扪心自问在这个行业，自己确实很颓废，但这都拜潘悦所赐！要不是她，自己根本不可能从事这个行业，也不会躲在卫生间偷偷哭泣，更不会让两个乳臭未干的小姑娘借着关心的名义来胡乱猜测满足她们的好奇心。

　　看到她们依然惊讶的眼神，苏子美撩了撩旁边的头发，假装对着镜子整理妆容。

　　"不会是夫妻吵架了吧？"小闵若有所悟地叫道。

　　小孙剜了她一眼，反驳道："怎么可能啊，难道你不知道苏姐的老公不但多金有才华，关键还对苏姐言听计从，把她捧在手心里呢……而且人家还是大名鼎鼎的律师呢……"小孙一副羡慕的样子，眼睛里充满了希冀。

　　"哦，真的啊……我最喜欢做律师的男人，你看《何以笙箫默》里的那个何以琛，又帅又多金，关键人脉还那么广，似乎什么事都能搞定……"小闵嘟起嘴巴，一副花痴样。

　　"你呀就是电视剧看多了，不过我也超级喜欢……"小孙娇嗔道，脸上漾开了少女的笑容。

　　这两个小姑娘的对话，虽然是凭空想象，但让苏子美听了心里很舒畅。都说每个女人心里都有一个公主爱情梦，等待有一天自己的白马王子出现，而这个和年龄无关。苏子美嘴角微微一上扬，露出了一个美丽的笑涡。程浩对自己说过的最美的情话就是——我心甘情愿沦陷在你的笑涡里，永永远远。

　　"嗳，苏姐，你怎么不让你老公帮你找一个好一点的工作呢？"小闵突然站到苏子美身边，眼睛直直地盯着她问。

　　"对啊，我们这里多累啊，日本人对员工要求高，又刻薄，制度又严厉，薪资还不高，你不应该在这里，让你老公随便给你找份工作都比这里强。"小孙附和道。说完，还翻了翻眼皮，露出一副对现状不满意的模样。

"或者说直接做全职太太，多好啊！"小孙突然又冒出一句话。

苏子美尴尬地扯了扯嘴角，看了一眼两个一脸为自己可惜又羡慕的小姑娘，说道："做全职太太没意思，女人嘛，还是要有自己的生活，不能太依靠男人的。"

"你看，"小闵用手肘撞了撞身边的小孙，感慨道，"人家苏姐觉悟多高，这年头女人一定要靠自己，靠男人啊……"

苏子美没有再搭腔，而是再次面向洗手池，打开了水龙头。她现在的内心就如这水的温度，冰凉。外界看自己就是一个幸福的女人，老公不但有才，而且是律师，在市中心的黄金地段又有自己的房子。但是谁会知道，自己每个月都要小心翼翼地花钱，别说去大品牌店买衣服，就算是一般的品牌店，她都很少光顾，很多时候都在淘宝上淘。好在自己还算是个比较会搭配的女子，穿出去的衣服给人感觉不廉价。衣服不敢买贵的，连化妆品也不敢用贵的，一支口红都不知道用了多少年了，也许早就过期了，但自己就是舍不得扔……唉，苏子美内心又深深叹了一口气，物质上的这些缺失倒也无所谓了，毕竟自己不算是个物质女，但是程浩连孩子的一个市重点初中的名额都解决不了，这真的让她不能接受，甚至绝望……

"以后啊，我妈再让我相亲，我就说我要个律师，不是律师一切免谈……"小闵鼻子里哼了一下，摆出一副傲娇的样子，"然后我也可以像苏姐一样，有一套黄金地段的房子，有一个多金多才多人脉资源的老公，还有一个聪明懂事的儿子……"

"哎哟喂，这梦做得……"小孙边嘴里发出"啧啧"的声音边对着满脸痴迷状的小闵摇头，"那你也得有苏姐这样的福分啊，还要有一张上海户口，一副好皮囊，当然……"小孙突然停下来，不怀好意地上下打量了一下小闵，眉毛往上一挑，接着调侃道，"还要有一副魔鬼的身材啊……哈哈"说完，自己捧着肚子笑得前俯后仰。

小闵气急，一张小脸涨得通红，嘟起嘴巴，直跺脚，身上的肥肉，在那件黑色 T 恤下汹涌澎湃。

这两个小姑娘似乎早已忘了她们来洗手间干吗的，当然也忘了身边还有一个心情超级郁闷，很想一个人静静的中年女子。

"我先回办公室了……"苏子美小声招呼了一声后，像逃似的蹿出了洗手间的门。她实在接受不了这些别人眼里的羡慕，她觉得听了这些话不是满足和膨胀，反而是瘆得慌，一种似乎要被别人揭开真相的心慌。她知道，那是因为两个小姑娘刚刚说的这些正是自己之前为了满足虚荣心显摆出来的。

她突然觉得心头很压抑，像压了一块沉重的大石头，喘不过气来，她要逃离，需要去外头呼吸一口新鲜的空气。这种欲望很迫切，迫切到下一秒就想冲出这栋大厦的玻璃……

她找了一个最好的理由离开了办公室，来到地下车库，坐上自己的车后才发现其实自己根本无处可去。

这个点回家，父母一定会追问，烦不胜烦。真的去银行处理公司回单，自己肯定也不愿意。苏子美傻坐在车里，盯着挡风玻璃发呆，脑海一片空白。

孤独和寂寞真的不一样。寂寞也许只是想有个人陪，但是孤独是想请人走进自己的内心，倾听和说话。

苏子美这个时候觉得又寂寞又孤独，这两种感觉同时袭来，那种骨子里的需求会顿时爆发，她现在很需要一个人来陪，很需要和一个人倾诉情绪。

不知道是现在的社会病了还是现在的女人变了。苏子美发现很多时候自己心里不舒服的时候，第一个想到的不是程浩，也不是那些和自己关系还不错的异性朋友，反而是女性朋友。因为她发现自己到了这个年龄，不再注重男女间的缠绵悱恻，而是更多的在乎精神上的温暖和理解，这种需求你是很难到男性这边索取到的，反而是同性她们能给到你这种精神上的慰藉。就像吴璇也是一样，碰到很多问题第一时间想到的就是她，很少是她老公。也许如今的社会让很多女性的身份、角色和情感产生了分裂及变异吧。

这是一个社会问题，此刻的苏子美是没有心思去想这些的，解决当下自己的需求才是王道，她二话不说就掏出了手机。

"亲爱的，"她声音糯糯的，把上海女子的那种嗲给展示了出来，"你在哪里呢？我想要喝一杯咖啡，想来一杯星冰乐，然后发呆，听你说话……"她不等电话那端说话，就一个人开始铺展开小资情调。

"亲爱的，你不上班吗？"电话那头传来吴璇比她更嗲的声音，让人一听就会产生遐想。

"嗯，翘班了，不想上班，没心情……"苏子美嘟起嘴巴，心情很低落地说道，随后撒娇道，"你陪我好不好嘛……"

"不行啊，我在给贝贝报班呢？"吴璇嗲嗲地说道。

"给贝贝？"苏子美一下提高了分贝，本来慵懒地斜躺在驾驶座上的身子猛地挺直了，"报什么班？不是已经在上补习班了吗？"

"没有啦，就是贝贝不是要去实验附中了嘛，我想给他报几个加强提高班，这叫笨鸟先飞。"吴璇解释道，听她那里似乎是很吵，好像很多人的样子。

"哦……"苏子美拖着一声听似失望的长音。

"改天哈，我约你哈，现在忙了……"吴璇在那头急急地说道，随后就是一阵"嘟嘟"的忙音。

刚刚所有的孤独和寂寞一扫而空，取而代之的是一种羡慕和嫉妒，为什么不是自己的孩子？为什么总是别人家的孩子？什么"笨鸟先飞"，看似自嘲的话，却有着明显的炫耀，就像刚刚自己的那句"哦"一样，那根本就不是对吴璇的失望，而是心头莫名涌上的一种嫉妒和自卑。突然就觉得这两个孩子有了档次上的差距，有了距离。

两个孩子不会有这样的想法，更不会有这样的感觉。在孩子的世界里，友情没有贵贱之分，不会因为时间和距离而改变，是超越所有言语和道理的。但大人不一样，特别是对于她和吴璇之间，她们的友情完全是寄托在孩子身上的，因为孩子她们才会在一起。苏子美很清楚，大人间的友谊很多时候是需要权力和资格的，或者直接说是需要资本和能力的。就像她和吴璇之间，其实自己是完全没有资本去经营这段友情，自然也就没有能力去延续这段友情，先不说别的，就在这个小升初的名额上，人家就略胜你一筹。

时　空　轴

潘悦狠狠地把手机扔到了办公桌上，双手抱胸，站在了市教委督导办公室的窗户前，她眼神望着远处商场门口络绎不绝的人，思绪却飘到了那个二十年前的校园，斑驳的记忆被打开了……

"潘悦，我可能要去师范了。"苏子美扎着马尾辫，急冲冲地冲进教室，一把拉出了正在整理笔记的潘悦，喜滋滋地在她的耳边说道。

"真的？"潘悦一下惊呆了，她用非常不相信的眼神盯着正沉浸在喜悦中的苏子美，反问道。

"嗯！"苏子美狠狠地点了点头，然后又凑近她的耳朵，低声说道，"是我爸爸告诉我的，就一个名额，他们下午开会决定。"说完，一对笑涡又漾开在嘴角。

"哦……"潘悦假装挤出了笑容，假装兴奋地说道，"子美，恭喜你，真羡慕你……"然后她找了一个还要整理笔记的借口躲进了教室。

其实潘悦比谁都想进师范，一来做老师一直是她的人生目标，关键做老师比较稳定，不太会有什么变动；二来自己在教育局工作的父亲打过包票，说自己上了师范，一定给她安排一个好的工作。所以当苏子美告诉她这个消息时，对于她无疑是晴天霹雳，她嘴上说是羡慕苏子美，其实内心又嫉妒又恨，但她们毕竟是很要好的朋友，一个在班级是班长，一个是学习委员。

那个中午，潘悦特别难受，她恨自己没有一个像苏子美这样的副校长爸爸，不然的话，这种好事情怎么可能轮得到苏子美呢？但她突然就想起了自己的爸爸……

那天下午的第一节课，住校的潘悦特地请了一堂课的假，然后跑去教育局，找了爸爸，把事情的整个过程和爸爸说了一遍。后来不知爸爸用了什么方式，总之那天学校开完会，就看到苏子美的爸爸苏副校长的脸特别难看，苏子美也从上午的兴奋一下跌入到悲痛，眼睛红红的，似乎哭过。而两天后，学校就宣布自己被保送到师范大学。从此，她和苏子美的友情彻底决裂，再也没有相见过，连苏副校长自己都没有去问候和看望过。

哼，潘悦嘴角一扯，冷冷地哼了一下，嘀咕着："还真有勇气，敢给我打电话，明摆着我是不会帮她的，还敢尝试，之前那个清高冷眼的苏子美，怎么一下就变了呢？真想不到，时间和岁月可以这样改变一个人……"

第六章

善变的妻子

虽然自己内心其实不认同她的观点和做法，但是谁又会去阻止一个母亲因为爱孩子做出的一些比较极端的行为呢？所以他理解了昨晚那个歇斯底里对自己毫不留情的疯女子，也接受了今晚这个柔情似水、千媚百娇的美娇娘。

5 月 23 日　　小满　　周二

"哎哟，没想到啊，没想到啊……"薛静芳一踏进家门口，手里还来不及放下跳舞用的红扇子，就大呼小叫道，"出事情了，出事情了……"

"干吗呢，你这老太婆，大惊小怪的。"坐在沙发上正看报纸的苏源抬起头，推了推鼻梁上的老花镜，埋怨道。

"出事情了，住在 89 号的张阿姨知道哇啦，"薛静芳脱下舞鞋，就光着脚走向客厅，一屁股坐在沙发上，神秘兮兮地说道，"她家儿子和媳妇昨晚打架了，把 110 都给招来了，今天开始闹离婚了。"说完，翻了翻眼皮，端起茶几上的水，一饮而尽，嘴里嘀咕着，"渴死我了，出去时竟然忘记拿茶杯了……"

"这有什么啦，你的女儿和女婿昨晚不也是吵架了，只是没有把 110 给招来而已，却把我们一把老骨头给折腾死了。"苏源翻着报纸，头也不抬地说道。

薛静芳一愣，眼珠子在眼眶里滚了又滚，"啪"地拍了一下苏源的肩膀，说道："你这老头子，怎么说话的，我们哪是吵架哇，那只能算是争执，为同一件事情产生不同观点而引发的争执……"说完，眉毛挑了挑，一副死猪不怕开水烫的样子。

"哟，争执？"苏源终于抬起头，从老花镜里抬起眼皮翻了翻，调侃道，"人家的叫吵架，我们的就叫争执，老太婆，我觉得你还挺文艺，挺会来事的……"说完，嘴角往上一扯，从嘴里冷哼了一声，继续看他的报纸。

"反正又没有人知道我们家昨晚也吵架了……"薛静芳被老伴这么一嘲讽，本来就跳舞跳得通红的脸更红了，嘴里嘀咕着，坐在沙发上发呆。

良久，又想起什么似的，朝涵涵的房间瞄了瞄，然后朝苏源这边挪了挪，凑近身子小声说道："你知道张阿姨家为了什么吵架吗？说出来你也许不信。"

这老太婆没事总喜欢东家长西家短，关心别人的事比自己的事还积极。苏源继续翻着报纸，本不想搭腔，但想想不搭腔的后果可能比搭腔的后果还要严重，他索性合上报纸，抬起头，不冷不热地反问："为啥？和你有关系哇？"说完，白了老伴一眼。

"嗳，你还真别说，这件事还真的和我们家有点关系咯……"薛静芳急急地解释道，她才不管苏源那一副嫌弃自己的样子，身子又往他身边靠了靠，捂住嘴巴，轻声说道，"他们也是为了孩子小升初的事情呀，张阿姨的那个媳妇哦，那闹头哦，比我们家子美厉害多了，竟然搞得她老公没办法，直接报警，后来警察来处理，但是这种是家事啊，警察来了有用哇，真是的，结果搞得整个小区都知道，丢人啊……"

"噢？为小升初？"苏源听到这个，语气里明显有了好奇。

"对啊，就是为了和我们涵涵一样要一个小升初市重点初中的名额，"薛静芳看到苏源搭腔了，她就搭起架子来了，"你说和我有没有关系？和我们有没有关系？"边说边晃着脑袋，那一张嘴皮子是上下翻动。

苏源有时候就看不惯薛静芳这种装腔作势，他白了她一眼，双手一拍大腿，屁股一抬，从沙发上站起来，一副要离开的样子。

"喂，喂，喂！"薛静芳急了，一把拉住老伴的衣角，板着脸嗔怪道，"你说你这个是什么臭脾气，子美就是像你，直板板的，一点也不柔软，我就不喜欢你这点。"

"我也不喜欢你这样啊，要说就说，非要摆出一副爱说不说的样子，你当你十八岁啊，欲说还休？"苏源也不客气地嘲讽道。双手背反在身后，别过头，下巴微微上扬，很傲娇的样子。

薛静芳太了解这个和自己相处了四十几年的老伴了，要面子的主儿，当惯了领导，面子就是尊严，比命还重要。

"好，好，好，"她扯了扯苏源的衣角，低声说道，"我错啦，还不行吗？"

苏源鼻子里冷哼了一下，气呼呼地坐了下来，又拿起沙发上的那张报纸。薛静芳知道他是装装样子的，实际上是等着她的故事呢。

"其实呢，我和这个张阿姨不熟，她不和我们一起跳舞的，是她隔壁的钟阿姨和我很熟，她和我们一起跳舞的。今晚就是在听这个钟阿姨说，张阿姨家昨晚只听到噼噼啪啪的声音，吓得她们都不敢去劝架，后来是警察来了，才消停。本以为是什么天大的事情，结果早上一问，就为了孩子一个小升初的市重点名额，差点就把家里的屋顶都掀翻了，今天一大早，两个人又吵起来了，说要直接去民政局离婚，这下可好了，张阿姨的老公血压一下飙升，就晕倒了，这才阻止了这场闹剧，一家人急冲冲地赶去医院，到现在还没有回来，现在都不知道怎么样呢……"说完，薛静芳叹了一口气，明显感觉到她内心那种被感染的情绪。

"怎么？又想到我们的孩子啦？"苏源一针见血地问道。毕竟是生活了几十年的老伴，一个神情和动作就知道对方心里在想什么。

"唉……"薛静芳哀怨地瞥了一眼苏源，担心地说道，"可不，昨晚你又不是没有听到，他们两个差点就要闹崩了，要不是程浩这孩子脾气好，就我们家子美这轴脾气，估计也和张阿姨家一样了，你啊，现在就不是坐在这里优哉游哉地看报纸咯，弄不好和张阿姨家的老伴一样咯……"

"嗳，我说你这老太婆，就这么诅咒我早点死吗？"苏源听了不舒服了，直接怼回去。

"唉，"薛静芳又是深深叹了一口气，"如果程浩这件事情不搞定，以子美这好胜的性格，这战争是很难消停的呀……"说完，她摇了摇头，一副无奈又生气的样子。

"嗳，老头子，你说你有没有办法啦？"薛静芳突然想起什么，刚刚还低垂的眼睑一下抬起来，瞪大着看着苏源，又提醒道，"你可是老一辈的教育工作者，你想想你的那些学生们，有没有在教育方面有成就的？或者一些混得好的学生？"

"胡扯，我能有什么资源！"苏源生气地阻止道。

"哟，"薛静芳直接从沙发上站起来，直接站在了苏源面前，嘲讽道，"太谦虚了吧，我的老校长！谁不知道您这么多年，那可真的是桃李满天下啊，随便找一个政府部门的官员，弄不好都是您当时的学生，走在路上，搞不好都能碰到一个人过来称呼您一声老师。您说你这算不算谦虚呢？"

被老伴阴阳怪气地说一通，苏源的脸又黑了，没好气地说道："我说了没有资源就是没有资源，你废那么多话干吗呢？"

"嗳，你这老头，不就是怕被你的学生回绝，拉不下这张老脸嘛，"薛静芳也被激怒了，边说边把手指戳在自己脸上比划，"但你要知道，比起你这张老脸，涵涵的这个名额好好叫重要了好哇。你看人家陈阿姨的老伴，退休前是环保局的局长，也是两袖清风嘛，但是人家为了他孙女能进市最好的小学，不得不拉下老脸，求了很多人，终于搞定了这个名额。"说完，眼睛瞪着苏源，气呼呼的样子。

"那是人家，不是我，人家老脸值钱，我的老脸不值钱。"苏源向来不喜欢被比较，一时气得吹胡子瞪眼的，在那里大吼。

"是你的老脸太值钱，我们家涵涵受不起！"薛静芳气急，恶狠狠地怼了回去。

"你！"苏源噌地从沙发上跳起来，嘴巴张了张，没说话，气呼呼地走进了房间，随后"砰"的一声，摔上了房门。

"妈，你们吵什么呢？"苏子美拖着疲惫的身子打开了家门，"走在楼梯上就听到你们两个人的声音，就不怕吵到涵涵做作业吗？"

薛静芳看到自己的女儿一脸抱怨的样子，刚刚还紧绷的脸立马堆满笑容，柔声说道，"哦，子美回来了呀，吃饭了吗？要不要妈妈帮你把饭菜热一下？今天特地煮了你爱吃的红烧排骨呢。"说完，急冲冲地走向厨房。

"不用，吃不下。"子美放下包，有气无力地回应。

今天一天，她真的太累了。那种心被伤透又掏空的感觉让整个身子都处在空乏状态，整个下午都如行尸走肉般在银行办事，硬是把一件反感的事做成一件有趣的事。

"怎么啦？不舒服哇？"薛静芳紧张地跑过来，手放在苏子美的额头上关心道。

"没有啦，"苏子美眉头一皱，不耐烦地推开了薛静芳的手。随后，边朝涵涵的房间走去边叫道，"涵涵，涵涵，妈妈回来了，你作业做完了吗？"

薛静芳失落地垂下了手臂，然后默默地走进厨房，准备切今天刚买的西瓜。

"你到底是怎么回事啊？是不是昏头了？"突然从涵涵的房间里传出苏子美的怒骂声，紧接着是涵涵"哇哇"的大哭声。

薛静芳一惊，刀子直接切开了手指，鲜血瞬间就冒了出来，但她顾不得这些，急急地从厨房间奔向涵涵房间，叫道："又怎么了嘛？"

房间的地上，几张试卷胡乱躺在地上，苏子美双手交叉在胸前，双眼瞪着涵涵，怒吼道："你说，你说，你最近到底在干什么？"

涵涵拉开嘴巴哭得上气不接下气，但不敢不回答妈妈的话，"妈……妈……我不是，我不是……故意的……以后，我……我会……考好的……"说完，哭得更是伤心。

"以后？"苏子美用手猛地一推涵涵，大叫道，"还有以后吗？你以为你还有很多时间能浪费啊？"

涵涵一个踉跄，差点摔倒，好在薛静芳手疾眼快，一把扶住了他。

"你发什么神经啊？一回来就骂孩子，有你这样的妈妈吗？我看你是鬼上身了！"薛静芳对着苏子美骂骂咧咧的，随后轻轻摸着涵涵的脑袋，柔声安抚道，"来，乖囡，我们不哭了啊，擦干眼泪，外婆带你去吃西瓜。"她边伸出手擦涵涵脸上的泪水，边揉着他的肩膀往外走。

但是涵涵不敢走，他肩膀不断地抽动着，眼睛偷偷地瞄着苏子美的脸，瘪着嘴，委屈的眼泪又流了下来。他真的不知道自己的妈妈最近怎么了？怎么会变得这么可怕？难道真的像同学们说的那样，女人到了一定年龄就会得更年期综合征？还是因为自己的小升初学校？昨晚在睡梦中隐约听到爸爸妈妈的吵架声，后来连外婆外公都被吵到了，他们吵得很厉害，好像就是因为爸爸不能帮自己争取到一个市重点初中的名额。刚刚在做作业的时候，也听到了外公外婆的对话，都好像在为自己的这个名额操心。

"妈妈，"涵涵抽泣着说道，"我，我不去，不去市重点……初中了……"

"你给我闭嘴！"苏子美直接打断涵涵的话，突然像发怒的狮子一样，发疯般地嘶吼，"你说不去就不去啊？你凭什么不去啊？你凭什么就这么简单地说放弃？你怎么这么没有想法没有进取心？还没有尝试就要放弃？我是怎么教你的？你说啊！"

涵涵从来没有看到过这样疯狂的妈妈，吓得直往薛静芳怀里躲，连哭都不敢哭，直在那里发抖。

"要死了，你疯啦！要吓坏孩子了呀，你这个不要命的孩子啊！"薛静芳哭丧着脸叫道，她实在想不通就一个小升初的名额，竟然让自己的女儿变得如此疯狂。

苏子美看着躲在外婆怀里如筛糠般抖动的儿子，心头很痛，自己深爱的儿子，自己又何尝舍得啊？但是一想到吴璇那炫耀的语气，还有潘悦那种高高在上的傲慢，心里更是疼痛难忍。这种被别人看扁的痛远远比看到儿子的哭泣的痛严重，她困难地咽了咽口水，看了一眼涵涵一双如受惊小鹿般的眼神，在心底默默说道：孩子，对不起，为了你的未来，原谅妈妈的残忍。我不敢现在对你太仁慈，因为将来没有人会对你仁慈。

"妈妈，对……对不起……"涵涵看着依然怒视自己的妈妈，怯怯地认错，不管怎样，他还是能明白妈妈都是为了自己好。

"对不起有什么用？你以为一句对不起就能解决你这些考得一塌糊涂的成绩吗？"苏子美心头一愣，看到地上那些醒目的数字又上火了，右手指着地上的试卷，吼道。

随后话锋一转，语气三百六十度大转弯，细声说道："不过你倒也蛮有自知之明的，考试考成这样，别说市重点，就连一般的学校都不会要你的咯，对哇？"

涵涵低着头不说话。薛静芳看到一张试卷上红笔写着 89 分。

"哎哟，不是蛮好的嘛，你干吗非要大呼小叫的。"薛静芳边说边用一只手捡起了地上的试卷。

"妈，你懂什么啊？这可是数学啊！是涵涵最拿手的数学啊！他一般都是满分的呀，现在连 90 分也不到，你说蛮好的？你能不能在我管儿子的时候不要来瞎掺和啊！"苏子美气急败坏地叫道，边叫双手边挥舞，从她的行为里能感受到她再次要爆发的火山。

薛静芳瞄了瞄一声不敢说话、肩膀不停抽动的涵涵，淡淡地说道："一次没考好又不代表什么？你何必在乎那么多？心脏都有快慢起伏，更何况成绩呢？有个起伏还不正常啊，你那时候读书不也是……"

"妈！"苏子美一跺脚，叫道，"你在孩子面前讲这些有意思吗？"

"怎么没意思！"苏源的声音突然从房门口传来，"怎么？一次成绩就能代表一个孩子的能力？我做了那么多年老师都不知道这个嘛，今天你倒给我上了一课。"

苏子美被父亲冷不丁地嘲讽了一通，一下语噎。

"再说不上市重点初中又怎么了？难道以后就没有出路了？怎么到你这里，上不了市重点孩子未来的人生就毁了呢？这么多孩子，市重点又有几所，每个人都去上市重点，其他的学校还开来干什么呢？我看以你的观点，以后国家的栋梁都在市重点学校出现咯？你说，你也是一个受过高等教育的人，怎么思想这么狭隘呢？"苏源咄咄逼人，他实在是生气啊，刚和老婆子斗完嘴，自己还没有好好停歇一下，就听到外面大呼小叫，哭天喊地的。

"爸，你思想太腐朽了！"苏子美冷冷地反驳道，"如果你多和您学生潘悦联系的话，您就知道您现在和我说的这些话多么的浅薄和无知。"

"你！"苏源怎么也没有想到女儿会搬出潘悦来打击自己，看来她对自己当年的那个选择还耿耿于怀。

薛静芳看到苏源脸色铁青，神色落寞地离开房间，她对着这个说话得理不饶人的女儿，手指戳了又戳，"你呀，你呀，你这个小姑娘怎么这么不懂事啊，总有一天把你爸爸给气到心脏病发作。"

苏子美低着头不作声。其实她知道这样很不对，特别是对自己的爸爸，他对自己除了养育之恩外还有另一种感情，这种感情是一般父女没有的，那就是她是他一手带大并教育的。那几年她妈妈忙着做生意，根本就没有时间来尽一个母亲的责任，都是自己的父亲，照顾自己的生活和学习。

一种自责感莫名就涌了上来，盖住了刚刚的怒火。

薛静芳看苏子美情绪似乎控制住了，对着她努努嘴，示意自己有话要说。

"涵涵，乖囡，不哭了啊，外婆给你去拿西瓜，你好好写作业……"她拍了拍涵涵的肩膀，柔声说道。

涵涵怯怯地瞄了一眼苏子美。

苏子美对着他点点头，然后走出房门。

薛静芳脸上露出笑容，在涵涵的脸上"啵"的一声，又拍了拍他的脑袋，也走出了房间，并轻轻关上了门。

"子美啊，妈妈能理解你，"薛静芳看到苏子美呆坐在沙发上，紧挨着她坐下，细声说道，"但是你就是脾气太臭了，你要知道有些事啊，光靠叫和吼是不行的，还是需要一些方法的。"

"妈，我也想啊，你以为我想大呼小叫啊？你知道我最近承受多大的压力吗？整个人都要崩溃了，特别是吴璇说她儿子已经拿到了实验附中的名额，让我更是焦虑得不行……"苏子美抱怨道，想到最近一段时间自己受的委屈，眼泪又流出来了，再次哽咽道，"这种感受你是无法理解的！"

"我知道，我知道，囡囡，妈妈理解你，哪个母亲不为自己的孩子想，我当初就是为了忙生计，忽略了你，没有尽到一个母亲的责任，所以我总觉得对不起你……"薛静芳边说边抹了抹眼泪。想起当初的自己，因为好强，奔波在生意场上，对女儿不闻不问，内心就愧疚到不行。

"妈，你别这样说……"看到母亲这般自责，苏子美内心更是难过，之前自己不懂事，如今自己也做了妈妈，就能理解当初母亲的行为，所以她内心根本就不怪母亲，"其实我什么也不求，就是想涵涵能和那些优秀的孩子一样，站在最好的平台，发挥自己的潜能，这样我觉得也对得起他了。"

"妈，你知道吗？"苏子美继续说道，"现在的教育太可怕了，大家都盯着好的学校，都想让孩子进好学校。本来吧，我想以涵涵的成绩，如果去考市重点的话，应该也是有机会的，但是现在竞争那么惨烈，孩子那么多，那些牛娃好好叫比我们涵涵厉害，再加上一些关系户，我真的担心涵涵拼不过他们啊。如果涵涵失败了，对他的自信心打击太大了，我害怕以后他会因为这个产生自卑感，所以我才拼尽自己的全力，给涵涵争取一个名额。"说完，她深深叹了一口气，然后转过头，泪眼望向了窗外。

今晚有月色，但很清冷，就如同现在这个社会，人情如此清冷，你的手里没有足够的资源，没有人愿意主动伸出手来帮你。

"程浩呢？他昨晚不是答应再好好想想的吗？"薛静芳提醒道。

"妈，没用，我今天下午给他打了两个电话，都没有接……"苏子美低下头说道。

"哦……"薛静芳愣了一下，然后继续说道，"子美啊，你和程浩结婚这么多年，你应该了解他是吃软不吃硬啊，你昨晚这样歇斯底里，他肯定不舒服的，你好好和他说说，也许他就同意了呢，毕竟涵涵也是他的孩子啊！"

"有些事，急不得；有些人，要温柔。"薛静芳又补充道。随后拍了拍苏子美的手背，站起身来朝厨房走去，那里还有她才切了一半的西瓜。

程浩疲惫地从一楼爬上了六楼，脑子里还在想下午自己整理的那些关于李孙离婚案的细节。这个让社会和媒体都强烈关注的案子，确实很难下手，自己用了整个下午还没有完全弄好，迫不得已只得加班。

抬头就是自己的家，那扇褐色的防盗门透着亮光，今天之前在看到这扇门时还充满了温馨，如今看到，就如一个黑洞，把自己直接裹挟进去，他不知道这扇曾经让他温暖的门背后又将藏着怎样的战争。

上午开完会后，发现苏子美给自己打了两个电话，想着应该又是问关于涵涵学校的事情，就没有接，后来一忙就忘记了，估计回家免不了又是一通责备，也许引发一场新的战争。

想到这里，程浩皱了一下眉头，叹了一口气，发现自己真的很累，之前工作上的忙碌是身体上的疲惫，现在是家庭的战争导致心灵上的压抑，这种身心俱惫真的很折磨人。

插进钥匙，就听到豆豆在门口的叫声，看来家里只有豆豆欢迎自己回家。可惜它是一只狗。

"老公回来啦？"程浩刚打开门，还未跨进家门，苏子美的声音就传来了，一反常态地亲密和柔软，让他以为是不是进错了门。

"吃过了吗？要不要给你煮点吃的？"苏子美边迎上来接过程浩手中的电脑包，边柔声细问。

程浩狐疑地打量着这个和昨晚完全不同的女人，他突然有了防备之心——这女人葫芦里卖的是什么药？

"要不要吃西瓜？今天妈妈买的，特地留着给你吃呢。"苏子美看他不搭话，再次主动迎上去说话。

"嗯。"程浩终于机械式地点点头，然后又警惕地瞄了一眼这个已经好久没有露出笑容的女人，总觉得哪里不对劲。

苏子美对着程浩嫣然一笑，然后转身走进了厨房，不一会儿就端出一盘红润润的西瓜，放在茶几上。

"老公，要不要先去洗澡？还是先吃西瓜解渴？"苏子美又是柔声问道，那双本来就很大的眼睛扑闪扑闪地盯着程浩，似乎在等待他的回应。

"哦，我先洗澡吧，"程浩支吾道，接着又说道，"哦，不，我先吃西瓜吧。"随后直接拿起西瓜吃了起来。

这女人是不是吃错药了？还是又有什么新的"阴谋诡计"？按常理来说，一般她突然间的热情背后总是跟着条件的，而且这些条件绝对不会是简单的条件。一想到这，程浩忍不住打了个寒战。

"老公，睡衣我放在房间床上哈，你吃完后先洗澡，我先陪一下涵涵，等一下就过来……"苏子美从主卧房里走出来，边对着程浩柔声说道边抛了一个媚眼。

程浩突然觉得眼睛闪了个腰，嘴巴一下张大了，看来今晚这女人一定疯了。

房间里，床头柜上的香薰灯散发着舒适的薰衣草味道，天花板上那盏暖色系的顶灯似乎被蒙上了一层薄纱，透着朦胧的美。

程浩半躺在床上，蜷缩着把笔记本电脑放在膝盖上，想修改晚上还未全部完成的方案。而卫生间传来的水声却让他的脑子很乱，甚至有点心猿意马。本来就对夫妻生活不热烈的苏子美，自从涵涵进入五年级第二学期后，不是在他回来之前就睡觉了就是找借口陪涵涵，然后直接睡在儿子房间。如今晚这般主动，似乎那是很长远的事情，几年前？还是刚结婚那会儿？抑或是更早……

正当程浩胡思乱想的时候，卫生间的门"啪"地打开了。苏子美穿着黑色吊带真丝裙裹着薄薄的一层水雾，从浴室里缓缓走出来。程浩忍不住吞了一口口水。

刚刚洗完澡的苏子美，在灯光的照耀下，透过薄薄的裙子，里面玲珑有致的胴体一览无遗。丰满圆润的胸部和两颗珍珠在裙子里若隐如现，平坦的小腹下一条黑色的蕾丝绣花内裤紧紧地包裹着那小小的浑圆的臀部，随着她蹲下身子穿拖鞋的动作来回扭动。而那些未干透的、还滴着水的长发有些垂在腰间，有的则依附在她的莹白的手臂上，还有几缕贴在了她性感的锁骨上，白皙的脸上还遗留着被热水熏过的红晕。

程浩的喉结硬生生地滚动了几下，然后假装低下头看着电脑，其实鬼知道他现在整个身子都是火烧火燎的，压抑的工作和生活早就让这个男人需要一场酣畅淋漓的性生活来放空自己。

"老公，来……"苏子美嗲腻的声音突然传来，在这暧昧的空气中流转了一下后直接冲进了程浩的耳膜。

程浩猛地抬头，然后一下就触及苏子美那双大大的迷离的眼睛，对着自己扑闪着，似乎有千言和万语。

"来，老公……过来嘛……"苏子美伸出右手食指，勾了勾。内心莫名突生了一种羞涩感，热烈的眼神不经意地躲闪了一下。她毕竟不是个主动的女子，骨子里还是比较传统的。

"唔，过来嘛……"看到程浩傻盯着自己，却没有过来的行动，她嘟了一下嘴巴，接着一边眉毛往上一挑，舔了舔干涩的嘴唇，撩了一下湿漉漉的头发，娇嗔道，"过来帮人家吹一下头发嘛……"

不知是因为羞涩还是刚洗过澡的原因，苏子美面色潮红，声音略带嘶哑，透着性感和魅惑。

程浩下意识地又咽了咽口水，不得不承认，今晚的苏子美媚态万千，眼神迷离，此时的她比任何时候都让他怦然心动，无法自控。但想到她昨晚和今晚如此大的区别，他还是心里没谱，即便她说让他吹头发，他还是不敢轻举妄动，毕竟吹头发这样的事情也是在结婚初期才发生过的。

"哎呀！"苏子美嘟起红嘟嘟的嘴巴，脚一跺，再次娇嗔道："怎么回事嘛，人家让你吹个头发而已嘛……人家今天手臂被人撞了，不能抬起来嘛……"说完，假装无意识地慢慢地撩起了本来就很短的真丝裙，露出白皙的大腿。只一瞬，脑海里闪过旧上海滩那些站街的风尘女子，她尴尬地放了裙角，朝程浩走去。

程浩突然像一个受惊的孩子，看着越来越近的苏子美，整个神经都绷紧了，身子处在敏感警惕状态。

"老公，"苏子美直接坐在了床沿，然后低下头，嘟囔道，"对不起嘛，昨晚是我错了，你别生气嘛，好不好……"说完，抬起头，迷离的眼睛扑闪着，眼泪就在眼眶里打转。

苏子美突然的服软和认错让程浩措手不及，他是真的没有想到昨晚这么强势的女人会向自己认错，而且用心良苦。他本来就柔软的心瞬间融化了，伸出手，摸了摸她还湿漉漉的头发，柔声说道："嗯，知道了，没事……"自己毕竟是大男人，面对心爱女人的认错，怎么能不心软呢？

"你原谅我好吗？我也是为了涵涵才这样的……"苏子美抬起头，眼泪汪汪地盯着程浩，再次哽咽道。

"我知道，知道你一切都是为了孩子，我理解的，也原谅你了……"程浩柔声回应，此刻他的心柔软成一滩水。

看到程浩一脸的柔情和心疼，苏子美不得不承认母亲比自己还了解眼前这个男人，这是一个善良重情但吃软不吃硬的男人，你越是对他狠，他比你还狠；你对他柔，他比你还柔。看来今晚自己的选择是对的。

苏子美咽了咽口水，咬了一下嘴唇，细声说道："老公，你知道的，因为高中时爸爸没有把那个师范的名额给我，我一直耿耿于怀到现在，甚至一度怀疑自己是不是他亲生的。所以在涵涵方面，我希望自己努力给他最好的，让他不要和自己一样错失任何机会，不想让他和我一样遗憾终生……"

程浩看着眼前彷徨无助的妻子，他怎么会不知道她的内心，怎么会不懂她那种痛和遗憾？虽然自己内心其实不认同她的观点和做法，但是谁又会去阻止一个母亲因为爱孩子做出的一些比较极端的行为呢？所以他理解了昨晚那个歇斯底里对自己毫不留情的疯女子，也接受了今晚这个柔情似水、千媚百娇的美娇娘。

他伸出右手，一把就把苏子美揽进了自己的怀里，下巴紧紧地抵在了她的头顶上，笔记本电脑从他的膝盖上直接滑到了床上。

紫色的窗帘盖住了一室的旖旎。

"老婆，你这是名副其实的阴谋啊……"

"老公，这哪是阴谋，明明就是名正言顺的阳谋嘛……"

黑暗中，情欲在打情骂俏中迅速发酵。

时 空 轴

吴璇傻傻地坐在贝贝房间里的床上，手里拿着刚刚收进来的衣服，发呆。今天苏子美打电话过来的时候，其实自己正在和一个重要的人物喝咖啡，当时听到她也说喝咖啡，自己一慌神，就直接编了个理由搪塞过去，为了让这个理由显得有说服力，就搬出了给贝贝找补习班，只是不知这个谎言会不会被贝贝一不小心给戳穿……

"贝贝，"吴璇轻呼正趴在书桌上写作业的贝贝，随后交代道，"如果涵涵问你有没有去补习提高班，你就告诉他说，我妈妈给我报了，但我还没有答应，知道吗？"

"老妈！"贝贝猛地转过身，眼睛里带着怒火，把吴璇给吓到了，她眼神躲闪，不知道该如何是好，"你怎么又给我去报补习提高班呢？难道你要把我给累死吗？"贝贝愤怒地叫道。

"哦，没有啦，"吴璇回过神，急急地解释道，"宝贝，妈妈还没有报呢，如果宝贝不愿意去，妈妈是不会勉强的，妈妈是个民主的妈妈……"说完，从床上站起来，特意走到贝贝跟前，摸了摸他的头。

"你确定？"贝贝狐疑地反问。

"嗯！"吴璇点点头。但是下一个烦恼又开始涌了上来，今天见到的这个重要人物，让自己周日再和他碰一下头，才告诉她她的难题能不能解决。

只是在想到这个人物时，吴璇秀眉微蹙，一副委屈又嫌弃的样子。但为了孩子，这点又算什么呢？

第七章

考神不在服务区

"谁说我没有拜，我是天天都在求'考神'啊，没有千遍万遍，也有十遍百遍吧，"许亦贝双手合十，颔首抬头，做出虔诚祈愿的姿势，"考神考神，大驾光临；愿君附体，高分无敌。"

5月24日　小满　周三

　　苏子美边整理着月底的财务报表，边轻哼着歌。她眉眼都弯成了月牙，脸上透着亮光，嘴角不自觉地上扬着，整个人就像沐浴在春风里，神采奕奕。

　　"苏姐，什么喜事啊？看把你乐成这样……"小孙双脚在地上轻轻一蹬，办公椅"嗖"的一声，就从旁边的办公座位漂移到了苏子美的身边。

　　"嘿，"苏子美头微微一侧，剜了一眼好奇的小孙，打趣道，"小样，好奇啊？在外企好奇可不是个好习惯哦？

　　"嘿，"小孙脖子缩了一下，吐了吐舌头，随后撒娇道："独乐乐不如众乐乐嘛，人家工作了大半天，腻得慌，你有好事情说出来，让我也开心开心嘛……"说完，眼睛瞥了一下旁边自己的办公桌，上面还堆着一叠资料。

　　苏子美嘴角抿着，头微微扬起，眼睛往上翻了翻，做出一副无奈的样子，似乎在思索要不要告诉小孙。

随后拉开了旁边的抽屉，拿出了两颗费列罗，递给了小孙，"喏，给你巧克力，心情美美的，就没有那么多的好奇了，正好还减轻内心的烦躁……"说完，右手放在了小孙的椅背上，轻轻一推，小孙的椅子就漂移到了她自己的办公桌前。

"苏姐……"小孙瘪了瘪嘴，一副委屈状。

苏子美眼睛朝后面领导的方向瞥了一眼，用唇语说道："小心被领导骂，她最近更年期……"说完，自己捂住嘴笑了笑，嘴角的两个笑涡漾了开来。

小孙翻了翻白眼，嘟起嘴巴，不情愿地埋进了那一堆资料里。

苏子美耸起肩膀，闭上眼睛深深吸了一口气，然后再缓缓吐出。她今天的心情可以说是最近一段时间来最舒畅最开心的，哦，不，应该是有史以来。这当然不归功于昨晚的夫妻缠绵，而是缠绵之后程浩告诉自己的那件事。她此时的脑海里开始翻滚昨晚的镜头。

"涵涵的事情我托了大学同学，你就别再焦虑了……"程浩双手交叉放在后脑勺处，低低地说道，那原本带有韧性的声音充斥着释放后的慵懒。

"真的假的？你不是哄我开心吧？"苏子美猛地从程浩的身旁一个鲤鱼打挺，半个身子压在他的身上，眼睛紧紧地锁住了他的眼睛，半信半疑地问道。

程浩翻了翻眼皮，嘴角往旁边一扯，一副你爱信不信的傲娇样。

"谁啊？哪个同学？你怎么不早点告诉我？"苏子美急乎乎地追问，她刚刚还迷离的双眼里瞬间充满了惊喜的光，整张脸都透着激动和兴奋。

"沈柯，我大学上下铺四年的同学。现在在市教育局工作。"程浩伸出放在后脑勺的右手，放在了压着自己的身子的苏子美的后背上，在她的后背打圈圈。

　　"做什么工作？"苏子美全部的神经都集中在这个问题上，她紧追不舍。要知道这可是让她心心念念了几年的事情啊。

　　"具体负责什么我不知道。"程浩想了想，摇摇头。

　　"噢……"苏子美有点失望，随后又追问道，"你是怎么和他说的？他又是怎么回应你的？他的语气怎么样？又是在什么样的情境下接通这个电话的？"她突然想起今天自己和潘悦之间的那通电话，这些问题就像设置好的一样，直接从嘴里冒出来。

　　程浩的手在苏子美的后背咯噔停了一下，他回忆起了前天晚上和沈柯之间的对话，说真的，自己心里也开始有点犯怵，毕竟那天晚上沈柯是在喝醉酒的情况下答应自己的，都说喝酒时说的话都不能当真，不知这家伙能不能靠得住？再说自己昨天忙事情也忘了再给他个电话，确认一下。他偷偷瞄了一眼满脸期待、双眼发光的妻子，他真的不忍心把实情说出来，让她空欢喜一场，其实他更担心的是好不容易平息的战争再次被自己燃起。

　　"嗯，我就说我孩子要小升初，请他帮忙，他说没问题，让我过几天给他电话。"程浩轻描淡写地回应，还假装打了个哈欠。

　　"那他这样算答应了吗？你今天有没有……"苏子美像十万个为什么，紧追不舍。

　　程浩又打了个哈欠，然后右手在苏子美的脸上轻轻抚摸了一下后，柔声说道："老婆，你要相信你的老公，涵涵也是我的儿子……睡吧，明天还要上班呢……"

　　……

　　苏子美猛地眼睛睁开，拿起手机打开微信，急急地在上面编辑。

——老公，昨晚忘了问你，是不是实验附中啊？

她刚刚在回忆昨晚的事情时，突然发现当时自己太兴奋激动竟然忘了问程浩帮涵涵托的是哪所学校。

——我们家涵涵可是要去实验附中哈……

她抿着嘴巴，又补充道。既然程浩找到关系了，总得先把自己最需求的告诉别人，到时不行可以退而求其次。

在等待程浩回微信的同时，苏子美打开了"教育帮"，进入小升初的论坛，有意识地去关注那些关于参加市重点初中选拔考试培训班的帖子。她突然觉得很奇怪，之前看这些帖子基本都是一扫而过，总觉得那里高不可攀，只是针对人家超级牛娃的，但此刻自己的内心竟然是满满的骄傲——你们这些机构只是我儿子要进市重点初中的一个辅助工具而已。这种心态的转变，让苏子美不由得嘴角上扬。

"滋……滋……"手机在手里突然震动了两下，屏幕的最上方显示两条未读微信。

——应该是实验附中。

苏子美嘴角的笑容更深了，双手紧紧握住手机就像握住了那个市重点初中的名额，然后狠狠地亲了一口。

几分钟后，又想到什么，把桌上的资料往旁边挪了挪，打开笔记本，开始在"教育帮"里记录那些培训机构的联系方式和他们的教学特点，准备等中午午休时间打电话咨询一下，看看哪所更适合涵涵，这个周末就去报，现在可是和时间赛跑啊。对了，昨天吴璇说给她儿子在报名，不知道她报了什么补习机构，要问问她，到时两个孩子一起补习也有伴，接送也方便。

但下一秒，她就否决了自己的这个想法。内心莫名滋生了一种奇怪的念头，自己竟然不想告诉吴璇关于涵涵入学这件事。这是一种本能的防备，对外人保持的一种戒备之心，就像刚刚对小孙，照理来说自己可以和她分享这件快乐的事情，毕竟这件事和她是没有利益上的冲突的，但自己还是选择了不说。守口如瓶是最安全的，也是最好的自我保护方式。

苏子美为自己有这样的念头，无奈地笑了笑，然后拿起办公桌的电话，熟练地按下了一串数字。

"妈，今晚涵涵我去接，你让爸不用去接了……哦，对了，今晚买点卤猪耳朵，程浩喜欢吃，嗯……再买个西瓜吧，昨晚的味道不错……"

一首理查德·克莱德曼的《星空》在海阳小学的上空响起。别误会，这不是什么音乐课，而是学校的下课铃声。

五（六）班的教室里，孩子们蜂拥地朝着门口跑去。这个点是午饭时间，大家急冲冲地要去食堂吃饭，如果去晚了，一些好吃的菜就没有了，对于五年级这些正在长身体的孩子来说，那是一件很可怕的事情。因为最近的他们，面临越来越近的小升初毕业考，不但课程压力大，而且课堂知识量也多，身体可是革命的本钱，没有本钱怎么拼"革命"呢？

程梓涵垂头丧气地趴在课桌上，眼睛定定地看着自己的同学一个接着一个挤出教室的门，心事重重的样子。

"涵涵，去吃饭了！"许亦贝从教室门口疾风似的冲进来，边叫边甩着还滴着水的双手。

看到程梓涵没回应，本来凹进去的鼻头埋在了翘起的小嘴里，"怎么？我去上个厕所，让你等一下你就不开心啦？"说完，在程梓涵的肩膀上狠狠地拍了一下。

程梓涵依然没有回应，像个木偶一样保持着刚刚的动作，虽然他感觉许亦贝刚刚拍打自己的肩膀用力大了点，但他也不会说他，不只是因为他们是好同桌好同学好朋友，而且这个是许亦贝独一无二的特性——说完话后喜欢拍打一下别人的肩膀，当然他这个怪癖在老师面前还是克制得很好。

"再不去吃，就没有菜了……"许亦贝看着反常的程梓涵，索性也一屁股坐在了位置上，无奈地抱怨道，随后又是"啪"地一下拍在了程梓涵的右肩上。

"我不想吃，你去吧……"程梓涵终于开口说话了，声音如蚊，有气无力的。

"你不吃，我怎么去吃啊？"许亦贝翻了翻白眼，没好气地说道，抬起左手刚想拍程梓涵的肩膀，想了想又放下，和右手并排放在课桌上，然后支撑着整个脑袋。

这两个孩子，一个瘦一个胖，一个性格腼腆，一个性格豪爽，一个敏感细腻，一个粗犷木讷，总之是两种反差明显的人，但却成了整个班级最好的朋友，每天形影不离，做什么事情都喜欢在一起，要不是刚刚许亦贝憋得快尿裤子，程梓涵一定也会屁颠屁颠地跟在后面进厕所，即便不上，也会在尿池旁晃一下，等许亦贝好了一起出来。

最让人觉得不可思议的是，这个程梓涵的鼻头处凹进去了一块，就像上帝少给了他一块肉，而许亦贝呢却长了一个鹰钩鼻，看上去鼻头处多了一块肉；程梓涵的下巴正中处也凹了进去，而许亦贝呢同样下巴正中处长了一颗如绿豆般大小的肉痣。这种诡异的巧合让老师们都觉得这简直是命中注定啊，所以他们两人在整个学校称得上是风云人物，无人不知无人不晓。

看到自己好朋友不开心了，程梓涵有点过意不去，特别是刚刚还听到许亦贝的肚子"咕咕"叫了两声，他更是觉得内心愧疚。

"走吧，去吃饭吧……"程梓涵主动站了起来，扯了扯许亦贝领口处的衣服。他知道自己不去，好朋友肯定也不会去，自己可以饿肚子，但是好朋友没有义务陪自己饿肚子。这些理念都是自己那个法律博士爸爸说的。老爸经常说的一句话就是：这个世界上谁也没有义务为你去承担任何你自己要承担的东西。

"真的啊？"许亦贝眼睛一亮，随后瞥了课桌一眼，追问道，"你确定？"

程梓涵看了看课桌上那张刚刚被自己压在手臂下的语文试卷，纸张明显有点折痕，而最上面那个红色的醒目的"78"分依然刺痛了他的眼睛，他眨了眨眼睛，说道，"没事，确定！"说完，咧嘴一笑，两颗老虎牙瞬间跑出了嘴唇。

"那我们走吧！"许亦贝又拍了一下程梓涵的肩膀，然后两个人勾肩搭背地走出了教室。

"涵涵，别难过了，有我帮你垫背着呢，你怕什么？"许亦贝知道程梓涵不去吃饭的原因是因为刚刚发下来的语文试卷，他又乐呵呵地补充道，"我才65分呢，你都78分，比我高13分啊，整整13分啊……"说完，又是狠狠一拍。

"6666……"程梓涵瞥了一眼许亦贝，冒出了他们的专用语言附和道，随后又低下头，咕哝道，"昨晚数学已经让我老妈变狼妈了，不知今晚她又会变成什么样的妈……"说完，仰天深深叹了一口气。

"唉……"许亦贝跟着程梓涵也叹了一口气，瘪着嘴说道，"你妈只是骂你，我妈那是抡起拳头直接揍，要不是我反应快，今天估计你就得在我的坟前点香烧纸了……"说完，许亦贝也顾不得拍程梓涵的肩膀，双手抱着头，假装像无头的苍蝇一样，到处乱撞，把本来心情不好的程梓涵逗得哈哈大笑。

"哈哈，你最近是不是没有拜'考神'啊？你之前不是都拜的吗？"

"谁说我没有拜，我是天天都在求'考神'啊，没有千遍万遍，也有十遍百遍吧，"许亦贝双手合十，额首抬头，做出虔诚祈愿的姿势，"考神考神，大驾光临；愿君附体，高分无敌。"

"哈哈哈……你这一招早就不好用啦，"程梓涵笑着纠正道，"那么多同学需要考神，像你这样老土又没有创新的方式怎么可能唤来考神的垂爱呢？你看我的……"

程梓涵耸了耸肩，拉了拉比较长的校裤，然后四周看了看，确定没有其他同学后，才跨出右脚，摆出"敬神诏告"的架势，咽了一口口水，润了润喉咙，朗朗颂道："考神，考神，婉若游龙，翩若惊鸿，诚实守信小郎君，一尘不染美少年！有求必应，逢考必过。考神啊，请赐我一个令我满意到颤抖、令老师惊掉下巴、令父母尖叫的分数吧！"

许亦贝完全被程梓涵这种架势给惊住了，特别是他那一连串新鲜又连贯的咒语，让他简直目瞪口呆，张着嘴巴傻傻地问道："然后呢？然后怎样了……"

"然后，然后考神不在服务区！"程梓涵看到许亦贝信以为真的样子，眼睛翻了翻，没好气地说道。

"噢，考神不在服务区啊……"许亦贝如梦初醒般喃喃道，随后右手捏了一下鹰钩鼻，不怀好意地说道，"怪不得你最近也考不好。"

说完，他自己忍不住先"扑哧"一声笑出来。

刚刚还为成绩闷闷不乐的程梓涵也不由得咧开嘴巴，两颗老虎牙又跑了出来。阳光下，两个小伙伴满脸笑容地走向学校食堂。

程浩摘下眼镜，揉了揉鼻梁，随后举起双手，伸了伸懒腰，接着又仰起头，脑袋左右来回摆动着。

笔记本电脑的屏幕定格在 Word 的页面，上面是密密麻麻、不同颜色的字。这是他忙了一天的劳动成果——李孙离婚案全部的思路。

自己对这份方案还是相当满意的，不管是从哪个角度来看和分析，自己对这个案子的解剖都很到位，胜算的把握不能说百分之百，但是百分之九十还是有的。一旦自己拿下这个案子，就有机会让自己在这家单位翻身。算命的都说自己大器晚成，中年之后慢慢交好运，一路向上，看来这命有时候还真不得不信。程浩双脚用力一蹬，带着滑轮的椅子"嗖"地直接滑向了落地窗前。

已近黄昏的天空少了清晨的干净、晌午的妖娆，反而多了一份淡雅。太阳的身姿渐渐地往云朵里钻，若隐若现像极了在玩捉迷藏的孩子。哦，孩子，程浩突然想起了自己的孩子——涵涵。

双脚又是用力一蹬，然后又漂移至办公桌旁，拿起手机，站到了落地窗前。

趁手机还在"嘟……嘟……"的未接通状态，程浩左手插在黑色西裤里，眼睛打量着这座昨天还让他觉得冷漠的城市。东方明珠顶着一缕金光矗立在那里，像极了一个头戴金冠、气质婉约又高贵的皇后，这座城市就是以高贵和婉约矗立在中国的东部，向世人展示它高不可攀的形象。

"喂。"手机那端传来一个略带沙哑的声音，似乎是感冒后的鼻音。

"沈柯，我是程浩。"程浩直截了当地自报家门。今天的他显得异常从容和自信，也许是那份方案带给他的能量，也许是前几晚已经打过这个电话，就少了铺垫和寒暄。

"哦，程浩，你好。"那头咳了一下后礼节性地回应。

程浩明显感觉到今天的沈柯和那晚的沈柯完全不一样，那晚就是一个喝醉酒的酒鬼，今天就是一个有礼有节的领导。虽然他似乎能感觉到一股无形的官腔，但毕竟是电话，就没有必要在意。

"沈柯，那晚给你电话的事情你还记得吗？"程浩直奔主题，很小心翼翼地提醒道。

"哦，"沈柯停顿了一下，似乎在回忆，随后又咳了一下，说道，"嗯，有点印象，那晚喝多了，不好意思啊。"

程浩明显地一愣，他本以为沈柯应该会回忆得起，毕竟才过了一晚而已，没想到他竟然给忘了，这就说明自己必须还要再请求人家一次。

"那个，"程浩的喉结上下滚动了一下，左手从裤袋里伸出来手掌向前压向了窗户的玻璃，尴尬地说道，"就是关于我儿子学校的事情……"

"你儿子学校什么事情？"沈柯直接问道。

"哦，就是他马上要小升初了……"程浩尴尬地附和。

"小升初不是直接升入根据户口房屋划分的学校吗？有什么问题吗？"沈柯继续追问。语气很官方。

"哦，这个没问题，"程浩的左手从窗户玻璃上尴尬地收了回来，在自己凹进去的鼻头上揉了揉，"我是想让我的孩子进市重点初中……"说完，他又把手放回了窗户玻璃处，那里清晰地印着他刚刚放的五根手指印。

"哦，"沈柯又咳了一下，不知是他真的感冒还是当官的习惯，"程浩啊，市重点初中现在很紧俏啊，它们先要把那些在区域内的学生安排完后，才会留下少量的名额给到那些成绩相当优异的孩子。"说完，他又咳了一下，这一次明显地感觉到他是感冒了。

程浩又是一愣，这个政策自己倒是不清楚，看来进市重点真的不是件容易的事情。其实自己对孩子进不进市重点无所谓，但苏子美……想到昨晚苏子美那双发亮的眼睛，还有自己在她面前的承诺，程浩苦涩地笑了笑，对着手机无奈地说道："沈柯，我知道现在竞争很激烈，整个教育体系已经不再仅仅是孩子和学校，我们家长也被卷入其中，如果你不给孩子争取机会吧，到时孩子会怪你，现在的孩子可是每个家庭最大最重要的投资啊，谁也不敢和孩子的未来开玩笑，所以老同学，你就不要笑话我一次又一次地打扰你……"说完，他又把手缩回来，揉了一下鼻子。

说真的，会说出这段话，程浩自己也很意外。向来做事不喜欢拐弯抹角的他，最不喜欢的就是这种形式的对话，以他的做事风格，一件事，一二三，很简单，能做就做，不能做就不做，从来不会拖泥带水。

别说程浩自己觉得不可思议，电话那端的沈柯也觉得挺意外的。这个和自己上下铺整整四年，满身傲骨的同学，什么时候变得这般低声下气地求人了呢？看来不但是时间会改变人，生活和家庭同样会磨去一个人的棱角。

"程浩，这样吧，你来我单位一趟，如何？"沈柯建议道，他的语气明显不像刚刚那般官方，里面包含了一种情感，这种情感沈柯自己知道，程浩也懂，这绝不是简单的同学情，更多的是同是一个角色的感同身受。

"好，你什么时候有空？"程浩欣喜地问道。

"这两天都有会，这样吧，下周二下午一点，你到教育局的招生办办公室找我，在三楼最东边，我在那里等你。"沈柯爽快地说道。

"嗯，好，到时见。"

通话结束后，程浩整个人感觉神清气爽，那种心头被搬掉石头的感觉真好。他抬起左手看了看时间，正好是下午四点半。迟疑了一下后，又打开手机拨通了一个电话。

"喂，老婆，今天我去接涵涵吧，你和爸妈说一下。"

"哦，不用了，我上午和妈妈打过电话了，本来我说我去接，刚刚收到涵涵班主任的微信，让我过去一趟，说有事和我谈谈，也不知道什么事。"

"嗯，这样啊。本来我想说今天正好事情做完了，想提前走去接涵涵，那既然你去接了，我就在单位加一下班。"

"不，我没有开车，担心路上堵车，还是直接地铁过去比较保险。你开车过去接涵涵，到时顺便接上我，我们一起回家吧。"

"嗯，那也好，我现在就出发。"

"老公，你说会不会是我们家涵涵出什么事了？老师突然叫我去。"

"别胡思乱想，我们家涵涵能有什么事。"

每周三的最后一堂课都是自习课。学校规定，任何自习课任何老师不管任何理由都不得占用，这是从学校有自习课开始雷打不动的制度。

教室里几架吊扇悬在雪白的屋顶上，有气无力地晃动着，发出陈旧的"吱呀吱呀"声。站在讲台上的程梓涵，身子微微靠在了讲台桌上，双手捧着英语课本，正在报诵一个个英语单词。今天晚自习之前，英语老师就交代程梓涵，把后面几单元的英语单词给默了，作为班长又兼英语课代表的他当然责无旁贷。

程梓涵穿着一件雪白色、领口和袖口处却镶着橘色条纹的长袖校服。他算是个长相相当有特点的孩子，集合了老爸老妈所有的特点。小小的脑袋上顶着一头浓密又有点卷的头发，让人总是想起鸟窝。皮肤还算白皙，但是脸蛋太小，明明是男孩却长了女孩子的一张瓜子脸，好在眼睛还算有点男孩样，单眼皮却透着灵气。最让人记忆深刻的除了他比同龄人个子矮小之外，就是他凹进去一块的鼻头和下巴了。

"achievement，achievement。"程梓涵边喊着默写的单词，边用双眼扫射整个班级。

很多同学还是很认真地在本子上快速地默写着，但总是有那么一部分同学不是在桌子底下翻看英语书，就是交头接耳，有个别的甚至明目张胆地把英语书放在课桌上抄写。

程梓涵皱了皱眉头却没有发声。没有错，自己性格不够霸气，其实根本就不适合做班长，当时不知班主任哪根神经搭错了，非要自己做班长。他再次叹了一口气，把审视的目光移回了书本，继续念道："maturity，maturity。"其实自己还是蛮不能理解的，马上就要毕业考了，不管你是上哪所学校，都应该有紧迫感和危机感，现在整个五年级都被一种紧张和不安笼罩着，都在和时间赛跑——老师想方设法利用一切可以利用的时间来给学生出题、讲题，哪怕是课间几分钟，都不愿意放过。每个学生都像绷紧的弦，一点都不敢放松，等待着箭离弦的那一瞬。家长们也像无头的苍蝇，早已失去了辨别的能力，只要听到学习上有风吹草动，个个像受惊的刺猬，不是反击就是自卫，当然他们的对象只有一个——自己的孩子。成绩不好，就用言语来反击；再用补习班来自卫，用尽洪荒之力也要让自己的孩子发挥出最大的潜能……但是课堂上还是会有那么几个学生——

程梓涵的目光再次扫向了坐在教室后排的几个学生身上，他们竟然直接趴在课桌上睡觉，有一个还流着口水呢！

唉，是谁给他们勇气这样放纵自己的？

程梓涵想起自己的"狼妈"，每晚雷打不动地从网上搜来一张所谓的历年小升初的数学试卷，让自己做。有时候也不管靠谱不靠谱，从各种微信朋友圈和教育公众号中，掘地三尺挖来一些所谓的精华题目，美其名曰：拓展思路。

当然在做之前，妈妈都是赔尽笑脸，说尽好话。但只要自己稍微有些抵触和反抗，脸色马上晴转多云，甚至疾风骤雨，噼里啪啦，一顿劈头盖脸的说教，无非就是：现在不抓紧时间学习，什么时候才抓紧学习？如果考不上市重点中学，以后想进四大名校和八大金刚就甭想了……

无奈之下，在狼妈的威逼利诱之下，自己总是顶着席卷而来的困意完成这些额外的作业。就像昨晚，被她骂过之后，自己又熬到了快十点半，早上六点又在狼妈的"闹钟"下被惊醒。这使得本来小个子的自己，想长高似乎成了一个梦。

哦，老天，什么时候才能熬到头啊？程梓涵内心呐喊，不自觉地打了个哈欠。他眼角的余光瞄到，许亦贝也打了个哈欠，然后水笔头又塞进了嘴里，像啃鸡爪一样，在牙齿上摩擦。

"happiness，happiness……"念到这个单词，程梓涵的脑海里突然冒出一大片的场景：那里有一栋木制的房屋，一只黑色的大狗趴在门口，吐着舌头，摇着尾巴，偶尔"汪汪"地叫几声。一个瘦瘦高高的男孩拎着一个牛奶桶从屋里走出来，接着对着黑色大狗吹了一声口哨，只见大狗"嗖"的一声从地上蹿起来，摇摆着尾巴，屁颠屁颠地跟在小男孩身后，朝着不远处的奶牛走去……

"蹬蹬蹬……"一阵急促的脚步声突如其来地穿破程梓涵的耳膜，直接惊醒了他的幻想，他猛地回头，发现班级成绩最差的男孩正满脸汗涔涔地从教室门口冲进来。

要知道自己多么希望有一只黑色的大狗而不是家里那只小小的泰迪，还有拥有一大片牧场是自己的梦想，每天有喝不完的纯天然牛奶能让自己长得很高，那可是自己日思夜想的希望啊……而眼前这个快要把身上那件脏兮兮的校服给撑破的小胖墩，竟然打破了自己的美梦。程梓涵狠狠地瞪了他一眼后，转头发现刚刚还算安静的班级开始有点小骚动，不过有些成绩好的同学根本就无视这个只会捣蛋不遵守班规的小胖墩，眼睛直直地盯着自己，等待着下一个英语单词。

"escape, escape。"程梓涵继续报着下一个单词。

"我看到你妈妈了，在老师办公室……"小胖墩不知何时凑近了程梓涵，在他耳边突然冒出这一句。程梓涵一惊，再次转头一看，发现小胖墩的眼里闪过一丝不怀好意和幸灾乐祸，随后吊儿郎当地朝着自己的座位走去。

程梓涵明显地感觉到自己的后背渗出了一层汗，一层冷汗。妈妈来学校干什么？这家伙不会是在忽悠自己吧？

时 空 轴

程浩挂了沈柯的电话后，就把苹果手机放在办公桌上用手拨着不停地转圈。前几天自己在一个微信公众号里听了一篇关于怎么提高社交能力的心理学文章。里面说到，曾经帮过你一次忙的人比那些你帮助过的人更愿意再帮你一次忙。当时自己听了觉得有点可笑，这不符合常理，但是今天和沈柯的这通电话，让他突然就想到了这句话。

记得刚进大学没多久，自己不知怎么了就感染上了荨麻疹，四肢和脸部都是一坨坨红肿充血的皮疹块，越抓越痒。当时自己家里穷，就没上医院去，只从校医务室拿了点药膏涂，却不怎么管用。虽然同学们都知道这种病不会传染，但还是躲得远远的，能不靠近就不靠近，特别是在寝室里，大家似乎都把他当成了传染病患者，本来睡在自己上铺的同学，那段时间竟然和其他同学挤到一张床上去了，说什么怕自己恐高，其实就是想离程浩远一点。只有沈柯竟然主动和那位同学换了位置，成了程浩上铺的兄弟，这一睡就睡了整整四年。

想到这里，程浩忍不住轻轻叹了一口气，那件事他一直记在心里，只是自己不善于表达，更不善于交际，所以毕业后自己没有主动和沈柯联系过，电话还是上次同学聚会后交换的，存入后就没有联系过，更别说互加微信了。如今因为孩子上学的事情，自己主动打电话给他了，不知人家会不会有别的想法，会不会真的愿意帮忙？

"但愿这个心理学说法有效吧。"程浩嘀咕着。随后打开微信，把沈柯的电话输了进去。

在市教育局招生办的办公室里，正准备端起茶杯喝茶的沈柯，办公桌上的手机响了一声，拿起一看，原来是新朋友请求加入，上面显示是程浩，他略微停顿了一下，还是通过了。

第八章

孩子是家庭最好的投资

现在的父母，只要是孩子的事情，他们比什么都拼命，拼命地给孩子创造机会，拼命地给孩子争取机会，拼命地把孩子托到他们想要的那个平台。

5月24日　小满　周三

——老婆，今天我给沈柯打电话了，我们约了下周二下午去他办公室，估计涵涵的事情问题不大。

程浩刚发动好车子，突然想起了和沈柯的电话，也许是出于一种讨好的心情，自己还是主动和苏子美汇报了一下情况。不知她看到这条信息会是怎样的表情，会不会又像昨晚那样，满脸兴奋通红，身子都微微颤抖呢？

程浩嘴角浮起了色色的表情，排档一挂，车子就像离弦的箭驶出了办公楼车库。

海阳小学一楼的办公室里，苏子美背对着门坐在一个留着时下比较流行的锁骨发的女老师面前，她的背挺得很直，看上去似乎有点僵硬。那个女老师就是涵涵的班主任，姓蒋，看上去还比较年轻，却有很丰富的带毕业班经验。

"涵涵妈妈，希望你们这段时期多关注一点孩子，马上要毕业考了，孩子的情绪千万要稳定啊……"蒋老师十指交叉端放在办公桌上，柔声细语地对着面前这个面露窘态又局促的家长。

"嗯，是，是，老师，我们一定会关注孩子的。"苏子美嘴角尴尬地扯了扯，不停地点头附和。虽然她平时和这个班主任沟通比较多，但都是电话联系，像今天这样办公室面对面沟通，还真是第一次。

"这一次涵涵的语文成绩已经到了倒数，这让我和语文老师都相当意外。虽然孩子的一次成绩不能代表什么，但前天涵涵的数学也考得不如意。数学老师和我反映，说涵涵上课有点走神，所以我想了想，还是觉得有必要找您来学校了解一下孩子在家里的状况。"蒋老师继续柔和地说道，作为班主任她还是很能把控自己的语气，即便情绪有点波动。

苏子美尴尬地捋了捋额前的头发，舔了舔有点干涩的嘴唇，不好意思地说道："老师，其实涵涵在家蛮乖的，我也没有发现他有什么异常，"说完，顿了一下，继续补充道，"关于那个数学考试，昨晚批评过他了，他也认识到问题了，向我保证下次一定会努力的，所以……"苏子美没有再说下去，而是对老师报以不好意思的微笑。

蒋老师笑了笑，低下头抹了抹桌面，然后柔声解释道："涵涵妈妈，我不是在批评涵涵，你别误会，我只是觉得涵涵这个孩子是个好苗子，完全可以让他去一个好的初中发展，所以今天我才会主动找你，把他目前的状态告知你，也让你心里有个底，不要因为一时忽视，到时错过了机会。"

"蒋老师，"苏子美身子有意识地往前一倾，委屈地说道，"就为了这个学校的事情，您真不知道我最近过的是什么日子，每天都揪着心，焦虑到不行，你说我该怎么办呢……"说完，看了一眼老师，许是意识到自己有点失态，不好意思地低下头抿嘴一笑。

"现在的家长普遍焦虑，但是你不能把这种焦虑的情绪传递给孩子啊。对于那些平时成绩差不多的孩子来说，考试时拼得就是心态，谁的心态好，谁就越有可能发挥正常，甚至超常发挥。所以我们家长要学会隐藏自己的情绪，给孩子更多的鼓励。"蒋老师笑着说道。

下午四点半，海阳小学的门口，早已人声鼎沸。整个校门都被来接孩子的家长围得水泄不通。自涵涵上学以来，程浩基本没接过孩子，都是涵涵的外公和外婆接的，所以眼前的这种场景让他有点无所适从。他向来不喜欢这种嘈杂拥挤的环境，并且考虑到等一下涵涵出来找不到自己，毕竟他不知道今天是爸爸来接，所以程浩还是决定找个相对人少点、又能观察到校门口动态的地方。

他迅速地环顾了一下四周，发现校园铁质围墙处，人不是很多，而且透过围墙边种植的冬青树缝隙，能清晰地看到孩子从教室里排队走出来的情形。程浩刚想抬脚，面前突然跳出一个人，挡住了他的去路。

他一惊，一看，是个年纪很轻、穿着像售楼小姐的女子，右手举着一本资料，左手提着一个黑色大包。

"这位家长，请留步，不好意思打扰一下，我们是专业培训机构的，针对每个孩子，设置了不同的课程，能让孩子在短时间内成绩有明显的提高，"她如录音机一样地介绍道，然后未等程浩有任何反应，"这是我们的资料，家长您可以拿回去了解一下，也可扫二维码上我们的官方网站获悉更多关于我们学校的资讯。"说完，就直接把手中的资料递给了程浩。

程浩本能地倒退了一步，然后婉拒道："不好意思，孩子的教育都是我太太在负责，所以……"说完，抱歉地一笑。

"嗳，家长，"那女子似乎不罢休，又往前一步，"请问您的孩子上几年级呢？"说完，抬起头等待程浩的回答。

那一瞬间，让程浩想起了那年读大学出去打工的自己，当时为了挣学费和生活费，每天只要没课，就奔波在大街小巷帮房产公司发传单，性质和眼前的这位女子差不多，只是当时的自己相当腼腆，根本不会像她这样主动和别人说话，一般都是塞在人家的门缝和信箱里，甚至是自行车筐和摩托车上……

"五年级了。"也许因为曾经经历过，能感同身受，所以本来想离开的程浩又一次停下脚步，很耐心地回答了问题。其实自己很不喜欢推销的，不知是不是大学时期自己做的就是这个行业，所以内心本能地有一种排斥。

"那正是小升初的关键时刻啊！"女子语气有点夸张，但明显地面露喜色，于她而言，一般这个时期的家长都比较焦虑，都舍得把钱花在孩子身上。"你们孩子现在成绩如何？有没有在外面补习呢？有没有偏科？有没有针对性地去补习？"这位女子一口气问了很多问题，只是还未等程浩回应，她就急急地问道，"对了，家长，你们应该都想让自己的孩子进市重点初中吧？那正好，我们学校最近专门针对那些要去参加名校和重点学校考试的开设了一些精英班，特地为你们这些成绩优异的孩子开设的。家长如果有时间，可以免费去试听，试听满意，我们才会建议您上我们的课；如果试听不满意，我们是不会强求的。"说完，咽了咽口水，最后问道，"家长您看，您什么时候有空呢？现在就可以告诉我，我这里可以马上为您安排一下，排一下时间。"

程浩生平最受不了的就是这种像十万个为什么的问题宝宝，还有轰炸式的表达方式，他现在唯一的一个想法就是逃离，所以不等这位女子开口，他直接就说道："好，我回去和我太太说一下。"然后有礼貌地接过了女子手中的资料。作为一个男人，他还是懂得一些绅士礼仪的，只是他没有想到，这位女子竟然不依不饶，看到他要走了，竟然鲁莽地要求道："家长，留个电话吧，到时有好的资讯我给您打电话，发微信，以便您及时了解我们学校的动态。"

有毛病吧！程浩心生厌恶，我干吗要给你留电话啊？谁要你的这些资讯啊？你们学校的动态和我有什么关系啊？

"哦，不了，谢谢！"但程浩还是很有礼貌地回应道。只是这一次，他没有再给她发问的机会，直接走向了那片他早已看好的等涵涵的地方。

那里也早已聚集了一些老人家，看来是孩子们的外公外婆、爷爷奶奶，他们似乎很熟悉，围在一起聊得很热闹。

"嗳，老李，最近搓麻将了哇？"一个高个子老头问另一个正抽着烟的矮个子老头。

"有啥辰光啊？天天跟着小囡转，还有啥辰光是自己的啦。"矮个子老头翻了翻白眼，一副很不爽的样子。

"哎哟，现在的小囡读书是一家人的事情哦，喏，父母嘛要管学习，爷爷奶奶要管接送。"旁边一个老太接腔道，她圆润润的，看上去很富态。

"现在的教育啊，不只是小囡累，家长也累啊，我家里那个媳妇啊，哎哟，每天回来都要大呼小叫的呀，孩子不好好吃饭啦，不好好做作业啦，不好好读书啦……一堆一堆的事情呀，弄得家里鸡飞狗跳的，我这老太婆可受不了，索性每晚收拾完就去跳广场舞，眼不见为净。"站在矮个子老头旁的一个高个子老太叽叽喳喳地说道，嗓门很大。

程浩就像走进了老年茶室，听一帮老人家聊天唠嗑，虽然自己不会说上海话，但是听还是听得懂的。

"现在的小囡作孽哦，小小年纪就学习压力那么重，每天晚上的作业都做得很晚，早上又很早起床，睡眠都不够的哟，真的可怜的哦……"那个富态的老太说道，说完，还不忘嘴里发出"啧啧"的声音，流露出一脸的同情。

"关键是每个周末还有那么多兴趣班，"高个子老头插嘴道，"像赶场子一样，从这个地方赶到那个地方，搞得比做领导的还忙。我活了这一大把年纪，还从来没有听说过读书是这样读的。那时候我们的孩子，哪有像现在大人接送的、周末补习的，都是读好学校里的就可以了。不过，如今我算是领教了。"说完，摆了摆手，一脸无奈相。

"我说你啊，跟不上潮流了……我们那个年代，天天忙着生计，忙着赚钱养家，哪有时间顾得了孩子，现在不一样啦，每个家庭基本都是一个小囡，几代人都围着一个孩子转，能一样吗？"矮个子老头笑着接话。

"问题是现在赚的钱基本都花在小囡教育上了呀，"富态老太接茬道，"说说嘛，九年制教育是免费的，但是那些补习班不免费啊，而且那价格还贵得吓死人啊。"说完，夸张地张大了嘴巴。

"就是呀，"高个子老太接茬道，"我家那个孙子啊，最近说在补什么一对一的，哎哟，那个价格贵得吓死人了呀，哎哟，听了都心惊肉跳的呀……"

"多少啊？"富态老太好奇地问道。

"什么两个小时要 1000 元啊……"

"这什么概念啊，1000 元 120 分钟，要命了，每分钟要 8 块多啊，这眼睛一眨 8 块多就没有了……"

"这钱啊，还真不算什么了，最要命的是，你花了钱还找不到好的老师啊……"高个子老太苦笑道。

"嘿，好老师也没有用，关键是合适小囡的，不然再好的老师，不对小囡的胃口，照样补不上去！"矮个子老头嘿嘿笑道。

几个老头老太唏嘘不已，嘴里发出"啧啧啧"的声音。

站在一旁的程浩也被吓了一大跳，1000元两小时？这可是自己几天的工资啊！这种高成本的教育投资又有多少家庭能承担得起呢？还未等他思考完毕，一个陌生的声音突兀地传来："所以说教育已经成了一个家庭的焦点，现在的家庭都把孩子当做了最大的投资。正因为这样也注定成为社会的热点之一啊。"程浩被这句比较有知识含量的话给吸引，转头看去，不知何时那些老人群里出现了一个穿戴干净、戴着眼镜、看上去斯斯文文的老头。不过听他说话的口音，应该不是上海本地人。

"朱教授，您来啦……"高个子老头对着那个斯文的老头主动有礼地寒暄道。

原来是个教授，怪不得说出的话与众不同。程浩暗自嘀咕。

"朱教授说的一点也没有错，现在家庭最大的投资就是小囡。你看我家媳妇，最近天天为了孩子要不要上市重点初中和我家儿子杠上了，三天一大吵，每天一小吵，我就不知道为什么非要上那个什么市重点初中了。这不，昨天还和我翻脸，说什么当初就是我阻止他们把房子买到那个实验附中附近的，不然的话，小囡就可以直接进去了，根本不需要和别的小囡争抢一个名额……"矮个子老头气呼呼地抱怨道。

"朱教授，您是读书人，您来说说，真的有必要进市重点吗？为啥那些父母疯了似的要让小囡进市重点啊？那里真的有多少好啊？小囡的压力该有多大啊？"高个子老头噼噼啪啪地抛出了很多问题。

被称为朱教授的老头哈哈笑了一声，然后语重心长地说道："现在的教育，真的不好说啊，不好说啊……"

"朱教授，您就别推脱了，我们这些文盲啥也不懂，更搞不懂现在的这些年轻人的想法，虽然我们没有能力去阻止，但总得让我们也懂个理吧，不然多焦心啊……"富态老太恳求道。

"呵呵，"朱教授抿嘴一笑，不紧不慢地说道："现在的父母，只要是孩子的事情，他们比什么都拼命，拼命地给孩子创造机会，拼命地给孩子争取机会，拼命地把孩子托到他们想要的那个平台。"

"问题是，这么拼命干吗呢？累不累呢？对小囡真的有用吗？这不是给自己压力也给小囡压力吗？"矮个子老头又抛出了同样的问题。

程浩瞄了瞄矮个子老头，看他一脸搞不明白的样子，其实这些问题自己也不明白，为什么？就像自己的妻子苏子美为何要死要活地让涵涵进市重点？难道进了市重点真的就好了吗？

"如果孩子优秀又有能力，父母要不要给他提供好的平台？要不要给他创造更好的条件？如果你不创造吧，人家就说你这个做父母的对孩子不用心，不为孩子着想，毁了孩子的前程；如果孩子不够优秀，你是不是更要想方设法地找寻让他变得更优秀的机会？你会不会耗尽你的精力和财力为孩子铺设一条能让他越来越优秀的道路或者说向上爬的台阶？但是你这样做了，人家又说家长太狠心，不顾及孩子的心灵，给孩子这么大压力。"朱教授说完，呵呵笑了两声，又自嘲道，"现在的家长虽然不需要上岗证，但确实难当啊……"

朱教授的一番话，让这些老头老太一下都沉默了，不知是在思考呢还是在回味。总之，大家突然把目光转向了校园内。

"孩子们出来了，出来了……"高个子老头大呼道，随即就朝着校门口挤去。

程浩往里一看，果真孩子们排着整齐的队伍依次从教学楼处走出来，走在最前面的，手里举着一个木牌，上面写着几年级几班。

苏子美双手紧紧攥着右肩上的包带，像逃似的从老师办公室走出来。她眼睑低垂，眉头微蹙，一副心事重重的样子。

从涵涵上学至今，今天是第一次被老师叫来学校谈话，这种感觉就像是自己犯了错被领导当面批评一样，颜面尽失。虽然班主任蒋老师没有说什么，但是在那么多老师的眼皮底下，还是觉得很没面子。毕竟一般来说，被叫到学校来谈话的，基本都是孩子有问题的。

"唉……"苏子美深深叹了一口气，她怎么也没有想到，自己这个让很多妈妈羡慕嫉妒的学霸妈妈，今天竟然成了问题孩子的妈妈。这种角色的突然转变让苏子美变得更加焦虑，甚至产生恐惧。想起临出门前，班主任说的那句"涵涵妈妈，现在是最关键的时刻，千万不能让孩子掉以轻心啊……"让苏子美的心如被悬在半空中摇晃着，难受得不行。刚刚进校门前看到程浩发过来的那条微信带来的兴奋，早已被另一种焦虑和不安取代了，至于自己为何如此不安和心慌，她也说不出个所以然来。

程浩眼睛盯着校门口，心思却被刚刚听到的话题给完全打乱了。他以律师特有的嗅觉，意识到如今的教育显然已是社会的问题，它所产生的焦虑如传染病一样疾速地在每个家庭蔓延。每个家长都在为自己的孩子焦虑——现状、未来、已知、未知，这些如魔咒一样直接绑架了家长们的情绪。而这种教育上的焦虑远远大于生活和事业上的焦虑，因为这是一种体制，一种你无法改变只能接受的体制。很多时候不管是生活还是事业，我们都还有选择权，也可以将就，至少不是完全处在一种被动的位置上。但是教育，就现在整个社会现状，很多家庭只有一个小孩，未来不是拼爹拼妈而是拼孩子的时代，你根本就没得选择，你完全就是被动。就如刚刚那些老头老太议论的关于补习班一事，如果家长不提供平台，就是家长对孩子不负责，不上心；如果家长提供了平台，那就是父母拔苗助长，给孩子太多压力……所以，不管家长怎么做，感觉都是错的，他们似乎成了目前教育体制中的"替罪羊"。

"滋……"的一声，程浩忍不住倒抽了一口冷气。他感觉自己好像也被这种焦虑给传染了，心里竟然有点儿慌。1000元两小时的补习费用，即便自己算是高薪，也无法承受这种天价的补习费，但是就如刚刚那个朱教授说的，别人家的父母都在为自己的孩子拼命创造一切可以创造的机会，而自己却因为教育成本的压力不给孩子创造条件和机会吗？在这教育已成为一种商业模式的社会现象下，自己真的能坦然地告诉世人，我们家里没有多余的金钱来承担孩子正常教育体制外的费用吗？这显然不可能，先不说人都要面子，在内心就过不了孩子这一关啊！自己的孩子，砸锅卖铁也要培养啊。问题是，这种教育真的是砸锅卖铁就能解决的吗？如果真的这么简单，那就好了。

"滋……滋……"裤袋里的手机突然震动。程浩掏出一看，是苏子美打来的。

"老公，你到了吗？在哪里？接到涵涵了吗？"

"我在校门口，还没有看到涵涵呢，"程浩边回应边抬头在校门口四处张望，突然就看到了涵涵正随着刚刚的队伍走出校门口，"嗳，老婆，我看到涵涵了，你在哪儿？"

"嗯，我正在走出来，你们在校门口等我一会儿吧，我很快。"手机那端开始传来高跟鞋快速踩踏的声音。

程浩挂了电话，直接走向校门口，对着正东张西望的涵涵叫道："涵涵，涵涵，这边……"

涵涵回头一看，不远处的爸爸正对着自己招手，猛地一愣随后一喜，就急急地朝着程浩的方向奔过去。

"爸爸，怎么今天你来接我呢？外公呢？平时都是外公来接我的。"涵涵一站到程浩面前，就急急地问道。

程浩看着双眼满是意外和惊喜的儿子，伸出右手摸了摸他的头，柔和地说道："今天爸爸下班早，就顺便来接你。"

"哦。"涵涵淡淡地点点头，一副很失落的样子。看来他很在意爸爸是特意还是顺道。

"涵涵，"看到儿子有点不开心，程浩轻声问道，"昨天早上你是不是有话要和爸爸说呢？"

涵涵再次意外地抬起头，刚刚黯淡无光的双眼又充满了亮光。他没有想到，自己的爸爸竟然关注昨天早上自己那么细微的动作，看来他还是很在乎自己的。涵涵对着程浩用力地点点头。

"那么，涵涵有什么话要和爸爸说呢？"程浩看着眼前这个个子快到自己肩膀、眼神带着一些小男人般倔强的儿子，突然觉得自己的儿子已经渐渐长大了。看来自己以后有必要和他多聊聊关于男人间的话题了。

"爸爸，我……"涵涵咬了咬嘴唇，低下头，又是一副欲言又止的模样。

"涵涵，你现在是小男子汉了，我们男子汉说话不可以像女人那样吞吞吐吐的，要直接果断，简单扼要地表明自己的想法和想要说的话。"程浩鼓励道。

"嗯！"涵涵再次抬起头，小嘴紧抿，下巴处那个凹槽就更明显了，"爸爸，我不想去……"

"涵涵……涵涵……"

正想要说话的涵涵和等着涵涵回答问题的程浩，同时抬头看到正朝他们跑过来的苏子美，她似乎跑得很急，都能听到她的喘气声。

"妈妈怎么来了？"涵涵眼睛一躲闪，假装问道。

"哦，听说是你们班主任找她来的。"

涵涵脊背上"嗖"地冒出一层冷汗，他双眼眨巴得很繁忙，双手缠绕在校服衣角上，有意识地低下了头。

看到儿子这反常的行为，程浩故意调侃道："怎么？该不会是你做错什么事了吧？"说完，右手轻轻拍了一下涵涵低下的脑袋。

随着苏子美的高跟鞋声音越来越近，涵涵越来越紧张，小身子竟然开始微微发抖。看来那个小胖墩说的是真的，自己的妈妈真的被叫到学校来了。

"妈妈。"涵涵怯怯地看了一眼已经站在自己面前的苏子美，低低地叫道。

苏子美没有搭理涵涵，只是面无表情地一把从他的肩膀上拿下了书包，背在了自己的肩上，却小声对着程浩抱怨道："你也真是，怎么不帮他背书包呢，这书包那么重。"

程浩无奈地苦笑了一下，然后对着一脸惶恐的涵涵说道："儿子，回家。"

时 空 轴

"嗳，老头，侬晓得哇，昨天和你说的那个张阿姨的老伴是突发性脑溢血，到了医院直接手术抢救了，人在重症监护室到现在还没醒过来呢，你说作孽哇！"薛静芳边洗着水池里的香菇，边絮絮叨叨地和坐在餐厅看报纸的苏源说道，嘴里还不停地发出"啧啧啧"的声音。

"你说啊，这年头怎么会变成这样呢，几代人围着一个孩子转，照理来说，孩子就是皇帝，被宠在手心里的宝，但是我怎么看着我们家涵涵就不开心呢？每天一回来就往房间里跑，去做作业，晚上很晚了，还在看书啊什么的，真遭罪啊……"薛静芳边把香菇放进菜篮子里把水分沥干，边继续唠叨着。

苏源把报纸往餐桌上一放，拍了拍大腿回应道："还不是因为大家拼小囡的结果，"随后站起来往客厅走去，继续说道，"这年头就是拼孩子的时代啊，刚刚报纸上还在说，当下中国人为什么这么焦虑，我看啊一大部分都是因为教育。"

薛静芳一愣，她甩了甩手，又在围兜上擦了擦，从厨房间急冲冲地走向了客厅，坐在苏源的旁边，好奇地问道："嗳，老头，你刚刚说的是什么意思啊？"

苏源翻了翻眼皮，顺手打开了电视，调侃道："这不是你和子美说的投资吗？孩子是一种投资嘛。"

"嗳，你这老头，怎么这么记仇呢？再说我觉得子美说的没错啊。"薛静芳狠狠剜了苏源一眼，气呼呼地站了起来，又走向了厨房。

苏源不搭理，虽然自己是早已退休的老教师，思想也跟不上现在的年轻人，但是有些东西他心里还是很清楚的，比如现在的教育早已引发了集体式焦虑，校外教育、校内教育、家庭教育，大家拼死拼活地都在一个"拼"字上，问题是为了什么而这么拼？到底拼的是什么？这是很多家长到现在还未找到的答案。

"喂，老太婆，你觉得现在日子过得幸福吗？"苏源对着厨房间喊道。

"幸福啥，每天围着孩子转，都没有自己的自由时间，操不完的心……"薛静芳边切着香菇边回应道，语气里满满的无奈。

"这就对了……"苏源又站了起来，双手背反着，朝着门外走去。

"对什么对啊，"薛静芳嘀咕着，随后急急地叫道，"喂，你这老头去哪里啊？"

"我下楼走走，透透气……"

苏源心里明白，之前是养儿防老，防自己病了没人照顾，防自己太孤独；如今呢，社会这般进步，在物质不再贫乏的年代，在自己有医保有退休金的年代，自己其实想要的也就是晚年的自由和安静。中年时被家庭孩子绑架，老了，就想去做一些自己的事情，出去走一走，看看外面的世界，但是如果你的孩子还是不能让你省心，你还得要操心，那么你等于再一次被绑架了自由。人啊，其实最向往的还是自由啊……

看着不远处的老孙头牵着孙子由远而近，他的内心一片悲凉，为那些老年人，也为自己。

什么时候孩子的家变成了自己的家？

第九章

车上的战争

"我没有顶嘴，我只是告诉您事实，如果一次考不好就定性为这个人不努力，本来就是不公平的。人非圣贤孰能无过，考试也是一样，谁能保证每次都能拿好成绩呢？"

　　"哎哟，我说你长出息了啊你！不努力就是不努力，还教训起我来了，你知道你现在是在和谁说话吗？啊！"

5 月 24 日　小满　周三

　　"哒哒哒……"苏子美的高跟鞋踩在柏油路上，也踩在了涵涵的心上。从妈妈刚刚的脸色他已经能猜到，此次妈妈到校一定不是好事情，一定和自己这两次考试有关。其实自己比谁都想考好的，比谁都想让老师和父母开心的，但面对最近的每天一小考三天一大考，除了应付得有点疲乏之外，自己竟然在考试时莫名产生紧张，这种情况之前很少有，只有在重要考试时，才会有一点，但最近却频繁发生。就像今天的英语考试，自己竟然紧张得连听力都没有听清楚……

　　自己到底是怎么了？涵涵紧抿着小嘴，不断地在脑海里问自己。怎么越是临近毕业考的时候自己越不在状态呢？难道和最近同学们在谈论的关于市重点初中提前考试有关吗？还是因为前两天听到爸爸妈妈为自己小升初学校的事情吵架？抑或是贝贝告诉自己他不去市重点初中？

　　"涵涵。"一上车，坐在副驾驶上的苏子美就叫着坐在后座的程梓涵。

"嗯。"涵涵小声作答。他把头埋得很低，似乎在等待一场逃不掉的狂风暴雨。

"昨天语文考试了？"苏子美淡淡地问道。她眼睛直视车子挡风玻璃的前方，僵直着后背，努力不让自己转头看后座的儿子，因为她很清楚，只要自己一回头，那种从进学校到出学校所压抑的所有怒火就会发疯般肆虐。

程浩明显地感觉到气氛不对，一股浓烈的火药味在这逼仄的车厢里发酵。他瞄了瞄坐在副驾驶座位上的苏子美，一张脸阴沉得可怕；随后转头又看了一眼涵涵，孩子像一只受惊的小鹿，整个身子蜷缩在靠车门的角落里，低着头，双手使劲绞着校服的衣角，似乎和衣服有仇。

"涵涵？"程浩轻唤了一声，他本想趁苏子美还没有爆发之前，岔开话题，但想想不现实，所以只能缓解气氛，"最近经常考试吧？"

结果，涵涵没有回答他，苏子美却飘过来一个冷眼，那眼神分明就在说：哟，你这个几百年不管孩子的人，今天怎么有兴趣关心起孩子来了？

程浩假装无视，而是边发动车子边轻松地说道："老爸读书时也一样，每到要期中期末考试时，基本天天要考试，考得人都傻掉了，后来索性随便做做了，反正都是差不多的题目。涵涵，你们现在是不是也这样？"说完，特意从后视镜里看了一眼涵涵，偷偷地对着他挤了一下眼睛。

涵涵很聪明，一下就意会到爸爸的意思，立马附和道："一样一样的，哪天不考就有问题了……"说完，看着后视镜里的程浩，咧嘴一笑，两颗虎牙又跑出来了。

"涵涵，爸爸和你说啊，当测验成为一种大考前的常态时，你根本就不必把成绩当回事，因为这个时候成绩其实只是一个数字……"

"喂！"苏子美一拳直接打在程浩的肩膀上，噼里啪啦地骂道，"有你这么教育孩子的吗？什么叫成绩不重要？一个学生成绩不重要，那你告诉我什么重要？"随即又很烦躁地抱怨道，"你啥都不懂非要在这里装懂，你只管开你的车就好。"说完，还狠狠白了程浩一眼。

"你！"程浩一下语噎，本想反驳，但突然咽了咽口水闭了嘴。此时他似乎能明白苏子美为什么近一年来脾气这么火暴，完全像换了一个人，罪魁祸首就是教育引发的焦虑。只要一触及孩子的成绩，她的情绪就直接演绎到了一个崩溃的状态，根本无法控制，更别说是管理。

"涵涵，你告诉妈妈，语文考了几分？"苏子美又问，虽然她努力把声音放得很低，但语气的僵硬无法掩藏。

"7……78 分。"涵涵咕哝道。

"什么？你再说一遍！几分？"苏子美脸上的肌肉猛地抽动了一下，她希望是自己听错了，所以依然挺直脊背坐着，等待另一个答案。

程浩迅速从后视镜里瞄了一眼涵涵，可惜涵涵完全沉浸在恐惧中，没有发现爸爸突然递过来的眼神。

"78 分。"涵涵用低到不能再低的声音再次回应。

沉默。

程浩用眼角偷偷瞄了一眼苏子美。她面无表情地盯着挡风玻璃，眼睛都不眨一下，连呼吸都似乎是停止的，总之安静得可怕。其实她的心脏刚刚经历了一场云霄飞车般的体验。

苏子美没有想到向来被别人称为学霸的儿子竟然会考出这样的成绩；更没有想到的是，这个分数真的是他们班的倒数，如此看来，他们班的语文成绩普遍都很不错，也就说明这些孩子都跟得很紧，都在努力向上。那么自己的儿子呢？竟然在马上就要期末考试的时候，成绩还如过山车。她内心的失望如潮水般波涛汹涌，下一秒眼睛就开始发涩，眼泪涌了出来。她内心根本无法接受这个事实，自己的孩子怎么可能考出这样的分数？自己对他所有的努力都付诸东流了？

"78分？"她嘴里喃喃重复道，随后身子像木偶般猛地侧转过去，眼睛死死地盯着吓得缩作一团的涵涵，大吼道，"程梓涵，你到底在干什么？你是不是昏头了？竟然考出这样的成绩？你还要不要读书啊？啊？"压抑了好久的情绪终于在这逼仄但又隐私的空间爆发。苏子美的言语像拳头一样，一个字一个字地砸在了涵涵身上。涵涵的身子蜷在角落里一颤一颤的，像受惊的小鹿在迷雾里不知所措。

"我在和你说话，你听不到吗？"她再次吼道，这种因失控发出来的声音，虽然分贝不高，但很尖锐，就像金属划过玻璃的那种声音，特别刺耳。

程浩从后视镜看到涵涵的身子明显又是一哆嗦，随后瘦弱的肩膀开始微微颤抖，似乎用全身的力气在控制情绪，那种感觉看了很让人心疼。

"好了，有话好好说，你这样会吓到涵涵的。"程浩终是忍不住，劝慰道。

哼，苏子美从鼻子里冷哼了一声，"语文考倒数，你说是我吓他，还是他吓我？"说完，冷冷地剜了一眼程浩。

程浩就是受不了苏子美这种阴阳怪气的说话，语气不满地回问道："偶尔考倒数又怎样？"

"什么叫偶尔啊？你知不知道他最近考试都很烂？"被程浩莫名其妙地一怼，苏子美气急败坏地叫道。

"很烂就很烂，又怎样！"程浩语气相当强硬。

"能怎样？"苏子美气急，没想到程浩会在这个时刻和自己唱反调。她气急败坏地吼道，"你又不管孩子的学习，你当然无所谓了！但是我呢？我把全部的精力都放在孩子身上，花了那么多时间和财力去给他创造机会、制造条件，现在他用这样的成绩回报我，难道我就不能生气吗？难道作为妈妈我连责备的资格都没有吗？"

"是你在读书还是涵涵在读书？你干吗要把自己的想法和要求强压给孩子？你这么看重他的成绩又是为了什么？"程浩反击。他超级不喜欢她拿对孩子的付出来说事。

"什么叫我强压？什么叫我看重成绩？在这个只看成绩分数的教育体制下，你让我不看重成绩，那么请问你我该看重什么？孩子的人格？孩子的独立能力？还是什么？你要知道，目前的市重点初中，只看成绩，他们不会来问你的孩子人格如何？独立能力强不强？成绩才是目前评定这个孩子优秀不优秀最快速最直观的东西！你竟然问我为何这么看重成绩？这简直就是个笑话！"吼完，苏子美双手抱胸冷笑了一声。她内心其实委屈极了，程浩会在这个时候和自己唱反调，这不是明摆着在反对自己的教育方式吗？

"那是你认为，你认为成绩是最重要的，你认为学校都是看成绩的！"程浩毫不客气地顶了回去。

"我认为？"苏子美手指指着自己，惊讶地张大了嘴巴，她突然觉得和身边这个男人讨论教育简直就是浪费口水。

她深深吸了一口气，用力压制快要崩溃的情绪。

"涵涵！"苏子美再次转过身子，眼睛像箭一样射向了一直躲在后座不吱声的儿子，问道，"你最近上课都在想什么？"

涵涵用力地摇了摇头。

"把头抬起来！男子汉要勇于直视自己的错误！"苏子美大声要求道。

涵涵惶恐地抬起了头，一双眼睛怯怯地看着眼前这个如狮子般暴怒的妈妈。他知道，老师肯定把所有的都告诉了妈妈。

"你告诉我，你最近上课都在想什么？"苏子美再次厉声问道。

程浩通过后视镜瞄了瞄涵涵，眼神很复杂。

涵涵再次摇摇头。

"说话！哑巴了吗？"

"我……我没有。"

"没有？"苏子美咬了咬下唇，怒火"噌"地就燃起了，大吼道，"你竟然还在狡辩！你班主任告诉我，说几个任课老师都反映你上课老走神，你现在告诉我，说你没有！"

"我……我没有……"涵涵低低地回应，说完，头又低下去了。

程浩急急地用眼角的余光偷瞄了一下苏子美，因为以他作为律师的视角考虑，如果涵涵的老师说的是真的话，那么涵涵现在的问题已从学习态度的层面跳到了人格问题的层面。苏子美向来最关注孩子的人格问题，所以他以为接下来会是更猛烈的暴风雨，但让他相当意外的是——苏子美竟然沉默了。难道现在的沉默是为接下去的狮吼做铺垫的吗？

"那么，"苏子美舔了舔干涩的嘴唇，一字一句地说道，"如果你上课没有走神，那考出倒数的成绩只能说明你没有努力！"她的语气似乎平静了些，感觉终于找到了考试没有考好的原因。

程浩一愣，他突然意识到，在孩子的成绩面前，苏子美的思维似乎只局限在学习上，忽略了比成绩还重要的东西。或者说是在她目前的心里，没有什么比成绩更重要。

"妈妈，我……我有努力……"涵涵在后座轻轻地说道。

"砰"的一声，苏子美把拳头重重地落在了副驾驶的椅背上，大吼道："程梓涵，你还在为自己辩解！如果你努力了，怎么可能考出这样的分数？你告诉我，你努力的成果在哪里？难道这倒数的成绩就是你努力的结果吗？"一阵噼里啪啦似乎还不足以让苏子美解恨，她继续吼道，"程梓涵，这就是你对我每天辛辛苦苦为你操心的回报吗？"

涵涵双眼饱含泪水，抿着嘴巴不说话。其实从拿到那张语文试卷的时候，他就做好了迎接一场狂风暴雨的打算，只是没想到这场暴雨来得这般快，快到他还没有做好准备。此时自己的内心比任何一个人都难受，而且这种难受还不能说出来，因为你根本就没有资格去说……

苏子美看到涵涵沉默，以为他默认了自己的不努力。想起自己每天起早贪黑，没有休息日地操心他的学习，而他竟然就这么随随便便地不努力就把自己所有的付出给瓦解了，一种前所未有的委屈瞬间就涌了上来。

"我容易吗？我，"苏子美眼眶一红，哽咽道，"每天为你的学习操心，早上起得比鸡早，晚上睡得比狗晚，都是因为你！别人家妈妈周末都可以睡懒觉，下午还可以睡个美容觉，心情好还出去逛逛街，买买衣服，要不就是在朋友圈晒美食晒美图，享受美好生活，而我呢？我就围着你转了，从这个地方拉你到那个地方，连口水都顾不上喝，更别说睡觉逛街买衣服了……"

程浩没有说话也没有安慰，他知道她的情绪需要发泄，这种打情感牌的情绪发泄似乎一直是她惯用的方式，为的就是让孩子能懂得妈妈的不容易，然后认错反思。

"其实你可以不用陪我……"涵涵突然咕哝道。

"什么？你说什么？"苏子美突然像被针扎了一样尖叫道，"我可以不用陪你？你以为我很想陪你吗？你以为我双休日不想好好待在家休息吗？你以为我愿意这样折腾自己吗？如果你能努力，不让我这么操心，我也不想这么累！如今看来，你这么不努力，就是明摆着不让我省心的！"说完，拳头又一次砸向了副驾驶椅背。

沉默，又一次沉默。逼仄的车厢里除了空调发出的声音之外，就剩下苏子美气愤的喘息声了。

程浩从后视镜瞄了一眼涵涵，他依然蜷在角落里，双手紧紧缠绕在一起，不停地互掰着手指，看上去身子有点僵硬，像一只受伤的刺猬。

"唉……"程浩深深叹了一口气。本来今晚提前下班来接涵涵是为了增进父子之情，没想到会是这样的结果。而这条本来不长的路，因为下班高峰期，堵得如龟速，让人的心堵得慌。

"我只是这两次考试没有考好而已……"涵涵突然在后座委屈地嘟囔道。

"什么叫就这两次而已？你觉得还太少吗？"苏子美直接打断，气急败坏地吼道，"程梓涵，现在都什么时候了，你不好好反思自己，竟然还在为自己考得不理想的成绩辩解，你以为你还是小学一年级吗？你马上就要小升初了！期末考试就在眼前了！这个时候你再不努力，什么时候才努力！你到底还要不要读书？"吼完，又开始狠拍椅背，似乎要把所有的愤怒都发泄在这椅背上。

"我……"涵涵抬起头，眼睛愤恨又委屈地盯着苏子美，张大嘴巴想说什么。

"嘴巴张那么大干吗？想咬人啊？找不到为自己辩解的理由就想咬人啊？"苏子美直接打断，怒吼道。说完，冷冷地瞥了一眼涵涵。

程浩从后视镜看到涵涵用牙齿咬着下唇，五官都挤在了一起，似乎在努力控制情绪，但眼神里分明藏着两只正发怒的小兽，似乎随时都要奔出眼眶，冲向怒骂中的苏子美。

"你又不是我，凭什么就认为我没有努力！"涵涵突然大叫道，那声音如丝绸被强行撕裂的那种尖厉。

坐在前面的程浩和苏子美同时身子一愣，空气在一瞬间被凝固了。而下一秒，苏子美就发出撕心裂肺般的吼声："反了，反了，你……你竟然敢顶嘴！"

涵涵看着眼前张牙舞爪的妈妈，一双眼睛像锋芒一样，很冷，透着青春的叛逆。

"我没有顶嘴，我只是告诉您事实，如果一次考不好就定性为这个人不努力，本来就是不公平的。人非圣贤孰能无过，考试也是一样，谁能保证每次都能拿好成绩呢？"涵涵眼睛直视着苏子美，一字一句清晰地叫道。

"哎哟，我说你长出息了啊你！不努力就是不努力，还教训起我来了，你知道你现在是在和谁说话吗？啊！"苏子美怒斥道，她的整张脸都被气得变形。

"那你凭什么就认为我考得不好就是不努力？难道就没有别的原因吗？难道你认为我不努力我就不努力了吗？"涵涵似乎决定了要和妈妈来一场战争，他完全没有了刚刚的怯弱，取而代之的是一种反击，强烈的反击。

"你能有什么别的原因？鉴定一个孩子努力不努力，不看成绩看什么？请问！"接着又是"啪"的一声，苏子美把手掌狠狠拍在了椅背上。她快疯了，本来以为他只是反抗一下，没想到这个孩子竟然和自己杠上了。

"你总是习惯以你的思维来评定别人的行为，反正在你的眼里，我考试没有考好，就是因为我不努力！"涵涵冷冷地反击。

　　程浩一愣，他没有想到涵涵的思维反应这么快，而且敢用这样的语气和自己的妈妈说话，关键是他在为自己辩驳的同时，还很有力有理地否定了自己妈妈的固有思想。今天涵涵有这样的胆量和勇气，要么他真的长大了，有自己的思维模式、价值观和人生观了；要么就是苏子美给他的压力太大，已经到了他的临界点。

　　程浩偷偷瞄了一眼苏子美，她的脸色由白到青到黑再到红；程浩又从后视镜瞥了一眼涵涵，他整个身子僵硬，眼神紧紧盯着苏子美，如一只蓄势待发的小兽。

　　一场比暴风雨还要猛烈的战争似乎一触即发！程浩依然保持冷漠。

　　"反了，反了，真的反了！"苏子美气急败坏地叫道，她双手紧握拳头，不断地乱挥，似乎在找一个真正能承受她愤怒到极致的承载物，随后"砰"的一声巨响，还是落在了椅背上，"程梓涵，我是你妈妈，你竟然敢用这样的语气和我说话？你竟然敢指责我？"因为气急，连声音都变了。

　　这一次涵涵没有再反驳，而是低下了头。

　　但苏子美的整个情绪被彻底渲染了，特别是想到为了涵涵的市重点的名额，自己不惜放下尊严，低声下气地去找曾经和自己是对手的潘悦求情，委屈的泪水像断了线的珍珠，"吧嗒吧嗒"地往下掉。

　　程浩见不得女人的眼泪，这可能和他小时候的家庭有关。他的父亲在他三岁时就因为意外触电走了，母亲辛辛苦苦拉扯他和哥哥两个孩子，从自己懂事起，就总看见母亲坐在家里的门槛上，偷偷掉眼泪。那时候的自己，内心说不出的难受和自责，觉得作为一个男人，不能保护最亲的人。后来母亲也走了，他的这种自责就更深了，也就更加见不得女人在自己面前哭泣了，不管这哭泣是不是自己的原因。

"嗳，你怎么又哭上了？"程浩轻轻拍了拍苏子美的肩膀，眼睛又看向了后视镜，涵涵依然低着头，不说话。本来还以为会有一场母子战争，没想到连刚刚的暴风雨也结束了。这倒是程浩想要的结果，毕竟为了一次成绩这样，没有必要伤害母子间的感情。

"我能不伤心嘛……"苏子美肩膀一侧，甩开了程浩的手，然后从旁边抽了几张餐巾纸，边擤着鼻涕边哭诉，"他怎么可以这样说我？他怎么可以这样对我说话？你以为我不想让他轻松点吗？你以为我愿意看到他每天被学习压得那么累吗？我也不愿意啊，他是我的孩子，看到他这样，我不心疼吗？我不难过吗？但是为了他以后有能力去选择他自己想读的专业，做他自己喜欢做的事情，不要像我现在这样为了生计做着自己不喜欢做的事情，我现在的一切都是为了他啊！"苏子美已经转过身子，无力地靠在椅背上，边擦着不断掉下来的眼泪，边从旁边的纸巾盒里又抽出几张。

程浩这次没有看苏子美，而是从后视镜看涵涵，他知道涵涵这孩子从小孝顺，特别是对她妈妈，只要妈妈一哭，他保准也会哭。但是今天他没有，而是双手抱胸，把头转向了车窗外，一副事不关己的样子。

"我为了涵涵，愿意付出我的所有，只要是他需要的，对他有用的，我都愿意为他付出和争取……"苏子美再次抽噎着，她委屈的情绪彻底爆发了，她需要倾诉，这个对象是谁不重要，重要的是那个听到她说这些话的人。

"为了给他要一个市重点的名额，你知道我都去求谁了吗？"苏子美抬眼瞄了一眼程浩，随后说道，"我都去求潘悦了，结果还被人家羞辱了一番，我的脸都丢尽了，但是想到为了涵涵，这些又算什么呢？如果谁能给涵涵一个市重点的名额，让我做牛做马我都愿意啊……"她又开始哭了，边哭边抱怨道，"结果，他竟然还和我顶嘴，还这样说我……"说完，呜呜地哭开了。

程浩听完苏子美的这段话，心头一愣。向来骄傲又强势的苏子美会为了涵涵去求那个让她至今都耿耿于怀的对手，这绝对让程浩出乎意外。更何况听她的哭诉中，潘悦竟然还羞辱了她，倘如此，今天她会有这样激烈的反应，真的情有可原。但同时，程浩内心突生愧疚，在孩子的问题上，不得不承认自己做得真的没有苏子美好，也没有她那么伟大。同样是爱，很多时候母爱真的比父爱更伟大。

"我不想去市重点……"涵涵突然说道。口齿清晰，关键是声音还响亮。

车厢里瞬间如窒息般安静了下来。

苏子美擦眼泪的手停止在脸上，她张大嘴，似乎只有这样才能呼吸。她甚至不敢回转身再去问涵涵，怕再听到这句话。

程浩心里也是被震了一下，他压根就没有想到涵涵会在这个时候开口说话，还会说出这种对于苏子美来说是晴天霹雳的话。正常来说，苏子美委屈的情绪发泄掉了，这件事也就过去了，平息了，最多再被她念叨几句，回家也就没什么问题了，毕竟岳父岳母都在。但是涵涵竟然再次激起了苏子美的情绪之浪，程浩不知道接下来会发生什么。

"为什么？"良久，苏子美从口中淡淡地吐出这三个字，语气很平淡，但是越发显得空洞和苍凉。

"因为我就想在一般的初中读书。"涵涵简单地回应。

"为什么要选择一般的初中？"苏子美继续问道。她依旧没有转身。

"因为大家都在一般的初中读书啊，那我为什么非要去市重点？"涵涵接着回答。

"那是人家水平不够，所以只能选择一般的初中，但是你不同，你怎么可以就这样放弃呢？你知道多少人想进市重点吗？"苏子美深深吸了一口气，似乎在努力控制自己的情绪。

"我觉得我自己的水平也一般，市重点的学生都是大牛蛙，我拿什么和别人比？"涵涵冷静地说道。

程浩迅速扫了一眼涵涵，从他这么淡定的回答中，他感觉到这绝对不是涵涵的气话，而是已经深思熟虑过了。也许他刚刚想和自己说的就是这个，只是苏子美突然出现，他就没有告诉自己了，但是现在，他一定觉得有必要说出来。

"啪"，涵涵话音刚落，苏子美已经一巴掌拍在了车子前面的空调出风口，随后"嗖"的一下，整个身子扭转过来，眼神像发怒的狮子，怒吼道："你都还没有去尝试，你就要放弃？你凭什么说自己不行？凭什么觉得人家都是大牛蛙？凭什么就认为自己拼不过别人呢？你说！"

程浩皱了皱眉头，看来苏子美的怒气再一次被点燃了，而且大有一发不可收拾的趋势。不过她说得也对，没尝试就放弃确实不对，但涵涵不想去市重点，一定有他的原因，只是这个原因到底是什么，可能自己和苏子美都不知道，也许涵涵也不想说。

"涵涵，"程浩轻声呼道，随后试探道，"你是不是觉得去一个陌生的学习环境不适应？是不是还是想和现在的同学们在一起？"

"怎么可能？"苏子美直接否决了程浩的猜测，冷冷地说道，"他嘛，就是不想面对太大的压力，不然还有什么？不想努力的孩子怎么可能想去面对那些压力呢？"

程浩翻了翻眼皮，涵涵说得一点也没有错，苏子美真的就是喜欢用自己的思维来评定别人的行为。

"妈妈，你为什么非要我去上市重点？"涵涵眼睛盯着苏子美直接问道。

苏子美身子明显地一怔，"这还要问为什么吗？水往低处流，人往高处走，谁不朝着更好更高的地方走啊？市重点那是名校，你进去了之后也就有机会进高中名校了，难道你连这点都不清楚吗？"

"那是你认为，你觉得我应该走这条路，但是它真的适合我吗？"涵涵不慌不忙地反问道。

前面正好到了小区门口的红绿灯，程浩猛地回过头，意外又惊喜，或者说陌生地看了一眼自己的儿子。从什么时候开始，自己的儿子会说出这样的话？其实自己内心也一直在纠结，到底要不要让涵涵去市重点，这条路是不是就如苏子美说的那样适合自己的孩子呢？想当初，自己就是没有去走别人都认为应该走的路，而是义无反顾地选择了自己喜欢的法律专业。只是自己毕业后在这个自己喜爱的行业里一直被压制着，所以很多时候自己也会思考，当初选的这条路到底对还是不对，但至少自己从未因为当初的选择而后悔。

看来，涵涵是秉承了自己性格中的那种执着和独特。程浩嘴角一上扬，其实他内心还是蛮欣慰的，毕竟从这件事看出，涵涵还是有自己的想法的，至少他知道自己想要什么。

"你小小年纪懂什么适合不适合？"苏子美冷冷地反驳涵涵。她觉得涵涵就是在无理取闹，随后她想了想，生气道，"难道妈妈还能害你不成？我让你去上市重点，一定有我的道理，你服从就是。"说完，身子又转了回来。

"我也有我自己的想法。"涵涵不满地叫道。

"你的想法我一概不接受。"苏子美强势地拒绝。

"人家贝贝妈妈就不会逼贝贝，就你会！"涵涵继续叫道，还搬出贝贝的妈妈。

"你说什么？"苏子美不解地转过头追问。

"贝贝说他妈妈不会让他去市重点。"涵涵说道，眼睛里流露出羡慕的目光。

"哼，"苏子美从鼻子里冷冷地哼了一声，然后转过身子，趴在椅背上，似笑非笑地看着涵涵一字一句地说道，"贝贝的妈妈早就给贝贝拿到了去市重点初中的名额，而且还是最好的理科班。"

"不可能！"涵涵激动地大叫。

苏子美冷冷地笑了笑，直接转过身，双手交叉放在胸口，淡淡地问道："为什么不可能？"

"因为贝贝妈妈说不会勉强贝贝的，她尊重贝贝自己的选择。"

"那你明天去问问贝贝呗……"

苏子美盯着前面自家的楼道，内心冷笑，暗自嘀咕：这个吴璇，明明名额都拿到了，还不告诉自己的孩子，她这样做真的只是为了不给孩子压力，还是另有原因呢？

程浩嘴角一扬，其实从刚刚涵涵和妻子之间的对话，他似乎已经能感觉到吴璇到底为什么这么和贝贝说，无非就是想让贝贝把这种错误的信息传递给涵涵，让涵涵对自己的妈妈逼着让自己去市重点产生反感，从而从身体和内心产生反抗，最终放弃去市重点初中。这女人的心眼啊，真的比针眼还小……

═══ 时 空 轴 ═══

中午学校的食堂里，涵涵和贝贝端着餐盘坐在靠窗的位置上。

"涵涵，这块鸡腿给你吃吧。"贝贝从自己的餐盘里夹起了一只不大的红烧鸡腿放进了涵涵的餐盘里，"我现在太胖了，需要减肥，你就帮我消化一下吧，嘿嘿。"说完，偷偷地吞咽了一口口水。

"不用，我今天没胃口。"涵涵又把鸡腿夹给了贝贝，他知道不是贝贝在减肥，而是他看见自己太瘦了，想让自己多吃点，其实他比自己还想吃这只鸡腿。

"怎么啦？不会是因为考试没有考好吧？"贝贝瞪着眼睛问道，随后大口地咬了一口鸡腿，含糊不清地安慰道，"没事，又不是毕业考，到毕业考时，你多拜考神就好了……"

涵涵心事重重地低下了头，往嘴里扒了一口白米饭，接着又抬起头，轻声问道："贝贝，你会去市重点初中吗？"

"市重点？"贝贝猛地抬头，嘴里含着满嘴的鸡腿，然后头摇得像拨浪鼓一样，口齿不清地重复道，"不去，不去，我怎么可能会去……"

"你妈妈不逼着你去吗？"涵涵不解地追问道。以他的理解，贝贝妈妈和自己的妈妈关系那么好，她们两个应该早就商量好了，要让两个孩子一起去。

贝贝终于啃完了那个鸡腿，舔了舔油腻腻的嘴唇说道："不会的，我问过我妈妈了，她说她不会强迫我去的，会尊重我自己的选择，"随后摸了摸下巴的那颗肉痣，若有所悟道，"看来我妈妈还是很有自知之明的，知道自己的儿子不是学霸。"

"嗳，你不会想去市重点吧？"贝贝突然想起什么，紧张地盯着涵涵。

"我也不想去，那里竞争太激烈，压力很大的，我怕的……"涵涵嘟囔道。

贝贝伸出右手，在涵涵的肩膀上狠狠地拍了一下，开心地叫道："这就对了，我们又是同学了！"随即做出一副撒娇样，"我们可是连体儿，怎么能分开呢？要是你不在我身边，我会孤独终老的……"

"但是，但是我妈妈要让我去……"涵涵低着头，喃喃道。

"不会吧，"贝贝夸张地叫道，随后眼睛眨了眨，胸有成竹地说道，"没事，我让我妈妈去劝劝你妈妈，她们关系那么好，你妈妈一定会听我妈妈的……嘿嘿……"

第十章

为你，千千万万次

她四周环顾了一下，自己不能就这样被堵在门口，要想办法进去，不然取不到号，就报不了名，今天就白来了。她低着头，不管身边别的家长的怒骂，像一头倔强的犀牛朝人缝中用力钻了进去。

5 月 28 日　小满后　周日

一大早，许杰军就被一阵窸窸窣窣的声音给吵醒了。他微微睁开眼皮，从厚重的窗帘缝隙钻进来的光线里，吴璇正背对着自己穿裙子，她左手背反着拉着腰部的裙子，右手从肩膀处往后背延伸，用力地拉着拉链。昏暗的光线中，她曼妙的身材被凸显得分外性感妖娆。许杰军猛地就有生理上的强烈反应，毕竟一个月前的他们还分居两地，平时聚少离多，如今终于回来了，两个人如新婚燕尔，你侬我侬。

许杰军趁吴璇没有注意，偷偷从床上爬起来，摸到她的后背，只听"滋"的一声，吴璇好不容易拉上的拉链瞬间像盛开的花朵，露出她莹白的后背，还有一条黑色性感的内衣带子。

吴璇一惊，随后转身拍打了一下许杰军，愠怒道："你干吗？"

"老婆，你一大早就在我面前脱衣服真的好吗？"许杰军无视吴璇的生气，边嬉皮笑脸地凑过去，边双手开始不安分地在吴璇的后背游移。

"喂，喂，"吴璇边躲闪边叫道，"停，停，停！"

许杰军却不依不饶，双手的力道更大了，嘴里喃喃道："今天是周日啊，你这么早起床干吗啊？"

"我有很重要的事情，"吴璇用力挣脱了许杰军的怀抱，边拉上拉链边很严肃地说道，"你别再烦我了，我要来不及了。"说完，就朝卫生间走去。

"嗳，你有啥事啊？平时又不上班，又不可能有应酬，"许杰军边郁闷地继续躺在床上，边不满地抱怨道，"再说你在这里又没有亲人，这星期天不在家陪老公和孩子，尽往外跑……"

"难道我这个不上班的人，就不可以有私事吗？"吴璇在卫生间反驳道。

"你能有什么私事？有什么私事就不能和我说吗？"许杰军翻了翻眼皮，继续抱怨。他心里很不舒服，一来可能是欲望得不到满足，二来是吴璇今天对自己的态度有问题。

吴璇虽然不是上海女子，但这十几年待在这个城市，这个湖北女人竟然把上海女子的所有特性都学会了，那一颦一笑，风姿绰约的，再加上一口正宗的上海话和嗲里嗲气的语气，谁都不会怀疑她是一个外地人。而许杰军恰恰是典型的上海男人，从小见惯了上海女人的女权和小资，读书时就暗暗把上海女人排除在婚恋对象之外，但怎么也没有想到，多年之后的妻子竟然比上海女人还上海女人。不过也别说，不知什么原因，许杰军竟然还很喜欢吴璇的这种上海女人的特质。

"老公，"化好妆容的吴璇一扭三摆地走到了床前，"扑通"一声就坐了下来，然后伸出白藕般的双臂缠住了许杰军的脖子，边摇晃着边嘟起红嘟嘟的小嘴撒娇道，"老公，对不起嘛，人家今天真的有事嘛，你就不要生气了好哇啦？晚上回来补偿你好哇啦……"

　　许杰军从鼻子冷哼了一下，扭动了一下鹰钩鼻，假装生气把头别过去了。

　　"哎呀，老公，"吴璇双手从许杰军的肩膀上移到了他的脑袋上，一下就把他的头转向了自己，嘟着嘴继续撒娇，"好啦，都是我的错，等我回来你惩罚我好不好吗！人家现在来不及了嘛……"说完，转头看了一下挂在房间里的钟，脸上露出焦急的神色。

　　"好啦，好啦，等你回来我再收拾你。"许杰军边一语双关地说着，边捏了一下吴璇的下巴处，那里长了一颗如红豆般的肉痣，很美。

　　"老公最好了，"吴璇一下从床上跳起来，身上那件黑色的连衣裙飘出了一个美丽的弧度，她转头一笑，一双桃花眼对着许杰军一瞟，柔声说道，"对了，别忘了今天接送贝贝去上兴趣班哈，还要辛苦老公煮饭给贝贝吃啊，辛苦你咯……"

　　"知道啦，女王陛下。"许杰军假装毕恭毕敬地点了点头，一本正经地说道。

　　吴璇嘴角一上扬，拿起放在化妆台上的LV，一扭三摆地走出了房间。她太了解许杰军了，这个在外人看来儒雅在事业上叱咤风云的男人，在家里就像是一只小绵羊，在自己面前特别温顺听话，凡事自己只要对着他一撒娇，再大的矛盾也会瞬间冰释。看来这男人啊还是很吃女人的这一套嗲功的。

　　看着风姿绰约的妻子从房门走了出去，许杰军一点睡意都没有了，本想看看那个李孙案子的方案，但是他向来不喜欢把工作带回家，现在只能盯着天花板想心事了。

　　"唉……"

　　虽然自己在北京积攒了很多资源，手头的筹码在整个业界都能游刃有余，但回到上海已一月有余，却发现自己所有的资源和筹码几乎都归零了。一方水土养一方人，两个完全不同的城市，人的特性截然不同，那么处事的方式显然也就不同了。

许杰军是焦虑的，顶着一个没有打不赢的官司的光环，他倍感压力，所以李孙这个案子，对于自己来说是相当重要，无论如何一定要拿下，并且必须胜诉。

"爸妈，今天你们就不要回乡下了好吗？我今天可能要出去一天，涵涵没人带。"苏子美对正准备出门的薛静芳和苏源说道。

正蹲着身子穿鞋的薛静芳抬头看了看苏子美，又看了看身边的老伴，然后淡淡地"哦"了一声。

"你让程浩带涵涵吧，我们要回去的。"苏源说道。

"程浩他哪会啊，爸。"苏子美着急了。

"不会学啊，带孩子谁不会。"苏源不高兴了。

"孩子小的时候，你们不让他学，现在让他学有意义吗？真是的。"苏子美嘟囔道。

"嗳，你这孩子怎么说话的？看来我们给你带小囡还是我们的错咯？"苏源脸一板。

"哎呀，不是啦，爸，"苏子美急急地解释道，"我是说反正你们回去也没有什么事情，就不要回去了，顺便帮我带一下涵涵……"说完，她把求助的眼神投向了在旁边没有说话的薛静芳，不停地示意让母亲帮她求情。

"你怎么就知道我们回去没有事情呢？平时周一到周五都卖给你们了，难不成周末我们想过一个属于自己的周末都不行吗？"苏源不满地反问。

"爸！"苏子美求饶，"您说话能不这样刻薄吗？什么叫卖给我们了，现在不是很多老人家都在帮子女带孩子吗？我怎么听着您的语气，似乎很不乐意啊？"

"嗳，你说对了，我还真不是很乐意，我的晚年还希望自己做主，还真不想为你操这份心。"苏源冷冷地回应。他突然想起前几天老伴谈起的那个拼孩的时代，作为一个老教师，教育了一辈子，却可悲地发现没有教育好自己，如今的自己竟然还被子女束缚着，根本就谈不上自由，更别说什么安享晚年、天伦之乐了。

"我只是让您和妈妈帮我带一下孩子，怎么就扯到什么帮我操心啦？我怎么就让您老人家操心了？"苏子美很委屈，这一大早的，自己的父亲像吃了炸药一样，不就是帮忙带孩子，至于给自己扣上这么多的不孝帽子嘛。

"好了，好了，我留下来带孩子，让你爸一个人回去吧……"薛静芳看气氛不对劲，就劝慰道。

"不行，你必须和我一起回去，你是我的老伴，你不陪我，说得过去吗？我一个人回去多孤独啊，多寂寞啊，连个说话的人都没有。"苏源直接抢话过来，一点情面都不留。

"唉，你这老头，平时也没见你这么依赖我啊，今天怎么就变得像个孩子啦？"薛静芳嗔怪道，她觉得被自己的老伴需要比涵涵对她的需要更加幸福和满足。

苏子美早已从薛静芳的神色里看出了母亲的心思，看来今天父母是铁了心不想给自己带孩子了。她嘴一噘，脚一跺，气呼呼地朝自己的房间走去。

看到苏子美生气了，薛静芳用手肘推了推苏源，低声问道："喂，老头，你今天吃错药了吗？"

"我又不吃药，怎么会吃错药？"苏源拎起了门口的购物袋，边打开门边说道。

薛静芳急急地跟着出门，继续嘟囔："那你发这么大脾气？"

"噢，我就不能有点脾气啊？"苏源突然站定了，转身不满地问道。

"哎呀，我不是这个意思，"薛静芳急急地解释道，"我是说子美这个星期有事情，让我们带一下孩子，那我们就带一下呗，你干吗这么不乐意呢？"

"你心里很乐意？"苏源眉毛挑了一下，反问道。

"我，"薛静芳一愣，然后嘀咕道，"其实吧，我心里也不是很乐意，难得有自己的时间，我也想放松放松的。"说完，她不好意思地笑了笑。

"那不就得了。"苏源转过身继续往前走。

"可是子美不开心了呀。"

"那你回去，讨她开心去。"

薛静芳被苏源怼得不知道说什么，只好加快脚步跟上老伴。良久她又不安地问道："我们这样是不是太自私了？"

"自私什么？"苏源反问，继续往前走。

"我们不应该为孩子分担点什么吗？"苏子美嘟囔道。

"年轻的时候分担得还不够？你能为孩子分担到什么时候呢？大半个身子都在泥土里了，你觉得自己还有多少精力和能力去帮孩子分担？"苏源淡淡地反问。

"也是，"薛静芳听苏源这么一说，觉得也有道理，若有所悟地点了点头，随即又嘀咕道，"你说得对，但是哪个父母不为自己的子女操心呢？总是希望在自己还能动的时候，能帮子女一点，为他们分担一点。"

苏源翻了翻眼皮，没有接嘴，他觉得和老伴说再多，她也搞不清，还不如不说，反正自己想通了，辛苦了大半辈子，是该为自己活活了，不然到时眼一闭，想做什么都做不了，这人生太没价值，白活了。

"唉，也怪我们家子美太可怜，别人嘛还有公婆帮忙分担点，她嘛当初也不知道哪根神经搭错了，非要和程浩这个没爹没妈的孩子在一起，这不，从结婚开始，什么都要靠自己，太辛苦了，还好我们老两口还活着，还能帮她点忙，不然有得她哭了。"薛静芳边走边嘀咕道。

"这也很好，这世上最难搞的就是婆媳关系了。照子美这个脾气啊，如果婆婆还在，这关系啊很难相处的。"苏源接应道。

"这有什么啊，她公婆不来上海就好了，现在很多外地的孩子在上海结婚生子，都不会把父母带过来的。这就不会存在什么婆媳关系了，再说了，他们外地的老人能娶到上海的儿媳妇，讨好拍马屁还来不及呢，对吧？"薛静芳眉眼一挑，脸上露出天生的优越感。

"哟，"苏源回过头瞥了一眼沾沾自喜的薛静芳，嘲笑道，"上海人怎么了？上海人就了不起了？上海人，人家看到你就要鞠躬？切……"说完，从鼻子里发出了一声冷哼。

"嗳，你这什么态度啊？我又没有瞎说咯，你看我们小区里那个李阿姨的女婿，也是外地的吧，人家父母来那是对李阿姨一家客气啊，唯命是从啊。"薛静芳唠叨道。

"那是人家，我们家女婿，他父母就生了他和他哥哥，但是他哥哥是弱智，连最基本的生存能力都没有，你说他父母靠谁去？"

"唉，也是，"薛静芳唉声叹气道，"程浩这个哥哥呀，也真是可怜，父母走了，现在就靠他爷爷照顾他，问题是他爷爷也已经老了呀，到时爷爷走了，他怎么办呢？"随后又叹了一口气。

苏源看了看神情低落的老伴，又瞧了瞧不远处正驶过来的公交车，叫道："你就别操心了，车子来了……"

薛静芳嘴里"啧"了一声，随后用手拉了拉苏源的衣角，踮起脚，凑近脑袋说道："你说，如果程浩的爷爷走了，他哥哥会不会就跑到上海来，毕竟程浩是他唯一的亲人啊？程浩也不会抛下他哥哥不管吧？到时他住哪里啊？如果住在子美家里，到时对涵涵会不会有影响啊？会不会被邻居嘲笑啊？唉，这是个很麻烦很头疼的事情。"

"嗳，我说你这个老太婆，操这么多心干吗呢？你的女儿还不够你烦心的呀，还去操心女婿家的事情，我说你啊，就是闲得慌，要不回去带涵涵吧。"苏源气急道。他平时本来就不喜欢这种东家短西家长，更何况是完全还未发生的事情，就在那里瞎起哄。这女人啊，就是喜欢胡思乱想，没事都恨不得要折腾出些事情来。

"你，你这老头。"薛静芳轻声骂道，然后抢先一步跨上了刚停稳的公交车。

苏子美很生气，今天父亲明摆着就是让自己难堪，关键从刚刚父亲的语气里，明显地听出他老人家的抱怨，而且这种抱怨积攒了很久，看来以后想什么都靠着父母似乎是不太可能了。

"程浩，"她拍了拍还躺在床上，光着上半身的程浩，"今天你来带涵涵，我要出去办事。"

"唔，为什么？"半梦半醒的程浩闭着眼咕哝道，"我今天还要去单位加班呢，怎么带涵涵？"

"你天天都是工作工作，我看你也没有做出什么成绩啊，工资也没有多涨一分钱啊。"苏子美本来就窝了一肚子的气，如今程浩又这么一说，简直就是火上浇油，火气噌地就往上蹿起来了。

"那你去干吗呢？不是休息吗？难道你也去加班，争做好员工？"睡得正香的程浩冷不丁被苏子美没头没脑地说了一通，火也上来了，冷冷地反击道。

苏子美走进卫生间，对着镜子边整理头发边自嘲道："我就一个小财务，怎能和你大律师比啊，我可有自知之明了，知道不是工作的料，绝不会把时间浪费在这上面。"

程浩特别反感苏子美这样说话的腔调，却又无奈，但凡上海女子似乎都比较强势，说话能带刺就带刺，能怼就怼，嘴上绝不饶人。

"嗳，我可关照你啊，不管你今天什么安排，都给我把涵涵照顾好，送他去上补习班，等一下我会把补习班地址发在你的微信上。"苏子美从卫生间走出来，对着依然躺在床上的程浩交代道，随后不管他有没有听到，直接就打开了卧室门。

南四环路上的"超越"补习机构的门口早已被围得水泄不通，里面人声鼎沸。苏子美用力踮起脚尖，伸长脖子往里瞧，只见所有的家长将两个老师团团围住，嘴里叽叽喳喳地叫着："老师给我一个号。"而两位年轻的男老师忙得满头大汗，手忙脚乱的。

苏子美急了，自己起个大早赶来就是想着人不会那么多，没想到还是人满为患，难道这些家长都不睡觉吗？还是为了孩子都在拼命？她四周环顾了一下，自己不能就这样被堵在门口，要想办法进去，不然取不到号，就报不了名，今天就白来了。她低着头，不管身边别的家长的怒骂，像一头倔强的犀牛朝人缝中用力钻了进去。

"老师，给我一个号，我昨天就和你们这里约好的，今天来报名的。"苏子美一下就冲进那些正叫嚷着要拿号的家长里头，然后仗着自己一米六五的身高和脚上的恨天高，把手直接伸向了那两个目不暇接、焦头烂额的老师面前。

"喂，你这个家长怎么不排队？"身边一个胖女人尖叫道，一双灯泡眼似乎要把苏子美整个人给吞进去。

苏子美根本就懒得搭理，再次面带微笑向那个发号码的老师叫道："老师，请给我一个号，谢谢！"

"真没素质。"那个胖女人翻了翻白眼，嘴里嘀咕道，然后也用力踮起脚尖，伸出如莲藕般胖嘟嘟的手臂，对着老师叫道，"老师，我先来的，我也要一个号。"

这声音似乎带有魔力，所有家长都开始在那里叫嚷着，男声女声，高音低音，混合在一起，像在演奏交响曲。

"各位家长，请少安毋躁，少安毋躁！"一位年轻男老师举起双手，示意让家长们安静下来，"大家都别急，请各位家长都排好队，我们依次发放报名号。"

"来，大家都排队哈，排成一列，这样有利于我们的工作，同时也不浪费大家的时间。"另一位男老师边说边维持秩序。

"排队！听到了哇！"那个胖女人猛地挤到了苏子美的前面，眼皮翻了翻，鄙夷地说道。

"嗳，你……"苏子美一个踉跄，气得直瞪眼。

"你什么你，我比你先来，我排在你前面有错吗？"胖女人气势汹汹地说道，还不忘白了一眼，嘴里嘀咕着，"让你排在我后面已经算便宜你了。"

苏子美气得双手握紧了拳头，真想一拳揍在这个女人那肥嘟嘟的脸上。不管如何，今天一定要给涵涵报上名！不然时间就来不及了，下周实验附中就开始提前考试了，怎么也要让涵涵最后突击一下，至少心里有点底气，不然到时两眼一睁，啥也不知道。而且自己已经在"教育帮"里查过了，这家补习机构是目前所有补习机构中最好的一家，关键是他们对自招考有一套很有效果的教案，这就是让很多家长挤破脑袋都想进来的唯一原因。但听说，他们开设的班不多，所以名额也就不多，根本就无法满足所有想参加自招考同学的需求。

苏子美环顾了一下周围，队伍已经排到了外面的马路上，而那个发放报名号的老师手里，似乎根本没有那么多号码。有些拿到了报名号的家长满脸兴奋地挤出人群，那样子似乎比中了 500 万的福利彩票还开心。

"老师，是不是报名号有限制？"苏子美突然心跳加速，对着另一个男老师喊道。

"当然有限制，不然谁吃饱了撑着，天刚亮就跑到这里来排队。"胖女人嗤之以鼻道。

苏子美一愣，再次喊道："老师，今天一共发放多少报名号啊？"

"这位家长，我们老师有限，为了对我们的孩子负责，所以这一期只招收 100 个学生。"那位男老师大声回应。

苏子美心里一紧，追问道："现在发放到第几号了？还剩多少名额？"

男老师低头看了看发放报名号老师手中的号码，回应道："目前还有 20 个名额。"

人群瞬间安静，大家慌乱地看了看自己的前面和周围，随后场面开始失控。刚刚还排队的家长再一次像一窝蜂一样，一股脑挤向了那个发放号码的老师，嘴里叫喊着："老师，给我一张，给我一张，我们先来的……"

苏子美用力地往前挤，想方设法地伸长手臂，她心里就一个念想：今天不管用什么方式，都要给涵涵报上名！

"家长们，你们都别急，请排好队，排好队！不然这样我们没办法工作！"男老师急急地叫道。

"排什么队啊，排了也没有用，你们根本没有按照先来后到的顺序发放报名号。"人群中有人喊。

"可是你们这样，我们根本就没有办法发号啊！"男老师攥紧了手里的报名号，无奈地说道。

"对啊，对啊，先排队嘛！不然大家都拿不到号。"排在最前面的一个小个子女人说道。她急得脸上都是汗，刘海都贴在了额头上。本来就要轮到自己了，结果来了这么一招，如今害得她和报名号差了一只手的距离。

"你叫什么叫啊，你以为接下去轮到的是你呀？你还不是凭自己个子小，像猢狲一样钻来钻去插队的呀。"刚刚那个和苏子美吵架的胖女人气呼呼地叫道。

"嗳，你这个人怎么骂人呢？你哪只眼睛看到我插队了？"小个子女人叫嚷道。

"我就骂你了，怎么着！要想人不知，除非己莫为，这里的人都看到你插队了。"胖女人绝不退缩，直接顶了回去。

小个子女人轻蔑地从上到下打量了一番胖女人，嘲讽道："我能插队，那是我的本事，有本事你也插队呀，你这只万吨轮！"

人群中一阵哄然大笑，苏子美也忍不住捂住嘴巴偷乐。没想到胖女人也会被人嘲笑！

"你，你！"胖女人脸涨得通红，气急败坏地叫道，"你插队还有理了你！"随后，不管三七二十一，就要往小个子女人那里挤去。

"喂，你干吗呢？"其他的家长可不乐意了，她挤过去了，就等于霸占了他们的位置，一共还剩 20 个名额，到时被她先拿走了，换谁，谁都不乐意啊！

胖女人就这样被别的家长给推回了原地，小个子女人露出了胜利者的笑容。

趁她们吵架的时候，苏子美数了好几次排在自己前面的人数，她发现如果按照刚刚的队形，到自己正好是第 20 个。

"我觉得我们还是按照刚刚的队形排列吧，不然再这样挤来挤去，队形就乱了，到时刚刚那些排队的家长就白排了。"苏子美大声建议道。

"对，这位家长说得对，你们再这样下去，我们就根本没办法继续工作了，只好等下午再重新开始排队发号了。"男老师附和道。

"那怎么行，我们一大早就来了，排了那么久，到时没拿到号码不是亏了吗？"人群中有家长开始抱怨了。

"对，我们还是排队吧，拿到号码就快点离开，都快热死宝宝了。"一个很胖很高的男人边擦着汗边叫道。

人群一阵窸窸窣窣，刚刚打乱的队形瞬间恢复了。这时候排在前面的家长的行为特别团结，身子紧紧贴着前面的人，绝不让那些心怀鬼胎的家长趁机给挤进来。而那些挤在门口的家长，看到没什么希望，嘴里骂骂咧咧地离开了，也有一些不放弃的家长，依然排在队伍里，希望奇迹能出现。

苏子美再次看向了前面的队形，嘴里默默地数着人数，"1、2……17、18、19、20"，自己正好排在第 20 个。男老师开始再次发放号码，苏子美紧紧盯着前面的人数和他手里的号码牌，担心他多给别人一张。

"喂，你应该在我后面！"刚刚的胖女人似乎也发现了什么，推了推苏子美，说道。

苏子美没有搭理她，她现在所有的心思都在那张报名号上，关键是她的心脏跳得飞快，似乎下一秒就会冲出胸腔。

"喂，我和你说话呢？你怎么又插队到我前面了？"胖女人不依不饶，开始拉扯苏子美的 T 恤。

苏子美回头狠狠地瞪了胖女人一眼，一把扯开了她拉着自己衣服的手，心里暗骂道："神经病！"

"嗳，你这个人插队了还装聋作哑呀，你以为你不说话我就拿你没办法了？"胖女人嘴里骂骂咧咧，然后用肥胖的身子轻轻一摆，直接撞向了单薄的苏子美。

苏子美早已有了防备之心，身子微微往旁边一侧，胖女人猛地撞了个空，身子失去了平衡，踉跄了好几下才站稳。

"轰……"人群中一阵哄堂大笑。

"你！"胖女人气急败坏地叫道，"你这个坏女人，插队还这么嚣张！"

苏子美嘴角一扯，嗤之以鼻。她懒得理这种女人，像疯狗一样到处乱咬人，她这种受过高等教育的人怎么会和一只四条腿的动物一般见识呢，所以她继续把焦虑的目光投向了发放的老师手上。

胖女人咬牙切齿，她如一头暴怒的狮子，再次冲向了苏子美。

"砰"的一声，毫无设防的苏子美就这样被撞倒在地，从屁股处传来一阵蚀骨的痛让她后背猛地渗出一层冷汗。

"咝……"苏子美边吸着冷气，边双手撑地慢慢爬起来。她万万没想到报个名还遇到人身攻击，这样的欺负她何时有过？最关键的是，这个疯女人竟然让自己当众出丑。这一刻，所有的委屈突然如潮涌，眼泪就迸出眼眶。

"你这疯女人，你疯了吗？凭什么撞我？"站起来的苏子美怒吼道。

"谁让你插队！你就应该为你做的错事付出代价！为自己的行为埋单！"胖女人非但没有道歉，还振振有词。

"你凭什么说我插队了？你凭什么认为我做错事了？你有证据吗？你的证据又在哪里？"苏子美气急，狠狠地吼道。

"反而是你，我现在就有权利告你故意伤害罪，在场的各位家长都亲眼看到你故意把我撞倒在地，导致我身体和心灵都受到了创伤！现在我就打110，然后要求去验伤，到时你要为你的行为埋单了！"苏子美咬着下唇，冷冷地说道。她不会去还手，对于这种没有脑子只会用暴力解决问题的女人来说，她只要动动脑子就能把她制服得哑口无言。

"你，你，"胖女人听苏子美这么一说，开始紧张了，但嘴巴还是很硬，"你报警啊，有本事你报警啊！难不成我怕你不成？"

苏子美眼睛如利剑一样直视着这个愚笨到家的胖女人，从她躲闪的目光和扭个不停的身子，苏子美已经知道其实这个胖女人内心很害怕，很紧张。

想到如果一旦报警，那么势必就要面对一系列的程序，而自己今天唯一的目的就是给涵涵报到名，其余的对于她来说没有意义。可能和程浩在一起久了，苏子美的思维习惯也变得很现实和明确，她清楚自己要做什么，什么才是自己想要的，任何和自己目标无关的事和物，对于她来说都是在浪费时间。浪费时间就等于在折腾自己的生命。

苏子美无奈地摇了摇头，嘴里发出几声冷哼，面无表情地继续走进队伍，排在了原来的位置。

胖女人一愣，一双灯泡眼瞪得滚圆。她没有想到苏子美竟然选择了隐忍，看来她心里也有鬼，不敢报警了。

"你还有脸站在那里，那里是我的位置！"胖女人双手叉腰，气势汹汹地叫道。

苏子美没有搭理。

"嗳，你这个人怎么回事啊？快走开，别霸占了别人的位置。"胖女人继续吼叫着。

"好了，好了，"排在前面的一个家长劝慰道，"你把人家都推倒在地了，人家都不和你计较，你还在这里嚷嚷干吗呢？再说你又没有证据说人家插队了，对哇？"

"你，你什么意思啊？"胖女人一下语塞，脸噌的一下就红了。

她真的是个笨女人，以为靠声音和暴力就能解决问题，其实真正能解决问题的永远都是冷静的头脑。

"对啊，你本来就不对，动手就不对了……"其余的家长也开始指责她，"有话好好说，干吗非要暴力啊，吓人哦……"

"这种人啊，一看就是没什么文化。"

"唉，没文化真可怕……"

……

人群中开始议论纷纷，都是对胖女人的指责和对苏子美的同情。

苏子美在接过男老师手中最后一张报名号后，看着目瞪口呆的胖女人，在心里冷笑：就凭你，还和我斗，都不掂量掂量自己的分量。

时 空 轴

桂林路上的一家"Some Coffee"，吴璇坐在靠窗的位置，双手撑着下巴，眼神迷离地盯着窗外来来往往的车子。她在等一个很重要的人，许杰军单位的一把手——贾伟。

这个贾伟是自己闺蜜的老公的朋友，上次闺蜜老公生日，在闺蜜家见过一次，但贾伟不知道自己是许杰军的妻子，吴璇呢，也不准备告诉他。从那次见面后，相互就加了微信，本以为是一种礼仪，但后来他不止一次地主动找自己聊天，还要请自己吃饭。吴璇呢，其实对这种撩妹的手段向来不屑一顾，甚至心生反感，但当自己向闺蜜求助需要一个实验附中的名额时，闺蜜推荐了贾伟，说他手头很有这方面的资源，只要找他一切都没问题。

前几天自己刚刚找过他，也在这个地方，也是这个位置。记得当时寒暄了几句，吴璇就直奔主题，把自己想要请他帮忙弄一个实验附中名额的想法告诉了他。他本能地一愣，然后不动声色地从自己对目前的看法聊到了他所熟悉的法律行业，滔滔不绝，口若悬河。

吴璇对这些根本就没有任何兴趣，但自己求人家帮忙，只能耐着性子，保持笑容，假装很认真很有兴趣地聆听着，还时不时地配合"哦，真的吗？""哇，好厉害！""哈，太有趣了！"……

从中午到黄昏，整整半天的时间都在听贾伟的故事，却丝毫没有触及关于市重点名额的事情，吴璇内心很愤怒，尤其看到贾伟看自己的那种色眯眯的眼神，她一次次想逃离，最终却只能向这个市重点的名额妥协。

分开时，吴璇终于忍不住，再次提到这个事情，贾伟一双小眼睛露出狡黠的光，一语双关地说道："你小吴的事情，我怎么敢不放在心上呢？你的事就是我的事，不管怎样，我都会用我所有的力量来帮你，你放心吧……"说完，还不忘揉了揉吴璇的肩膀，并在她裸露的手臂上抚摸了一下。

想到这里，吴璇身子一激灵，浑身起了鸡皮疙瘩，还好今天出门时穿了一件短袖的连衣裙，不然又要被这个死胖子吃豆腐了。

其实吴璇不知道，那天她约贾伟的时候，他正要准备和底下的人讨论李孙离婚一案。收到吴璇的微信，他无法改变会议时间，但改变了会议内容，匆忙草率地结束了这场对于他们事务所很重要的会议后，就急急地赶往了约会的地点。对于贾伟来说，这场约会似乎比会议还要重要，因为那天见了吴璇之后，他就对她馋涎欲滴了，怎奈何这个女子始终假装清高，对自己爱理不理。如今她主动约自己，不管是出于什么，都是一个好的开始。所以在吴璇把她的需求告诉他时，他的第一反应就是不能轻易答应，因为这是自己能不能得到这个女人的唯一筹码。

第十一章

各怀鬼胎

贾伟内心翻起情浪万千，表面却不露声色。他又是暗喜又是冷笑，暗喜自己不费吹灰之力就能抱得美人归，冷笑眼前人想做婊子又想立牌坊。

5 月 28 日　小满后　周日

上午十点。

"滋……"随着橡胶和沥青强烈的摩擦刹车声，一辆黑色奔驰稳稳地停在了桂林路上的"Some Coffee"店门口。贾伟对着后视镜摆弄了一下脑袋上本来就没几根的头发，挑了挑两条浓密的眉毛，嘴角咧开，露出一排稀落的牙齿。

他贴着车窗，目光往咖啡店快速地巡视了一下。在上周同样的位置上，吴璇手臂肘撑在桌上，双手托着下巴，头微微朝着窗外侧着，像一个天真烂漫的女孩。贾伟嘴角又露出了一种很奇怪的笑容，随后拿起放在副驾驶上的黑色公文包，打开了车门。

躲在厚厚云层里的太阳如一个耗尽力气的病人，病恹恹地躺在咖啡馆特制的两扇木门上。

贾伟在推开那扇木门的同时，除了一股强烈的冷气冲击过来外，还有吴璇的曼妙眼神正好投递过来。

"嗨！"吴璇整个人迅速地从椅子上站起来，双眼含笑，嘴角漾起美丽弧线，一副欣喜又意外的模样。

"不好意思啊，路上有些堵。"贾伟边解释道。不知是太胖还是走得太急，那件巴宝莉的衬衫紧贴在身上，把本来圆滚的身体凸显得更加肥胖，接着像一头狗熊般挤进了吴璇对面的单人沙发里。

"没关系，贾主任能来，是我的荣幸。"吴璇眼里闪过一丝嫌弃，但脸上却堆满了笑，随后招手不远处的服务员，接过咖啡单递向贾伟，柔声问道，"您看，您想喝点什么？"

贾伟没有接咖啡单，而且对着服务员微微一笑，"给我一杯清咖，谢谢。"

吴璇一愣，显然有点小尴尬，缩回了伸出的手，把咖啡单还给了服务员后，捋了捋额前的刘海，笑着说道："原来贾主任爱喝咖啡的呀，还是清咖……"语气里带着一丝意外。

贾伟笑着耸了耸肩，右手一摊，嘴一瘪，一副无奈的样子。

"可我记得上次您喝的是茶，我以为您只喜欢品茶呢？一般像您这样的男人，比较懂得养生。"吴璇巴眨了一下眼睛，笑着说道。

"哈哈……"贾伟仰头大笑，随后身子微微往前一倾，轻声说道，"那是因为你喝了茶，我就陪你一起喝茶；而今天你喝了咖啡，我也就喝咖啡了。"

吴璇心里咯噔一下，但面不改色。自己最爱喝的就是咖啡，但前几天生理期，不适合喝咖啡，所以就改喝桂圆红枣茶，没想到贾伟会观察得那么仔细，而且今天竟然用它来作暧昧的线索。

"怎么？我说错了？"贾伟轻声问道，随后身子往后一仰，靠在了沙发上。

"哦，怎么会？"吴璇摇了摇头，嘴角上扬，柔声说道，"看来贾主任还是个贴心的暖男。"说完，又是抿嘴一笑，低头开始搅拌杯中的咖啡。

今天的吴璇穿了一件黑色的 V 领连衣裙，露出的脖颈戴着铂金钻石项链，随着她手臂的晃动，项链的坠子在若隐若现的乳沟间来回摆动，像一个女子在她雪白的肌肤上跳芭蕾。

贾伟的喉结迅速地上下滚动，屁股微微一抬，换了个姿势，笑着说道："这咖啡啊，一定要喝清咖，喝惯了清咖，你就不想再喝这种调和咖啡了。"

"但很多人都喝不惯，"吴璇端起咖啡杯轻轻抿了一口，又轻轻地放下，笑了笑，"我还是喜欢喝这种咖啡，很柔和。"

"哈哈……"贾伟又是仰头大笑，随后意味深长地说道，"这清咖啊，需要品，而且是慢慢地细细地品，入口时有点苦涩，但回味过来，唇齿留香……"说完，眼睛意味深长地盯着吴璇。

吴璇若有所悟地点点头，目光却移向了别处，贾伟的言行举止她怎么会不懂，毕竟自己也是见过世面的女人。这种试探性的暧昧是目前社会上最常见的男性泡妞的手段之一。它往往发生在一些社会地位、文化层次、生活优越的中年男性身上，生活的阅历让他们很懂得女人的心理；面子和内心的这种小骄傲又让他们害怕被拒绝；好奇好色加上强烈的征服欲是男人的本色，而暧昧这时候往往比虏获更能刺激他们挑战的神经。

男人的这些小心思吴璇早已看破，内心不由得冷笑一声，嘀咕着：要不是有求于你，我怎么可能和你这样的男人坐在一起，一副丑陋的样子。唉，如今的社会就是人脉和资源的置换，自己一个没有上班的小女子，手头又有什么资源呢？除了靠女性这个身份外，手头又有什么筹码和人家置换呢？最关键的是，许杰军刚从北京回来，他在上海的人脉可以说是零，他手头的筹码也许连自己都不如，所以贝贝这件事只能靠自己，而且自己必须要拿下，不然在苏子美面前就出丑了。

"看来贾主任是个很有品味的男子，很有小资情调啊……"收起胡思乱想，吴璇谄媚地奉承道。一双桃花眼忽地绽放。

"哈哈，那不敢当，不敢当……"贾伟一张肥嘟嘟的脸笑成了面团，五官都挤在了一起，绿豆眼眯成一条缝，鱼尾在眼角甩开，"不过啊，不管是品味还是小资，最终还是要看和谁在一起……"说完，跷起二郎腿，慵懒地斜靠在沙发上，眼睛直勾勾地盯着吴璇的胸前。

阳光弱弱地躺在咖啡桌上，不敢吱声。

吴璇附和地笑了笑，然后假装侧着头捋刘海，目光却移向了自己的胸口处。那里早已春光乍泄，因为今天的自己把头发给挽起来了，所以脖子一览无遗，自己在低头的瞬间，就能清晰地看到那条诱人的沟随着自己的呼吸起伏着，她下意识地拉了拉连衣裙的领口，身子微微往后仰。

吴璇的这些小动作当然逃不出贾伟的那双小眼睛。他双手抱胸，目光像 X 光一样肆无忌惮地在吴璇的脸上和身上扫射。

吴璇假装没有看到贾伟这火辣辣的目光。于她而言，这种挑逗和试探早已见怪不怪了，这么多年，这些如苍蝇般的男人从不曾在她的视线内消失过。

"现在不是流行一句话嘛，"吴璇抿嘴一笑，"喝什么不重要，在哪里喝也不重要，关键是和谁在一起。"说完，眼睛瞟了一眼贾伟。

"哈哈，"贾伟又是仰头大笑，然后身子往前一凑，压低声音，"有道理，有道理，和谁在一起最关键……"

吴璇嘴角一扯，把目光移向了窗外。她内心有点小悲凉，自己什么时候变成了这样，读书时的那种傲气似乎在这十几年全部给磨掉了。也许是在许杰军离开上海去北京之后，自己既当爹又当妈，所有的压力和苦楚都一个人承受时；在无奈无助中如一个没有伞的孩子在雨中奔跑时；在崩溃的边缘一次次撕心裂肺般叫喊时，曾经那个简单真实，甚至任性的女子早已学会了怎么去迎合和演戏。那张生活的面具也是越带越习惯，有时候连她自己都分不清哪个才是自己真实的面容。

"先生，您的清咖。"服务员彬彬有礼地站在了贾伟身边。

贾伟眉头微微一蹙，这个服务员出现的真不是时候。但这种不快的情绪转眼就化作了笑脸，下巴微抬，右手指在桌上轻轻扣了几下，轻声说道："好的，谢谢！"

随后他端起咖啡杯放在鼻子底下，闭上小小的绿豆眼，双肩耸起，深深吸了一口气，又缓缓地呼出，慢慢地睁开了眼睛，放下咖啡杯，往吴璇的面前推了推，柔声道："来，你先尝尝，品品味道。"

吴璇一愣，这看似是一种礼仪，却分明是赤裸裸的挑逗。看着面前这杯冒着热气的深褐色咖啡，吴璇不知道自己是该喝还是不喝。喝了，等于答应了贾伟的挑逗；不喝吧，感觉自己很小家子气。不得不承认，贾伟是一个情场老手，不动声色地从暧昧到挑逗，步步为营。

但吴璇是什么人？这么多年许杰军不在身边，她早已练就了遇事不慌、应对自如的本事。

"服务员。"她对不远处的服务生招了招手。

"小姐，请问需要什么服务？"

"你帮我再拿一个咖啡勺好吗？"

服务员一愣，立马回应："当然可以。"

"谢谢！"

吴璇笑着转向了有点茫然的贾伟，嘴角漾得更开了，却不说话。

"小姐，您要的咖啡勺。"

"嗯，谢谢！"

吴璇轻轻地推开自己本来喝的咖啡，接着把贾伟推过来的清咖拉近了，咖啡勺在里面来回搅拌，舀起一小勺咖啡，慢慢地、小心翼翼地放在自己的鼻翼下，深深嗅了一下，最后移到唇边，红唇微翕，伸出了舌头，蜻蜓点水般舔了舔后再缓缓地送入嘴里，最后把咖啡勺放在了自己原来的咖啡杯里。整个过程，她优雅得就像在享受一勺琼浆玉液，脸上溢满了享受过后的余温。

"确实不错，舌尖上的美味。"吴璇边把咖啡杯轻轻推给贾伟，边由衷地赞美道。

贾伟一愣，他没有想到吴璇会以这样的方式来品尝自己的咖啡，这种既没有推却又没有渲染暧昧的方法让他突然对眼前这位看似风情万种、却又聪明的女子另眼相待。看来这个女人不同于自己之前接触的那些女人，她的与众不同更是激起了他想要霸占的欲望，而且这种欲望在她不断漾开的笑容里猛烈地发酵。

"所以，任何东西都要学会去尝试，不尝试，你永远不会懂得它带给你的感觉。"贾伟接过咖啡，一语双关地说道。

"那是，贾主任说得很对，"吴璇迎合道，随后舔了舔舌头，笑着说，"其实我就喜欢如您说的那样，虽然很多事情没有把握，但就是不放弃去尝试的念头，万一尝试成功了呢？对吧？"说完，嘴角一上扬，绽开了笑容。

既然你喜欢话里有话，喜欢玩挖坑的游戏，那么本小姐陪你玩玩，看看谁才是掉入坑中的那个人。

"噢？怎么说？"贾伟一脸好奇。他双手交叉在胸前，身子慵懒地靠在沙发上，做出一个聆听者的姿势。

吴璇心里暗笑，从他的表现中，似乎看到了他正往自己挖的坑里跳，只是他这样的体型会以怎样的姿势跳入呢？想到这里，吴璇忍不住"扑哧"一声笑了出来。

"想到什么好笑的事情这么开心，说出来分享一下嘛。"贾伟的绿豆眼开始发光，交叉的手松开了，换成了双手放在沙发扶手上。

吴璇假装不好意思地捋了捋头发，顺势解开了盘头发的发夹，一头长波浪顺势而下，披在了她的肩膀上，不偏不倚地盖住了她春光乍泄的胸部。

"我呀，想起了读大学时的丑事，"吴璇抿嘴一笑，大方地说道，"记得那时我刚入学就逢校庆，当时大家都觉得大一的学生应该没有资格参与这种活动，而我却不是这么想：一来自己在高中时就是合唱团的；二来自己很想在大学这个新鲜的舞台展示一下。所以在权衡之后，还是鼓起勇气去了校庆筹备组，说出了自己的意愿，没想到学长学姐们一口答应，而且非常欢迎新学妹参与这次活动。当我站在大学的舞台上，接受这一串串的掌声，我就告诉自己，学会尝试就是给自己创造成功的可能性。"说完，吴璇害羞地笑了笑，把垂在脸上的头发撩在耳根处，脖颈处的莹白若隐若现，煞是勾人。

"嗯，人贵在主动。"贾伟赞同地点点头。这句明明是励志的话，却因为他那在吴璇胸前流转的目光，显出了另一层意思。

到底是律师，任何一句话都可以设陷阱，关键是达不到目的誓不罢休。这点和许杰军很像，看来这是律师的共性。

吴璇没有立即接话，而是端起了桌上的咖啡，身子微微往后一仰，眼睛盯着咖啡，心事重重地嘀咕着："我在想，我是该喝咖啡解解馋呢，还是喝一点鸡汤养养胃？"说完，眉头微蹙，小嘴嘟起，露出一副为难的模样。

"哈哈……"贾伟又是大笑，与其说他欣赏吴璇的可爱还不如说佩服她的反应快，一般成功人士都比较喜欢聪明的女子，这样相处才会有情趣。

这个女人，很合自己的胃口！

"那你还在想什么？"贾伟故意挑逗道，他发现这个女人很有趣。

吴璇眼睛骨碌碌一转，放下咖啡杯，身子微微往前一凑，对着满脸期待的贾伟嫣然一笑，调皮道："我还在想要不要主动，要不要尝试一下。"说完，迅速瞄了贾伟一眼后，低下头来回搅拌咖啡。

贾伟内心翻起情浪万千，表面却不露声色。他又是暗喜又是冷笑，暗喜自己不费吹灰之力就能抱得美人归，冷笑眼前人想做婊子又想立牌坊。

"要不我主动一下？"吴璇抬起眼皮，扑闪着眼睛，说道。

贾伟不说话，笑眯眯地点点头。既然她主动了，那么自己无须欲擒故纵，只需守株待兔就好。

"那我，"吴璇舔了舔嘴唇，"那我就不客气了，贾主任可不要生气哦？"说完，调皮地挤了挤眼睛。她心里暗笑，从贾伟的表情里能看出，他已经站在了自己给他挖的坑前，就等着跳入而已，而且他完全被一种意外的惊喜蒙蔽了警惕之心。

吴璇不紧不慢地用勺子搅动着咖啡，目不转睛地盯着咖啡一圈又一圈地晕开来。

贾伟以为是吴璇突然不好意思说了，急得本来靠在沙发上的身子猛地往前一凑，急急道："我不会生气啦，你就别再卖关子了。"

吴璇嘴角一上扬，随后手臂肘交叉靠在了桌上，眼睛直直地盯着贾伟，认真地说道："我想请贾主任帮我弄一个实验附中的名额。"

未等贾伟回应，她又说道，"虽然我请您帮忙很是唐突，但我还是想努力尝试一下，也许贾主任和我大学时的那些学长学姐们一样，很乐意帮我这个忙呢？"随后，抿嘴一笑，撩了撩不知何时掉下来的头发，继续补充道，"我还是鼓起勇气主动约您出来，主动把我的目的说出来，我想贾主任是做律师的，平时工作很复杂，希望在生活中越简单越好，对吧？所以我也就不拐弯抹角了。"说完，眼睛扑闪了一下，再次撩了撩垂落下来的几缕发丝，嫣然一笑。

贾伟一怔，脸色瞬间晴转阴雨，一下浇灭了心头的欲火。他怎么也没有想到自己堂堂一个律师竟然被一个中年妇女挖坑，还心甘情愿地跳了进去。不过仔细想来，似乎这个坑还是自己挖的，只是她在迎合自己的同时不露声色地布下了一个陷阱，而自己竟然完全不知。

这个女人，不但有心机还会布局。

但他是谁？整个上海市数一数二的律师事务所的一把手，怎么可能因为被一个女子耍了而失态呢？

"好，够干脆，够简单！"贾伟轻轻拍了一下桌子，中气十足地说道，典型的领导范儿。

"贾主任的胸怀之大怎是天空和大海所能媲美的？您是我见过的最有气度的领导，想来做您的属下一定很幸福。"吴璇心生欣喜，不管眼前这个男人愿不愿意帮自己，但自己绝不会放过任何一丝希望，为了贝贝，使出浑身解数来溜须拍马也心甘情愿。

贾伟肥嘟嘟的脸一下涨得通红，因为羞涩言语竟然有点结巴，"小吴，你……你过奖了，我俗人一枚，哪有你说得那么高尚……"说完，嘴角一扯，露出一个比哭还难看的笑容。

他觉得，吴璇的所谓赞美就像是一记耳光打在他的脸上，不疼，但火辣辣的，除了脸蛋，连耳朵都不放过。

"贾主任，您是太谦虚了。像您这样成功又有声望的男人，绝不是被夸出来的，是您的智慧和人格魅力造就了您今天的地位。人生啊，如果像您这般有价值，夫复何求呢？"吴璇继续恭维道。

"唉，像我这样的女子，没有工作，说白了就一家庭主妇，于我而言，孩子就是我今生最大的事业，生活的轴心就是孩子，活着就是为了孩子，孩子就是我的世界。"吴璇无奈地说道，随后叹了一口气，喃喃道，"也许我的存在就是为了孩子……"

和吴璇面对面坐在一起聊天已经是第二次了，但从未听她说过孩子、家庭、婚姻，现在她突然主动说道，贾伟内心倒很想了解一下关于她的一些私事。

"你应该学历也不低，怎么没想过去找一份工作呢？"贾伟好奇地问道。

吴璇昂起头看着天花板深深叹了一口气，缓缓地说道："因为孩子没人带。我是嫁出去的女儿，在我们那里的风俗，嫁出去的女儿父母是不会再来帮衬的，而我的公婆喜欢自由，当初结婚时就说好了，不和我们住一起，也不会帮我们带孩子，他们想好好享受他们的晚年，所以……"她没有再说下去，如果再说下去也许会流泪，这么多年她积攒了太多的委屈和抱怨，特别是那段许杰军不在身边的日子，自己到底是怎么熬过来的，有时候想想就害怕。而这种感受只有经历过的人才能知道，这种聚少离多的婚姻也不是每个女人都能接受的。

"那这么多年难为你了……"贾伟柔声安慰道。

吴璇嘴角扯了扯，摇了摇头，苍凉地说道："这就是我的命，我是个很认命的女人。而且这么多年，一个人也习惯了……"说完，又是一声叹息，目光移向了窗外。那里景致宜人却刻着岁月的斑驳，车水马龙却行色匆匆，就像每个光鲜亮丽的人背后都有一颗苟延残喘的心。

"你一个人？"贾伟好奇地反问。

"唔……"吴璇似从梦里苏醒般，眼神迷茫地看了一眼贾伟，点了点头。

"你老公呢？"贾伟继续追问。他很焦急，难道面前的猎物是一个离异女子？如果是，那么自己没有必要把时间和精力浪费在她身上，因为他是不会碰一个单身女人的，不然到时满足了身体的欲望却把生活搞得一团糟。男人嘛，特别是到了他这种年龄的男人，有贼心也有贼胆，唯独不想负责和担当，家里红旗不倒，外面彩旗飘飘是男人们最希望的状态，包括自己也是一样。

吴璇猛地转过头，目光瞥过了贾伟那张充满邪念的脸，暗自冷笑：都说现在的男人是"三不男人"，不主动，不拒绝，不负责。眼前这个男人活脱脱就是个典型，玩暧昧、设语言陷阱、如今又骑虎难下。

"前几年他都在外地工作，所以我们都是聚少离多。"吴璇淡淡地说道，又瞥了贾伟一眼，发现他的脸又滋生了另一种表情，感觉是如释重负后的窃喜。

"不过，最近半年他回到上海了。"吴璇补充道。她说谎了，唯一的目的就是不想让贾伟知道许杰军就是她的老公，因为这对她求他帮忙一事只有弊没有利。随后，她含羞一笑，"不谈了，不谈这个话题了，太扫兴了……"

　　"哈哈，好，好……"贾伟笑着附和道。于他而言吴璇只要不是单身就好，至于其他的那些琐事他是不愿意去倾听的。只是结束了这个话题，不用猜他都知道肯定又绕回关于学校名额的话题上，这是她约见自己唯一的也是真正的目的，上一次自己侥幸逃掉了，这一次显然无法回避。

　　吴璇似乎还没有想好别的话题，她很从容地端起咖啡杯，拿在手中轻悠悠地晃了一下，放在红唇边，小小地抿了一口。

　　贾伟在她喝咖啡的当口儿，脑海里开始搜索自己在教育界的人脉。如果自己想要泡这个女人，这个忙不帮也得帮，不过具体怎么帮还是要看她接下来的表现。

　　"我呀，现在什么都不求，就希望我的孩子能进实验附中，"吴璇轻轻地放下咖啡杯，心事重重地说道，"您知道，现在进市重点初中如果没有那里的学区房，想进去简直比登天还难。那余下的几个名额，多少家长正虎视眈眈呢，关键仅有孩子优秀的成绩还不一定行，还需要有牛掰的关系……"吴璇不好意思地瞄了一眼贾伟，无奈地说，"我把所有自己认识的人梳理了一遍，没有一个有这种能力的，我觉得很绝望，也为自己感到悲哀，显然我的人脉太少。后来想到了您，虽然觉得很冒昧，但是我觉得只有您才可以帮到我，所以……"说完，吴璇眼睛又扑闪了一下，嘴角微微漾开，右手习惯性地撩了撩头发。

　　"如果我能帮，我一定帮，只是……"贾伟的言语和神色中露出了为难。

　　"贾主任，您伸出贵手，帮小女子一把，我一定会好好感激您的。"吴璇急急地表态道。

　　"别说什么感激不感激的话。如果我答应帮你，以我的个性一定要成功，问题是现在我不确定能不能真正帮到你的忙。"贾伟一本正经地说道。

"不，贾主任，只要您出马，没有办不成的事情。"吴璇立马阿谀奉承道。

"哈哈……我可没有那么厉害喔。"贾伟边笑边摆手。

"您就是这么厉害！"吴璇义正辞严道。随后桃花眼紧紧地盯着贾伟，用眼神恳求着他。

贾伟看她一副楚楚可怜的模样，心里即便是有一万个不愿意，但为了抱得美人归，总是要付出点什么；再说了，这女人把自己夸得无所不能，怎么也不能在她面前丢脸，让她看低了自己的能力啊。男人，最好面子，而且在女人面前，更甚。

"那我试试？"贾伟拿起手机晃了晃，调皮地说道。

吴璇很用力地点头，身子前倾靠在桌沿上，双手安分地放在桌前，眼睛瞪得滚圆，直直地盯着正拨电话的贾伟，惊喜和期待都写在了眼底。

"喂，你好啊，潘督导。"

"有个事想请你费心一下，我有个朋友的孩子想进实验附中，你看能不能帮忙安排一下？"

"嗯，对，一个非常好、非常重要的朋友。"

吴璇上半身又往前凑了凑，竖起耳朵，努力想听到话筒另一头的声音。

贾伟突然放下贴在耳朵上的手机，放在桌上，并按下了免提键。

"您贾主任开口了，我哪敢不服从啊，您就等我好消息吧。"话筒里传来一个女子的声音。

吴璇深深舒了一口气，眉眼都绽开了花朵，煞是娇艳。

"现在不用担心了吧？"贾伟收起手机，笃定地问道。

"嗯，谢谢贾主任，我就说，只要您出马，一定会成功的，看来我还真没有找错人。"吴璇笑嘻嘻地说道。她此刻的心情就如中了五百万大奖，激动又兴奋，甚至怀疑自己是不是在做梦。她偷偷地把右手伸向了大腿，狠狠地掐了一把。

"嗞……"一股强烈的疼痛感让她倒吸了一口凉气。

"怎么了？"贾伟又好奇地问道。这女人肢体语言还真丰富！

"没，我只是掐了一下自己，看看是不是在做梦……"吴璇吐了吐舌头，不好意思地说道。

"哈哈……"贾伟仰头大笑，随即顺势提议，"要不我们一起吃个饭？"

吴璇本想拒绝，但想到事情毕竟还没有敲定，万一他不开心了，这不是白开心一场吗？为了贝贝，为了这个重点初中的名额，拼了。

"呵呵，我正想说这个事呢，没想到您先说出来了，看来我们心有灵犀一点通嘛……"吴璇脸上堆满了笑容，暧昧地说道。

贾伟意味深长地笑了笑。空气中一种别样的情愫在慢慢发酵。

许杰军绕了好大一圈，终于找到了一个空位，见缝插针刚好挤了进去。

"爸爸，你太厉害了！"贝贝趴在车窗旁，看着车子很顺利地漂移了进去，不由得竖起了大拇指。

"那是必需的，男人就要有男人的腔调哇，不然怎么在社会上混！"许杰军嘴角一上扬，露出一个得意的笑容。

从北京回来到现在，今天是第一次单独带孩子，他想在贝贝面前好好表现一下，所以吴璇走了之后，先是系上围兜给儿子做了一顿丰盛的早餐，随后监督儿子写作业，自己看了一会儿书。中午又带儿子去吃了他念叨很久的日本料理，紧接着就赶到这个叫做"博学"的补习机构。从儿子开心的笑容里，许杰军能感受到今天自己的表现一定很出色。

"爸爸，以后周末就你陪我吧。"贝贝背着海贼王的书包喝着刚刚从奶茶店买来的奶茶说道。

"那妈妈呢？"许杰军爱怜地看着快乐得像只小鸟般的儿子，好奇地问道。

"妈妈啊，"贝贝眨巴了一下眼睛，然后狡黠地说道，"让她每周都有事情，嘿嘿。"

许杰军"扑哧"一声笑了出来，看来孩子的世界很简单，谁对他好，谁对他没有要求，他就愿意和谁在一起。因为工作的问题长期和家人分开，从一开始的寂寞到后来的习惯又到现在的慢慢适应，这心路历程没有经历又怎会懂得？对家庭的亏欠，特别是对孩子的内疚，让他总害怕儿子和自己不亲，会有距离感，但如今看来，这种担心是多余的，有时候吧，血缘这东西很奇妙。

"贝贝，晚上想吃什么？"许杰军柔声问道，一副慈父的模样。

"嗯，"贝贝侧着脑袋，思考了一下，"爸爸，我想吃必胜客。"说完，期待地盯着许杰军。

"好，没问题，等你放学后我们就去。"许杰军摸了摸贝贝的脑袋，答应道。

补习机构门口就像是一个菜市场，正逢孩子们上下课时间，家长们伸长脖子，往那扇不大的玻璃门张望。有些是用目光找寻下课的孩子，有些则是用目光目送进去上课的孩子，总之大家在门口你挤我拥，把道路团团围住。

"贝贝，你放学后出来如果见不到爸爸，就站在原地，别乱跑，爸爸会过来找你的。"许杰军对正往门口挤的儿子叮嘱道。

看着涵涵瘦小的身子瞬间淹没在人群中，程浩心头涌过那么一丝愧疚感，特别是刚刚涵涵回头对自己挥手道别时。不知从小缺少父爱的原因，还是对父亲这个角色缺乏认识，作为父亲，自己对涵涵的关心和陪伴真的少之又少。而涵涵这个孩子胆子小又敏感，平时很少主动和爸爸沟通，更别说撒娇什么的，所以父子俩虽说在同一个屋檐下，但还是很有距离的。

今天苏子美气呼呼地把孩子扔给自己，自己的内心不知为何有点排斥，竟然会有一种累赘感。只是当涵涵的眼神从怯弱到期待再到欣喜，程浩才知道，孩子的内心还是很在乎他这个父亲的，还是很愿意和他在一起的。其实想想，自己从小缺失父爱，怎么忍心让自己的孩子感受不到父爱呢？都说孩子小时候是母亲陪伴，慢慢长大后，更需要的是父亲的陪伴，特别是男孩。这样，孩子才会更阳光，更有男子汉的味道。

前面就是自己停车的地方，程浩刚掏出钥匙，就看到一个穿着白 T 恤蓝牛仔裤的男人翘着屁股，猫着腰，小半个身子钻在后备箱里，似乎在找什么东西。一开始他没有当一回事，只是在跨进车门的刹那，那个男人转过了身子。

是他？怎么会那么巧？他怎么也在这里？转念一想，没什么奇怪的，现在哪个孩子不上补习班，再说他的孩子和涵涵又是好朋友，报一个补习班再正常不过了。

许杰军也看到了程浩，两个男人都没有主动打招呼，而是彼此心照不宣地笑了笑。这个时间点，在这里的都是来送孩子补习的。

许杰军没有绕到自己的车门前，而是径直走向了程浩，并从牛仔裤口袋里掏出了香烟，抽出一支递给他。

"哦，不，我不吸烟，谢谢！"程浩客套地摆了摆手。其实他是吸烟的，只是从不吸外人的烟。

许杰军一愣，尴尬地把手缩回来，悻悻然把香烟插进了烟盒，不好意思地说道："呵，我忘记了，现在全市禁烟。"

程浩面无表情。他是一个非常不喜欢聊天的男人，这除了和他性格有关之外，最关键的是他的思想，他觉得任何没有意义、不能产生价值的聊天都是在浪费生命，所以在许杰军突然靠近自己时，本能地身子往后退了一小步。

"之前呢，我也不吸烟的，自从去了北京之后，一个人太孤独，就没事用吸烟来解闷和解乏，久而久之就形成了一种习惯，戒不掉。"许杰军解释道。

程浩礼貌性地笑了笑，他没有时间也没有兴趣来听别人的故事。这个时代，我们都是陌生人，生活越来越冷漠，内心越来越荒漠。每一个人的背后都有一个完整的故事，谁也无法了解它，谁也没有必要去了解它。他在你身边倏忽之间出现，又可以倏忽之间消失，我们没有足够的时间与信心来发展精神与情感上的深入交往。交往成了一种浅薄得不能再浅薄的身体或者视线上的接触。

换作之前，这种自讨没趣的事许杰军打死都不会做，但现在不同，自己刚回到上海，不管是在资源上还是成绩上，都基本清零了，他需要立马融入这个团队，建立起自己的人脉和资源。眼前这个看上去孤傲的同事，就是目前自己最合适的人选，不管他怎么沉默怎么孤僻，总会在他这里听到一些关于公司的消息，也许对自己接下来开展工作有帮助。

"今天天气不错。"许杰军抬头看了看天，很随意地说道。

程浩一懵，本能地抬头看了看，太阳裹着厚厚的云层，蓝天变了脸色，似乎被谁一不小心泼上了浑浊的水。一看就是要下雨的天，怎么就天气不错呢？难道他的眼睛有问题，还是自己的眼睛有问题。

"这是一款变色车贴膜吗？"许杰军又突兀地冒出一句无厘头的话。

程浩又是一愣，他还没有完全从天气的话题里回过神，又被卷入了车子的话题，关键是许杰军这种思维的跳跃有点让人猝不及防。

"哦，是，是的。"反应过来的程浩警惕地点了点头，机械式地回应。他很好奇，许杰军是怎么看出自己的车膜是随天气变化的！

难道这就是没有打不赢的官司的律师的观察和反逻辑思维模式？

"嗳，这种车贴膜怎么变色的？"许杰军摸了摸车窗，好奇地问道，那口气就像是一个很想知道答案的小孩，很认真。

都说很多男人爱车子胜过爱自己的女人，程浩能算是其中一个，大学时就喜欢研究各种车，不管是对车的品牌还是性能都了如指掌。所以许杰军的这个话题让他竟然不那么反感，甚至滋生了一种想要聊天的兴趣。

"根据天气和光线变化。"程浩笑了笑，回答道。

"噢？那是不是和那种车身会变色的车子一样，会随着光线的变化而变色？"许杰军兴趣盎然地问道，似乎他对车子很喜欢但又不是很专业。

程浩明显地进入了一种想要说话的状态，他双手交叉在胸前，身子放松地倚在车门上。"其实很简单，这款贴膜只是在普通的膜上铺上了一层特殊的聚合材料，这种聚合材料中包括有磁性的铁氧化物，随后通过电流或阳光使得氧化物晶体的间距发生变化从而改变颜色。"程浩侃侃而谈。

"你很专业呀。"许杰军惊喜道。

"专业谈不上，只能说略知一二。"程浩谦虚道。只要是他感兴趣的话题，其实他话还蛮多的。

许杰军朝着自己的车子指了指，"你看我的车子，就因为找不到一款我想要的贴膜，买了快一个月了，到现在还没有贴膜。"说完，耸了耸肩，一副无奈状。

程浩看了看停在自己面前的这辆崭新的香槟色宝马740，笑了笑。也许许杰军是无意的，也许他是有意显摆的，就像他的妻子，有意地在苏子美面前显摆儿子进实验附中一样。但对于程浩来说，他根本不屑于这样的显摆，或者说他潜意识里就没有那种和别人攀比的心态，他始终秉持着自己的生活态度——不复制别人的路给自己走，创新自己的路让别人来走。

"程律师，不知你的车膜是在哪里贴的？"许杰军不好意思地问道。

程浩疑惑地把目光移向了许杰军，他在怀疑自己是不是听错了。

"哦，我刚回到上海，也没有时间出去溜达，所以还不熟悉。"许杰军解释道，"再说，之前一直在北京，在上海也没有什么朋友，很多问题都不知道找谁呢。"说完，他摸了摸鹰钩鼻，不好意思地笑了笑。

怎么可能？即便是对环境还不是很熟悉，但作为一个业内出名的大律师，在上海怎么会没有朋友？像贴车膜这种小事随便打个电话给朋友问问就知道了，还需要来问自己？他今天到底安的是什么心？为何这般和自己套近乎？难道是为了李孙案子，还是……

程浩刚刚好不容易进入的状态瞬间消失，取而代之的是油然而生的警惕心。

"许律师，我还有点事，先走一步。"他沉着脸，直接拉开车门。

"哦，好，"许杰军摸了一下鹰钩鼻，很是尴尬地扯了扯嘴角，"那再见！"

程浩点点头，关上车门，发动了车子。

时 空 轴

解放路上一家"香榭丽舍"的西餐厅里，吴璇和贾伟面对面坐着。这是一家充满浪漫情怀的西餐厅，目之所及都是紫色：紫色的薰衣草花苞，紫色的餐桌，紫色的沙发，紫色的餐布，紫色的餐具……甚至连餐巾纸都是紫色的。每张餐桌上还摆着一盏充满法国情调的形状不一的香薰灯，透出淡淡的紫光，薰衣草的香味随着灯光幽幽地散发着，留声机里放着古典轻音乐。

吴璇趁贾伟点菜的当口儿，迅速扫了一眼这个透着贵族气息的餐厅，突然心生感慨。自己也算是见过很多世面的人，自认为手头还有点小钱，但面对这样一个环境，却像刘姥姥初进大观园。什么是有钱人，这就是有钱人。刚刚偷偷瞄了一眼菜单，这价格贵得咋舌，就连她这样的人都觉得心疼，更别说那些还在努力生存的人。人与人之间啊，差距真的很大！有些人只能算生存，有些人已经在享受生活。生存是一种基本，生活是一种品质，你连生存都难，有什么资格来谈生活。

唉，她在内心深深叹了一口气，一种无来由的自卑悄悄涌了上来，甚至萌生了想逃的念头。吴璇还是喜欢和苏子美这种女人待在一起，每每看到她的那种穷酸样，自己的优越感就爆棚，虚荣心得到了很大的满足。

贾伟对服务员轻声地交代了几声，就把菜单递给了她，随后双手交叉放在桌上，笑着问道："怎么样，这个地方不错吧？"

"嗯，相当不错。"吴璇笑了笑，回应。其实她心里暗自嘀咕：不错什么不错，这个很多女人都认为充满神秘感的紫色，对于她来说简直就是磨难，她不但反感而且还抵触。不过，这个地方倒是很适合对紫色情有独钟的苏子美，如果今天是她，估计早已兴奋得手舞足蹈了，可惜她没有这个命，也许这辈子都没有机会踏进这个"紫色伊甸园"。

看到吴璇脸色有点难看，贾伟以为她担心价格，所以大度地说道："今天我请你。"

吴璇回过神，一愣，什么意思，看不起我？怕我买不起这顿饭？你也太小看人了吧？有钱就了不起了？谁知道这顿饭吃的到底是谁的钱呢？不管内心如何愤怒，但想到自己的事情还在他的手里，吴璇立马把笑容堆满在脸上，客套地说："这怎么可以呢？说好了这顿饭我来请您，聊表我的感谢之意。"

"没事，等你家孩子进入实验附中，你再请我也不迟，到时我可是要吃最好的美食哦……"贾伟笑着接应道。于他而言，吃饭不是目的，能抱得美人归才是目的。

不知何时，吴璇把本来放下来的头发给盘起来了，那莹白的脖颈在紫色灯光下透出一种别样的美，勾魂又含蓄。

贾伟吞了吞口水，身子往前一倾，整个脑袋都快凑到吴璇的面前了，意味深长地说道："谁请不重要，关键是请谁！你说对哇？"

吴璇的脸"噌"的一下红了，没想到这个肥脑袋的律师还有点情趣。本来就这个让她讨厌的紫色，心里是不想埋单的，如今他既然都这么说了，那自己就顺水推舟吧。

"既然这样，那我就恭敬不如从命了。"说完，她抿嘴一笑，右手扯了扯裙子的领口。

这种带点勾引的动作，早就让贾伟口干舌燥，喉咙发紧了，他那双绿豆眼再次肆无忌惮地在吴璇的胸前扫荡。

"贾主任，这里您经常来吗？我看你对这里的菜品很熟悉。"

"哦，是啊，一般重要的客户和朋友我都会放在这里招待，这里安静，适合谈事，适合交心。"

吴璇笑了笑，转头看了看周围用餐的客人，很多都是老外，大家都低声交流着。"你可是我重要的人物啊。"贾伟一语双关地说道。

吴璇回过头，嫣然一笑。端起面前的水杯，轻轻抿了一口薰衣草茶，目光定格在淡紫色的水杯上，微微皱了一下眉头，眼底闪过一丝不易察觉的厌恶感。

"先生，你们的牛排，请慢用。"服务员笑容可掬地端上了两盘牛排。

吴璇一看，这牛排看上去就与众不同，一种低调的奢华。

"来，尝尝，这是他们这里最好的牛排。"贾伟轻声说道，眼里满满都是自信，那是一种有钱有权人才有资格拥有的傲慢。

"嗯，谢谢！"

放牛排的盘子里，竟然也放了一小撮薰衣草。

要命！这家餐厅难道就这么喜欢薰衣草吗？或者说面前这个男人和苏子美一样，对紫色有癖好？

吴璇看着眼前这个正认真仔细地切着牛排的男人，只见他右手拿刀，左手拿着叉子，小心翼翼地找了一个最好切入的角度，然后把牛排平均地分割下来，切成一小块一小块的正方形。

这是一个有着强迫症的男人！

但面对美食，吴璇却坐如针毡。

与此同时，"诚信律师事务所"的两间办公室里，许杰军站在落地窗前，程浩坐在办公椅上，不同的空间，两个男人却在考虑同一个问题。

——这个程浩真的太让人难以相处了，情绪的转变太快了，难道自己有说错吗？不就是问他要一个车贴膜的地址嘛，有这么难吗？

——许杰军是不是在演戏？但看他的样子不像在演戏。问题是苏子美说他已经把他儿子实验附中的名额都拿到了，有这么牛逼的关系怎么会如他所说没有朋友没有人脉呢？难道是他的妻子说谎了？

第十二章

家长『替罪羊』

"现在的教育确实到了一种白热化的阶段，家长们的焦虑是愈演愈烈，一发不可收拾啊，似乎也无药可救。"沈柯摇了摇头，无奈地说道，"这教育啊，早已不再是单纯的孩子和老师的事情了，而是整个社会的事情了。"

5月30日　小满后　周二

　　程浩推开了市教育局三楼招生办的办公室门。十分钟前沈柯给自己微信，说正在开一个重要会议，让他在办公室等，会很快就结束。

　　这是一间向阳的办公室，不大，但光线很好。一排褐色的书橱靠墙而立，里面放满了各式各样的书籍和文件，一台饮水机放在了黑色三人沙发的旁边，而褐色的办公桌上，除了一台台式电脑外，就是堆积如山、凌乱不堪的资料。有几张纸还斜躺在地上，似乎是人走得太急被带下来的。

　　程浩摇了摇头，无奈地笑了笑。这就是沈柯特有的风格，大学时就是有名的邋遢大王，如今看来还是没有改变。他走进办公室，把手里拎的一个乐高玩具放在了沙发旁，这是苏子美特意买了让他带来送给沈柯的。其实程浩打心里不喜欢这种风气，但人家苏子美说了，这不算行贿，你和沈柯是大学同学，多年不见，买份礼物送过去是一种最基本的礼仪。而且为了这份礼物，苏子美想了很久，决定买份小孩子的玩具，但不知道人家是儿子还是女儿，所以就挑了这款男孩女孩都适合的乐高玩具。自己刚刚出来时，她还打电话叮嘱说别忘了拿，看来她是多么想让涵涵进市重点啊。

唉，难为她了。程浩趁沈柯还没有回来，便从公文包里拿出随身携带的笔记本，开始在上面画关于李孙一案的思维导图。这个习惯是程浩自从进入这个行业就开始的，他觉得对自己的思维很有帮助。

"程浩，不好意思让你等了那么久……"沈柯招呼道。

"哦，"程浩猛地抬起头，看到沈柯不知何时已经走进了办公室，正笑着看着自己，他立马合上了笔记本，站了起来，不好意思地回应，"没事，没等多久。"

"你小子怎么和读大学时还一个样，不管走到哪里不是捧着一本书就是捧着一个本子。"沈柯边给程浩倒水边笑着调侃。

"呵呵，习惯成了自然，改不了了。"程浩有点不自然地笑道。他真的是个不善于言谈的男人，即便是在老同学面前，也还是少了一份自然，总有点拘束。这种拘束倒不是来自于他的自卑，而是因为他不知道要找什么样的话题来延续，聊天对于他来说是一件很痛苦的事。

"你这是好习惯，不像我，你看……"沈柯把水递给程浩，目光看向了自己的办公桌，瘪了瘪嘴，无奈地耸了耸肩。

程浩笑了笑，下巴那个凹槽更深了。

"你小子啊，老同学之间也不多联系一下，要不是你儿子的事情，我看你也不会主动给我打电话。"沈柯坐在自己办公椅上笑呵呵地说道。

"唉，我……"程浩尴尬地扯了扯嘴角，"你对我还不了解吗？"

"了解，不就是因为太了解，所以把你直接约到我办公室嘛。"沈柯接话道。这个和自己上下铺整整四年的同学他实在是太了解了，他今天的穿着和说话的方式，还是上学时那个孤傲、古板，甚至守旧的风格。

程浩又是尴尬地一笑。他也很想说些什么，也想和老同学叙叙旧，聊聊近况，但不知为何，这些话到了嘴边又缩了回去。

"好了，谈正事吧，你也很忙，叙旧我们就放在以后吧。"沈柯对着程浩招了招手，让他坐在了自己的对面，方便说话。

程浩感激地看了一眼沈柯，他还是原来的他，总是那么善解人意，关键是懂他。

"说说孩子的事情吧。"沈柯直切主题。

程浩沉默了一下，他在脑海中捋捋该怎么简单又扼要地表述出来，这样既不浪费时间又能把事情办好。

"孩子成绩不错，我爱人就想让他进市重点初中，为孩子提前铺设一条通往高校的高速公路。"程浩很简洁地说道。

沈柯无奈地摇了摇头，嗔怪道："你呀，说话还是老样子，能不多说一个字就绝不多说，不过呢，有一点改变了，"沈柯顿了顿，笑着说道，"会放下架子求人办事了……"说完，哈哈大笑。

程浩尴尬地揉了揉少一块肉的鼻头，不好意思地笑了笑。

"你第一次给我电话，我有点喝大了，什么都不记得了。第二天看到通话记录，我还以为是你不小心拨错了，直到前几天你给我电话，我才知道你不是拨错，是找我有事，但不管怎样，我内心真的很开心！你这小子，终于开窍了。看来我对你还有点用处，哈哈……"沈柯絮絮叨叨像个娘们一样。这也是他的特性之一，喜欢渲染情绪，表达欲旺盛。

"其实我……"程浩有点吞吞吐吐。

"没事，你可别当真，我也就油油嘴。"沈柯抱歉道。

程浩喝了一口茶水，叹了一口气，"实不相瞒，我也是走投无路了，就为了这件事，爱人天天和我吵架，家里闹得鸡犬不宁啊，无奈之下，我只好求你这位老同学了。"

"你呀，一点都没变，还是大学时的那个'愣头青'，'一根筋'。"沈柯又气又怜地说道。

程浩不好意思地笑了笑。确实，他有时也为自己这种性格烦恼，总想着要不要改变，但很多东西是骨子里的，根本无法改掉。也就是说，人其实有两个我：一个是面向社会的，一个是藏在身子里的。而骨子里的那个我，就是所谓的底线，只是很多时候所谓的底线就是没有底线。这就是人活着的无奈。

"现在的教育确实到了一种白热化的阶段，家长们的焦虑是愈演愈烈，一发不可收拾啊，似乎也无药可救。"沈柯摇了摇头，无奈地说道，"这教育啊，早已不再是单纯的孩子和老师的事情了，而是整个社会的事情了。在中国的家庭里，孩子是最好的投资，而教育显然是重中之重。"

"拼家庭，拼平台的时代。"程浩一针见血。

"哈哈，"沈柯扬起下巴大笑，"你看问题还是那么尖锐。还记得读大学时，你可是最讨我们导师喜欢的，因为你的眼神总是那么毒，总能看到事情背后的真相，而且一语道破天机。那时候我们特别羡慕嫉妒你，都恨不得也有一双你这样的火眼金睛，后来才发现这和眼睛没有关系，而是和思维有关系，哈哈……"

"来，你和我说说这个所谓拼家庭拼平台的观点，我很好奇。"沈柯双手十字交叉放在桌上，身子前倾，盯着程浩。

程浩心里有点不舒服，本来以为三言两语就能搞定的事情，现在看来一时半会儿还不一定能结束，而自己单位的电脑里还躺着等他去完善的"李孙案件"。但是为了耳根清净，为了涵涵，自己只能放下这些所谓的不喜欢来迎合别人的需求。

"老同学，你就不要嘲弄我了，在这方面你可是专业啊。"程浩笑着推却。

"嗳，这话就欠妥了，我们只知道一些理论上的，而你们是家长，是当局者，比我们更有发言权。"沈柯谦虚地说道。

程浩没有吱声，半边眉毛微微往上一挑，一脸的怀疑。他没有怀疑沈柯的这句话，而是怀疑沈柯是不是假装客套。

"你看，好不容易听到一个家长能如此尖锐地捅破教育现象背后的这层纸，我当然好奇又惊奇啊。"沈柯很认真地说道。他知道想让眼前这个老同学主动开口是件很困难的事情。

"谈不上，真的。平时我也不管孩子的教育，只是发现最近几年我老婆的抱怨和情绪越来越难以控制，所以偶尔会思索一下这个问题。"程浩淡淡地说道。

"这教育吧，不只是校内教育了，还包括校外教育和家庭教育。而家庭教育已经成为最关键最迫切的教育，之前很多家长没有意识到这一点，以为孩子交给老师就可以了，从而把更多的时间放在了事业和自己的事情上，忽略了孩子在家庭中所需要的教育。而如今，很多家长意识到了，并且把这种意识变成一种价值产业，盲目地投资，然后得不到相应的回报时，就开始焦虑，开始恐惧，开始迷茫，最后产生集体式焦虑。"说完，沈柯深深地叹了一口气。

程浩很赞同沈柯的这种说法，现在的教育其实早就成了一种家庭事业，一旦是事业就有竞争，有了竞争就会有失败和成功，有优劣淘汰，有很多商业化的东西。怪不得苏子美对涵涵的要求是变本加厉，就像沈柯说的那样，在盲目地投资。她的目的很简单：自己的孩子一定要比现在的自己过得幸福和自由。这两种东西很抽象，但确实是每个父母对孩子的期盼。

"而恰恰是家长们把这种焦虑不安的情绪渲染到了极致，为商家滋生了很多契机，那些补习机构层出不穷，遍地开花，不管有没有效果，都是各个家长追捧的对象。更别说那些好的补习机构，想要一个名额，真的很难很难。"沈柯沉重地说道，那条剑眉蹙得更紧。

"唉……"沈柯深深叹了一口气，换了一个姿势，继续说道，"可怜那些孩子啊，在学校的课业本来就繁重，课余时间又一次次被自己的父母推上了去补习的路上，双休日对于孩子来说纯粹就是一个摆设。而很多父母为了不让孩子输在起跑线上，很小就把孩子送去参加各种兴趣班，也不管孩子是不是能接收到这些知识。其实吧，很多父母都心疼自己的孩子，但又有什么用呢？大环境下大趋势之下，别人的孩子都在补习，你能说不让自己的孩子去补习吗？你敢吗？"

"所以啊，现在不止是家长累，我们的孩子更累，教育早已变成了一场孩子和家长共同参与的事情。就像昨天我老婆还和我说她的一个同学，女儿才上小学四年级，已经考出了钢琴十级，但她同学还不满足，非要去考一个演奏级的。你说这孩子以后是要走演奏这条路吗？我看很多都是家长的虚荣心和攀比心在作祟。现在不乏一些家长把孩子当做炫耀的资本，甚至是把自己未实现的梦想寄托在孩子身上。"沈柯摇头叹息道。微卷的刘海在他的额前来回摆动，像极了他一颗无奈又愤怒的心。

"其实吧，我觉得这位妈妈倒不是因为她的虚荣心和攀比心，她只是想给孩子多一份筹码而已。"程浩不紧不慢地说道。

"噢？"沈柯再次瞪大眼睛，急急地问道，"怎么说？"

程浩看了一眼满脸好奇的沈柯，按照他的性格，他是不想再延续这个话题的，但又担心沈柯会觉得自己太清高。毕竟此次自己是来求人的。

"社会发展得越快，竞争也就越激烈。现在对很多孩子来说，钢琴十级其实也并不怎么稀罕，但演奏级的证书肯定是少之又少，一旦考下来证书，孩子也就多了一个可以让自己胜出一筹的筹码；如果说以后孩子的生活不是很如意，想用手上的技能来养家糊口时，那么她的这个演奏级证书显然比别人的钢琴十级吃香，于是就又多了一份能创造生活的筹码。"程浩的声音本来就好听又有韧性，这样的长篇大论更给别人多了一种感召力。当然，这点其实程浩自己是不知道的。

沈柯边不停地点头，边手指敲打着桌面，似乎还在琢磨程浩的话，嘴里连说三遍："有道理！有道理！有道理！"

"快，快说说你的那个拼家庭拼什么来着的？"沈柯歪着脑袋，右手揉着太阳穴，继续追问。

"拼平台时代。"程浩向来见不得他这种样子，重复道。

"对对对，就是拼家庭拼平台时代。"沈柯猛地惊醒，急急地说道。

程浩双眉一抬，咧嘴一笑，语气幽默地说道："好吧，看你这么猴急，就和你这位教育界的领导谈谈我的观点吧。"说完，竟然还对着沈柯挤了挤眼睛。

这个熟悉的镜头猛地再现，沈柯眯起了眼。他知道肯定是自己刚刚那急吼吼的样子触动了程浩的记忆，因为在大学时，每每遇到一些棘手的案例分析，自己总喜欢缠着他不放，说话猴急猴急的，担心他不会点拨自己。而事实恰恰相反，每次在自己的软磨硬泡之下，他总是一层层地、剥丝抽茧般还原整个事件的真相。所以很多同学都觉得程浩是个怪人，孤僻又骄傲，但只有自己才清楚他是一个外冷内热的人，而且还是一个特别讲义气的人。

"你刚刚说的其实很对，只是没有归纳而已。从一岁就上常青藤，让孩子接受与其年龄不匹配的知识，到耗尽所有存款搭上几十年的贷款也要买一套学区房，再到名校，这一切的一切都是在用人民币给孩子铺设一条教育的高速路，都是为了让孩子以后能一步步地走在学霸、全才、名校的路上。问题是这条高速路不是每个人都能上去，而是需要一定的条件和能力，这个时候拼的就是家庭。一个有能力的家庭，就会去创造条件给孩子；一个有条件的家庭，就会去置换能力给孩子。而那些既没有条件又没有能力的家庭，他们铆足劲地给孩子去创造能力和条件，哪怕砸锅卖铁。"程浩说完，叹了一口气，心里说不出的沉重，因为显然自己是属于最后一种家庭的。

"这些家长就是愚昧，无知，盲目！"沈柯恨恨地说道。

"不，是花钱成了测爱标尺！"程浩又是语出惊人。显然他已经回到了大学时那个不厌其烦地点拨沈柯的时刻。

无须多想，沈柯的单眼皮再次撑大了，嘴巴张得可以吞下一个鸡蛋。

"因为你的钱在孩子身上花得越多，那就说明你越爱孩子啊。你对孩子的投资多少，就说明你对教育的重视程度！"

听完程浩的这段话，沈柯哈哈大笑道："这是什么谬论啊？照这么说，那些没有给孩子投资的家长就不爱自己的孩子咯？"

"别人眼里是这么看的。"程浩没有反驳，而是淡淡地回应。

"啥意思？道德审判官？"沈柯疑惑地反问。

"嗯，这个时代似乎谁都可以站在道德的制高点来评判一个人。如果你不给孩子付出，别人就会觉得你不配做父母，哪有父母不为自己的孩子付出的？哪有父母不为自己的孩子努力的？你自己事业再怎么成功，也抵不上你的孩子成功！这些外界的指责会让你觉得自己真的是个不合格的父母！别忘了，孩子才是每个家庭最好最重要的投资！如果你一心扑在孩子身上，努力给他平台和机会，奔波在补习和上学的路上，那么又会有人说，你也太没有人性了！孩子那么小，你给他这么大压力干什么？这个时候应该是孩子玩的时候，你怎么把他的童年都抢夺了？我看了都心疼，你这做父母的看了不心疼吗？所以……"程浩突然顿了顿，接着补充道，"家长很被动。"

其实他在说这段话的时候，首先冒出来的是"家长替罪羊"，但担心这句话太尖锐，怕作为教育者的沈柯不开心，所以最后才说了家长很被动。刚刚自己才意识到，现在的教育不止是在考核孩子，还是在考核家长。在这股浩浩荡荡的教育浪潮里，大多数家长都是身不由己地被裹挟着往前走，至于前面是什么，能看到什么，真的已经不重要了，家长们担心的是被浪潮给冲散，给抛弃，最终迷了路，亏欠了孩子。

而真正让家长们迷失的恰恰就是这股竞争惨烈的教育潮流，盲目的跟从只会让家长越来越盲目，学不会分辨和思考，成为别人思想的寄生虫。

沈柯久久没有发声，他低着头似乎在沉思，良久才悲叹道："可怜之人必有可恨之处。"

程浩听了，右嘴角扯了一下，他明白沈柯这句话的意思。

果不其然，沈柯下一句就冒出来："难道大家都不知道每个孩子都是孤品，都是不能复制的吗？如果每个孩子都如出一辙，那么这个社会和机器人又有什么不同？谈什么思想、创新、奋斗呢？"

"其实这些家长都懂，只是家长们都很迷茫。教育，对于很多家长来说是一个盲区，在盲区里人的本能就是喜欢找群体，群体越大给人的安全感就越强烈，而这种安全感久而久之就变成了一种依赖，依赖久了就成了习惯，习惯久了就变成了一种本能。所以现在很多家长都在头疼为什么总教育不好自己的孩子！然后总用所谓的'爱'来绑架孩子。"程浩不疾不徐地说道，语气很平和，就像在分析一个案例一样。

"爱的绑架？"沈柯看着程浩喃喃道。

"是的，就是爱的绑架！"程浩点了点头，继续说道，"现在的中国家庭就是存在着这样的问题，父母用爱的名义来绑架自己孩子的思维和行为，甚至站在道德审判官的立场上来审视孩子；孩子同样用爱的名义来绑架自己父母的思想和行为，甚至是选择，并始终扮演着一个被爱者的角色，却忘记了爱是相互的。父母眼里有一个别人家的孩子，孩子的眼里同样有一个别人家的爸爸妈妈。"

"怎么说？"沈柯好奇道。

"因为你是我的孩子，你的现在和未来都和我息息相关，所以我要对你负责；因为我爱你，所以就会对你有要求。孩子呢也是这样，因为你爱我，就应该为我妥协一些事情；因为你们是我的父母，就应该考虑我的感受，尊重我的选择，甚至应该迎合我稚嫩的思想。说白了，大家除了用爱在绑架彼此，也是在彼此身上找寻一种存在感。"

"存在感？怎么说？"沈柯追问。

程浩狐疑地看了一眼他，一个问号在他脑海里开始出现——沈柯作为一个教育工作者，难道这些他都不明白吗？或许他所处的位置的原因，但作为父亲，作为法律系的高材生，他应该早就看透了呀，为什么满脸还是读大学时的那种好奇呢？

"社会越浮躁越匆忙，人们就越想找一种存在感，不管是孩子还是大人，都在用不同的方式刷存在感。而存在感有时候就像是一张信用卡，你越刷得厉害，反而透支得越厉害，一旦刷爆，就会引发焦虑。大人发泄焦虑有很多成人的方式，但小孩发泄的方式却很局限，这也就导致很多孩子去效仿大人的方式，或者说做一些让大人根本无法接受的事情，最后成为社会眼里的'问题小孩'，而这些问题小孩最初就是因为感觉不到存在感，所以才用一些反常的方式来引起别人的关注。当这些还不能让他们得到存在感的时候，就会用越来越极端的方式。"程浩看了看沈柯，接着说道，"如果说存在感是一张信用卡，那么成就感就是一张储蓄卡，怎么让你的信用卡不被刷爆，那必须要用你的储蓄卡去不停地充值。所以说，没有成就感的人是很难有长久的存在感的，而能长期刷存在感的人，一定是一个有成就感的人。就像现在的孩子，他们同样需要存在感，那怎么让自己的存在感能长久地维持呢？他们就会去创造成就感，比如说学霸、全才、艺术特长生、体育特长生等，这些就是他们需要的成就感，也是我刚刚一直没有回答的拼平台时代的核心。"

沈柯那双单眼皮直直地盯着程浩，突然叫道："程浩，你应该来做教育。"说完，又急急补充道，"真的，真的，你看你对孩子和家长的内心剖析得多清晰啊！"

程浩很淡定地笑了笑，淡淡地说道："谢谢你，让我很有成就感！"

"嗳，我说的是真心话，我就说你小子思维和别人的不一样吧，总能看到问题背后的真相。"沈柯诚恳地说道，眼神里流露出膜拜。

"唉，这又有什么用？现在可是拼爹的时代，可是我这个爹没有资本让孩子拼。"程浩实话实说，眼神似有落寞。

"哈哈，"沈柯被程浩的这句话给逗乐了，笑着反问，"这个你也知道？"

程浩冷哼一下："这年头，你爹是谁比你是谁更重要。"说完，叹了一口气。

　　沈柯一愣，不得不佩服他的言语之犀利。其实自己的身世和程浩差不到哪里去，也是从一个比较偏僻的城市过来的，后来遇见了现在的妻子，她是土生土长的上海人，最关键的是，她有一个局长爸爸，还是教育局的。两个人结婚后，自己也就顺理成章地从一个法学系的高材生转而进了教育系统，变成了现在的招生办主任。所以程浩说得一点也没错，你爹是谁真的比你是谁重要，因为这关系着你爹有没有资本给你一个让你少奋斗，或者说你想要的平台。

　　就像现在，程浩在大学时再讨导师欢喜，现在的言语和思维再怎么犀利，为了孩子的小升初，不也是走投无路要来求自己吗？所以你再怎么牛掰，但你给不了孩子想要的平台和机会，那谈何牛掰？看着眼前这个曾经不可一世的老同学，沈柯内心感慨万分。现在的教育啊，让多少骄傲的家长为了孩子不得不低下高贵的头颅，求爷爷告奶奶不惜任何代价来为孩子创造机会和平台。

　　"你的孩子不能拼你，但他可以拼他爸爸的老同学啊。"沈柯调侃道。

　　程浩眼睛明显一亮，狐疑地盯着面前的沈柯，捕捉着他脸上的表情，分辨自己刚刚是不是听错了！

　　"为了表示感谢你再一次为我指点迷津，我决定把大学里所欠下的一起回报给你，虽然我大大咧咧的，但可重情重义，懂得感恩了。"沈柯用自嘲的方式打消了程浩的疑惑。虽说程浩是主动来找自己办事的，但以自己对他的了解，要不是到了万不得已，他是打死都不会和自己开口的。所以无论如何，作为四年的同学和上下铺兄弟，怎么滴也要给他点面子，让他求人也求得有点自尊。

　　程浩抿嘴一笑，他很清楚这是老同学给他面子，心里非常感动，但表面上却云淡风轻,"那么,我就恭敬不如从命了。"说完,深深吸了一口气,心里的那块石头终于落地了。

"必须从命啊!"沈柯认真地说道,"孩子可是我们的未来啊,以后你的老年能不能省心,能不能不多操心,关键就是看你的孩子啊。"

"未来是拼孩的时代。"程浩喃喃道。

"你看,你又一针见血,能不能让我也显摆一下嘛。"沈柯假装有点生气。

程浩笑着摇头,摊开右手掌心,做了一个"请"的姿势,眉毛又是往上一挑,意思是说:好,你来,我绝不打断。

"好,不说了不说了,"沈柯不好意思地摆了摆手,随后很认真地说,"老同学,不瞒你说,现在市重点初中的竞争力远远超过高中,高中是凭成绩说话,但初中毕竟还牵扯到所在房子的名额分配,留下的极少名额,大家都虎视眈眈着。就如你所说,这个时候除了拼成绩之外,可能还要拼爹。说真心话,我不能给你说满口话,以防万一嘛,不过……"沈柯眼神朝着办公室门口瞄了一眼,身子往前凑了凑,压低喉咙说道,"我手头有一个实验附中的名额,我想好了,到时就给你孩子。前提是,你孩子在参加学校测试的时候,成绩一定不能太难看,不然我也就不好说了,对吧?"

"放心,"程浩点了点头,自信地说道,"孩子的成绩你不用担心,不会给你沈主任丢脸的。"说完,咧嘴一笑。

"哈哈……"沈柯大笑,彼此心照不宣。

程浩端起了桌上的茶杯,猛灌了一口,随后站了起来,"沈柯,孩子的事就劳你费心了,那我就先走了。"

沈柯也从办公椅上站了起来,"那好,我送送你。"

"嗳,不用。"程浩摆了摆手,阻止了正要送自己的沈柯。从礼仪上来说，沈柯的行为是没有错的，但自己是个喜欢独来独往的人，这种礼仪有时候在他眼里就是一种累赘。

沈柯也就不客气了，停住了本要出门的脚，说道："那好，我就不送了，你放心，等我好消息。"

正要出门的程浩转过身子点了点头。在他回过头的瞬间，眼角的余光瞥见了自己放在沙发边上的乐高礼物。

"对了，沈柯，这是我送给你孩子的礼物，也不知道你家是儿子还是女儿，所以就买了一套乐高，什么性别都适合。"程浩伸出手指了指沙发旁的乐高礼盒，不好意思地说道。

沈柯的脸猛地一沉。

程浩看沈柯脸色有点不对，想想可能是自己这种举动有点不礼貌，所以又折回去，拿起了礼盒，走到他面前，亲手递给了他。为了缓解气氛，还调侃道："你不会嫌弃我太小气吧？"

沈柯立马回过神，尴尬地回应："没有，怎么会呢？其实你不用给我带什么礼物的，我们是老同学。"说完，嘴角扯了扯。

"我又不是给你的，是给你孩子的。"程浩笑着说道。他丝毫没有觉察，更未深究沈柯突然不开心的真正原因是什么。

沈柯两边脸颊的肌肉快速抽搐了几下，努力挤出一个很不自然的笑容，接过了程浩手中的礼物。

当程浩的身影完全消失在门口后，沈柯举起右手，将礼物朝着沙发砸去。那礼物在半空中划出了一道美丽的弧线后跌入到三人沙发的扶手上，猛地一踉跄，就躺在了那里，像无缘无故被暴打的孩子般。

沈柯面无表情、身子僵硬地站在了办公室的窗前。他刚刚突然的不开心以及暴怒，全部的原因只有一个——他还没有孩子，而问题在于他！

从一开始的不相信到心存侥幸再到最后的绝望，这个过程对沈柯而言简直就是地狱，特别是在医生宣布不能怀孕是因为他的死精症，那一刻他是崩溃的，所以孩子是他的死穴，是不能触碰的痛。也许正因为这一点，自己对妻子更是百依百顺，甚至小心翼翼，外表看起来是因为愧对妻子，不能让她成为一个女人该有的身份——母亲，实则是他内心恐惧，恐惧被妻子抛弃，恐惧自己的生理缺陷被宣扬出去……

因为自己永远成不了一个父亲，所以很多时候在孩子的教育方面其实是很难感同身受的。就如刚刚程浩说的那些关于教育的观点，自己做了那么多年的教育者都没有看透，很大程度上和自己不是一个父亲有关。就像很多熟悉他们夫妻的人一样，他们觉得只要不在自己面前提及孩子的话题，自己和妻子就不会难受。却不知道，他们下意识地流露出来的对孩子的宠溺，就像一把锋利的刀刺在沈柯和妻子的心上。

不曾经历，怎会懂得？所以沈柯不怪程浩，不怪他触碰了自己最深的伤口，因为他不是故意的，不知者无罪嘛。

唉……沈柯深深叹了一口气。双手插在裤袋里，朝着窗外凝望着……

时 空 轴

程浩急急地赶回律师事务所，在经过一把手贾伟的办公室时，听到里面传来贾伟豪放的笑声。看来今天一把手的心情很不错，这对接下来要召开的会议来说是好兆头。不过今天的自己似乎也被幸运之神眷顾了，竟然轻而易举地把涵涵的事情给解决了。哦，幸运之神，请再眷顾一下我，接下来的会议对我来说也相当重要。拜托拜托……

程浩边嘀咕边快步走向自己的办公室，那里还有一堆资料等着他呢。

"小潘啊，辛苦你啦，这么快就完成了任务。"贾伟斜靠在真皮沙发上，跷着二郎腿，一只手拿着手机，一只手轻轻地抚摸着自己的啤酒肚，对着手机那端说道。从语气和他的表情可以看出他很开心。

"您交代的事情，我敢怠慢吗？"潘悦坐在办公桌前，旋转着桌上的笔，笑着回应道。

"不管如何，还是很感谢你啊！"贾伟由衷地说道。

"扑哧……"潘悦一下笑出声来，手中的笔也骨碌碌地溜到了地上，"您这话说的，为您办点事是我的荣幸，要知道我们是什么关系啊，真是的……"

"对啊，既然你还记得我们之间的关系，你还左一个'您'，右一个'您'的。"贾伟假装生气地打趣道。

潘悦站起身来，走向了窗台，嗔怪道："哎呀，还不是因为您现在是领导嘛，我怎么敢放肆啊！"

"你看，又来了。"贾伟嗔怒道。

潘悦抿嘴一笑，吞了吞口水，压低声音，尖着嗓子叫道："贾伟哥哥……"

贾伟一愣，这声毫无防备的哥哥，把他一下给叫懵了。他的脑海里瞬间闪现一个镜头：一个穿着连衣裙梳着马尾辫的小女孩，从弄堂的一头跑向自己，她边跑边叫"贾伟哥哥，贾伟哥哥，你等等我……我爸爸说让你去我家吃棉花糖……"，那天风很大，以至于不断吹起了她的裙子，还吹乱了她的头发，长长的头发粘在她小巧又白皙的小脸上。

潘悦抬起头看着窗外的烈阳，嘴角微微上扬。她家和贾伟家是世交，两个父亲都官居高位，又住在一个弄堂里，所以自己从小就黏着贾伟，叫他"贾伟哥哥"。后来慢慢长大后，考上了不同领域的大学，两家父母本来想联姻的，但那时潘悦死活不同意，她给父母的理由是：贾伟只能是哥哥，永远是哥哥。其实是因为认识了现在的丈夫，陷进了情感的漩涡……

唉……早知现在何必当初！潘悦深深叹了一口气，收回目光低下了头，一脸的沮丧和失落。

贾伟听到手机里传来的叹息声，他知道潘悦肯定又想起了那件让她遗憾一辈子的事，所以转移了话题："悦悦，那这个名额说定了？"

嗯，潘悦点了点头，目光又移向了窗外，肯定地说道："没问题，到时就等实验附中的通知吧，你放心。"

第十三章

谎言被拆穿

"如果我给你努力创造了机会，让你往更高的巅峰走，你能接受还好；如果你反抗，那我又是罪该万死，我又变成一个残忍的母亲，不顾孩子的感受，心狠手辣地逼着孩子做一些他不愿意做的事，导致你厌学；那就等于我毁了你的一生。"

6月2日　小满后　周五

　　昨晚就和吴璇两个人约好，今天吴璇先来单位接上自己，然后两个人一起去学校接孩子去外面吃饭，给孩子们补过六一儿童节。最近苏子美的心情大好，一来"超越"补习班上给涵涵抢到了名额，这周六就开始上课；二来程浩真的帮涵涵争取到了市重点初中的名额，而且还是实验附中；还有呢，自己前两天刚发了薪水，竟上涨了500元。

　　她站在四平路的十字路口，身子微微前倾，朝着吴璇过来的方向张望着。今天的她显得尤为漂亮，淡紫色的衬衫下面束着一条时下比较流行的黑色阔腿裤，长发盘起，下巴微抬，嘴角上扬，两个梨涡浅浅地绽放着。

　　等一下带孩子去吃什么呢？记得上一次是吴璇请的客，这次怎么也要换自己请客了吧，不然会被人家说自己占小便宜。但上周刚缴了涵涵的补习费，还有房贷今天也刚刚转账过去，手头其实能用的钱真的不多。苏子美抿紧嘴巴深深吸了一口气，两个梨涡就更深了。没事，最近发生了那么多事，现在看来基本都解决了，就算是犒劳一下自己吧。

"滋"的一声，一辆香槟色的宝马 740 停在了她的身边，随后车窗猛地摇了下来，一个娇嫩的声音传了出来："美女，上车！"

苏子美本能地惊慌地往后一退，然后定睛一看，原来是吴璇。

"怎么？傻啦？要不要上车啊？"吴璇尖着嗓子再次叫道。

哦，回过神的苏子美急急地打开车门，坐进了副驾驶，边系安全带边问道："今天你怎么开这辆车啊？把我吓一跳，这是谁的车啊？"说完，好奇地打量了一下这辆陌生的豪车，心里发出赞叹：这车不少钱吧？真是有钱人。

"我老公的啊。"吴璇轻松地回应道，脸上光彩照人，露出一种有钱人特有的优越感。

"你老公的？"苏子美好奇地问道，戴着隐形眼镜的她硬是把一双丹凤眼瞪成了水汪汪的葡萄眼。

"对啊，他回来后新买的。"吴璇边开车边淡淡地回应。

"哦，"苏子美想到自己家的车子也算是宝马，但那只是 ×1，和这辆车根本就不在一个档次。一种悲凉感瞬间覆盖了刚刚一瞬间的"大好心情"。下一秒她突然想起什么，惊叫道，"那你把他的车开走了，他开什么啊？怎么去上班啊？"

"他开我的车啊，我的甲壳虫也是很好的哇，"吴璇转过头瞥了一眼苏子美，不满地叫道。

"哎呀，没有人说你的甲壳虫不好，只是你老公是大能人，总要拜见客户和朋友吧，他开着一辆女士的车似乎有点不妥吧？"苏子美急急地解释道。

"这有什么不妥？"吴璇嘟起红唇，抱怨道，"他又不要见什么客户朋友的，再说了，他刚回来，哪来什么客户和朋友啊……"

"你老公没有客户和朋友？"苏子美有点懵了，好奇地追问道。

"到新的环境，一切都清零，从头开始，哪有那么快就能建立起人脉关系啊……"吴璇没有发现苏子美的脸上顿起的狐疑，继续抱怨道。

"怎么可能？你不是说贝贝的实验附中的名额是你老公一个电话搞定的吗？"苏子美直接把内心的疑惑说了出来，眼睛直直地盯着吴璇的侧脸。

吴璇的脸"噌"的一下红了，她突然意识到自己说漏了嘴，急急地辩解道："对啊，对啊，那是……那是我老公托……托北京的朋友搞定的。"

苏子美盯着脸色不自然、双手紧紧握住方向盘、脊背有点僵硬、眼睛眨得很快的吴璇，她基本能猜到她是在说谎，那么贝贝的那个实验附中的名额估计也是假的。苏子美心头一紧，眉头微蹙，这女人说假话到底是为了什么呢？难道是因为虚荣心作祟吗？还是习惯了在自己面前显摆？

"嗳，吴璇，告诉你一个好消息。"苏子美轻轻拍了一下吴璇的肩膀，笑着说道，装出一副神秘的样子。

吴璇还沉浸在刚刚的慌张中，被她猛地一拍，吓了一跳，有点不悦地说道："小姐，我在开车，你不要命啦，有什么好消息，直接说不行吗？非要拍我吗？你怎么和我家儿子一副德行啊？"说完，翻了翻眼皮。

苏子美才不介意吴璇的过激反应呢，她嘴角一扬，眉毛一挑，自鸣得意地说道："我家涵涵也拿到了实验附中的名额了。"

听到这个消息，吴璇一惊，车子明显地有点往前冲，她的腮帮子从左到右来回扯动，一种又气又恨的情绪瞬间就点燃了她的内心，但她又不能把这种情绪表现出来，她假装很兴奋和意外地叫道："真的啊，那太棒了，我们的孩子又可以在一起了！"也许是因为太假，嗓音很尖，如一把尖刀划在了硬质金属上，很刺耳。

苏子美心里冷笑，但也虚伪地附和道："对啊，两个好兄弟又可以在一起了，他们一定很开心的，对吧，吴璇？"

"是啊，是啊，肯定开心……"吴璇露出一个尴尬的笑容。

空气中出现短暂的沉默，似乎有一种很奇妙的气氛在晕染。

吴璇心头特别焦虑：贝贝的这个名额还在空中飘，会不会落到她们头上还是个未知数。上次托那个贾伟，到现在还没有消息，不知到底有没有戏。刚刚听苏子美的语气，她儿子的名额应该十拿九稳了，如果她的孩子进了实验附中，而贝贝没有进，到时肯定会被她笑话，甚至会时不时拿这件事和自己开涮。

前面就是海阳小学了，有学生开始陆陆续续地走出来了。吴璇想了想，和苏子美商量道："子美，要不你去接孩子，我等在车上，不然车子都没地方停。"

苏子美看了看满眼的车子，点了点头，"好的，我去接，你就等在这里。"

等苏子美下车后，吴璇立马从包里拿出手机，打开通讯录直接拨给了贾伟。

"贾主任，您好，我是小吴呀，您现在方便说话吗？"电话一接通，吴璇就娇柔地说道，脸上挂满了笑容。

"哦，是小吴啊，你说吧。"

"那个，就是，就是上次拜托您的事情不知有没有消息了？我是个急性子，这两天总也睡不好觉，很害怕很恐惧，所以冒昧打扰您想问问情况，不然啊，我这颗心一直悬着，晃得慌啊。"吴璇急急地说道。她说得没有错，她的心确实晃得慌，但不是这几天，而是刚才这一刹那，是苏子美告诉她涵涵拿到了实验附中名额的时候，她的不安和恐惧才让她的心晃得慌。

"就这事啊，你看我，最近太忙了，一下把这事给忘了。"

"什么？"吴璇急急地尖叫道，"你忘了？你怎么可以忘啊！"因为气愤，她的身子有点颤抖，左手紧紧地握住方向盘，似乎是在握紧贾伟的手臂，想要捏碎。

"哎呀，你别急嘛，我话还没有说完，你就开始乱下定论了。我说的是，这件事人家早就给我答复了，肯定给你家儿子一个实验附中的名额，只是我最近忙，忘记和你汇报了，不好意思。"

吴璇从贾伟的语气里听出了他的不耐烦，但她已经被贾伟的这句话给砸晕了，砸得她晕头转向。幸福来得太突然，以致她激动地支支吾吾道："贾……贾主任，这是真的吗？这是真的吗？"她一连问了两个同样的问题，随后绷紧神经，竖起耳朵来聆听贾伟的回应。

"当然是真的，难道你对我的办事能力产生怀疑？"贾伟有点不高兴了，语气里带有不满。

"哦，没有没有，我只是太兴奋太激动太感动了，所以有点语无伦次，您千万别见怪啊。"吴璇急急地解释道。她现在说什么都不能得罪这个男人，因为接下去还要靠他帮忙。

"你放心，我生谁的气都可以，就是不能生你的气。"贾伟笑着调侃道。他的绿豆眼眯成了一条缝，把所有的欲念掩藏在里面。

"为什么？"吴璇惊讶地问道。

"哈哈……"贾伟大笑，继续嘲谑道，"因为你要请我吃大餐啊，你说我敢生你的气吗？"

"哈哈……贾主任您太逗了！"吴璇跟着大笑。其实她的脸部表情是很僵硬的，这种在别人眼里看来很有意思的暧昧，在她的眼里简直就是小儿科。以贾伟这种身份，难道还真的在意一顿饭吗？他的用意再明显不过了，只是大家心照不宣而已。

"小吴啊，你就放一万个心，你儿子的名额是万无一失的，你就等着请我吃饭吧。"贾伟很笃定地说道。

"嗯，太感谢贾主任了，请吃饭，肯定没问题！"吴璇急急表态道。

"那先这样吧，到时我们约。"

"好的，贾主任再见！"

挂了电话后，吴璇双手紧紧抓着手机放在胸前，闭上眼睛，深深吸了一口气后，又缓缓地吐出。随后她猛地睁开眼睛，微微抬起头对着后视镜看了看，脸蛋上还有刚刚因为兴奋激动而留下的红晕，一双戴着美瞳的桃花眼顾盼生姿，小巧的鼻子恰到好处地挺直，抹了唇彩的双唇丰润饱满，特别是下巴处那颗痣更是引人注目。很多人说这是美人痣，女人长这样的痣是有福之人。吴璇抿了抿小嘴，又捋了捋额头的刘海，嘴角漾起自信又自恋的笑容。

幸运来得太突然了，虽然这种幸运也许自己要付出点什么，但和贝贝的前途相比这又算什么呢？再说，现在哪有什么免费的午餐，天上不会掉馅饼！在这个置换的时代，如果你不懂得游戏规则，其实很容易就被这社会给边缘化，甚至被赶出局。但一想到贾伟那肥硕的身子，动不动就满头大汗油腻腻的，特别是那双总喜欢在自己身上肆无忌惮地蹂躏的绿豆眼，吴璇就身子一抖，鸡皮疙瘩起了一身。唉……都说福祸相依，有些祸你躲也躲不过。

不远处，苏子美带着两个孩子正朝自己走来。夕阳下，孩子手牵着手，蹦蹦跳跳着，嘴里还不知道在说些什么，满脸的笑容。孩子的世界总是那么简单和快乐，他们似乎很难让一个事情困扰很久，情绪的转变特别快。吴璇盯着比涵涵高出快半个头的贝贝，心里特别柔软。这个孩子从生下来就是自己一把屎一把尿带大的，后来许杰军去了北京，她的生命里基本除了贝贝就是贝贝了，所有的时间和精力都给了孩子。娘俩儿相依为命，吴璇努力为孩子撑起了一片安全又阳光的天空。这么多年，自己硬生生地把一个柔软又胆小的小女子练就成了一个坚强又胆大的大女人。只要是关于贝贝的，她一定要把所有的不可能变成可能，因为她深深明白，这世界上最靠得住的人就是自己。

"妈妈，妈妈……"许亦贝拉开车门就兴冲冲地叫道。

"嗳，宝贝，今天想吃什么？"吴璇满脸笑容宠溺地问道，声音里充满了柔情。

"阿姨好。"程梓涵在跨进车门的瞬间，就张嘴叫了。

"嗯。"吴璇点了点头，算答应了。

"你们两个小家伙想吃什么？今天阿姨请客。"苏子美边系安全带，边问道。

吴璇疑惑地瞥了一眼苏子美，看她神采奕奕，想来涵涵市重点初中的名额已经是铁板钉钉的事了。心里倏地涌过一丝不开心，但随后就释然了，贝贝不是也拿到了嘛，反正只要不影响贝贝进市重点，至于谁还能进都无所谓。

"难得阿姨请客，你们可是要想清楚了，不然过了这个村就没那个店了……"吴璇调侃道。

苏子美脸微微一沉，这话说得太伤人了。什么叫难得？哪一次我占你便宜了？还有，什么叫过了这个村就没那个店了，说得自己好像有多小气似的。不就是有几个臭钱嘛，拽得像二五八万似的，这钱又不是你挣的，有什么资格显摆啊，真是的！

"妈妈，真的是你请客吗？"涵涵从后座凑过来，半信半疑地问道。

苏子美后背一僵，尖着嗓子说道，"当然！你们想吃啥，尽管说！"说完，用眼角的余光瞄了一眼吴璇，内心暗自嘀咕：你是用男人的钱来请我们吃，而我，是用自己的钱来请你们。

"哇，太开心了……"两个孩子听苏子美这么一说，叽叽喳喳地闹开了。而苏子美竖起耳朵，认真听他们的讨论，听到什么牛排披萨的，她心里都会不由得一紧。

吴璇始终嘴角上扬，她现在无心顾及这些小事了，而是在琢磨刚刚的那个电话：贾伟说忘了告诉她，怎么感觉有点假呢？照理来说，这么重要的事情，他在知道的第一时间就会通知自己的，怎么会拖那么久呢？难道他是在等我主动吗？他是在用这个名额当做筹码来让我妥协吗？因为自己别无选择……

想到这些，她的心一片苍凉……

"子美，"吴璇轻声唤道，从后视镜里瞄了一眼两个正在为吃什么讨论得正欢的孩子，压低声音含糊其辞地问道，"涵涵的名额……"

苏子美知道吴璇指的是什么，她脑子快速地转了一圈，其实这也没什么，都是心知肚明的事情，如今想进市重点初中，没有学区房，又不是其名下的小学毕业生，那么没有关系基本是不可能的。

"是我家程浩。"苏子美身子往吴璇处凑了凑，小心翼翼地回应，接着又补充道，"我也不知道他找的是谁。"说完，身子立马坐正，眼神慌乱地游移了一下。她还是担心吴璇的用意，毕竟防人之心不可无，毕竟这件事还未落袋为安，毕竟这两个孩子是竞争对手也是利益共同体。

哦……吴璇拖了一声长音。她的内心很复杂，悔不该当初为了炫耀，满足虚荣心。因为她从平时的聊天中知道苏子美的老公是个比较耿直又不会求人的男人，以苏子美的人脉是根本不可能弄到市重点初中的名额的，所以就编织了一个谎言让苏子美知难而退，却怎么也没有想到她老公会被她说服去托人找关系。而且听她的口气，这个关系似乎很铁，不然以她那焦虑又没有安全感的性格和为人，怎么会这么笃定呢？唉，让吴璇不能接受的是同样是为孩子争取名额，人家是靠老公，而自己却只有靠自己，最关键的是自己很有可能为了这个名额要牺牲色相。

"你家不也是你家老公吗？"苏子美看到吴璇沉默，试探道。她从吴璇刚刚的话中似乎感觉到些什么。

"哦，"吴璇心不在焉，接着急急地回应，"对，对，是我老公弄的，一个电话，一个电话的事情而已。"

虽说吴璇戴着墨镜，但苏子美分明看到墨镜后面那双躲闪的眼睛。

这女人，似乎故意在看我的笑话！吴璇恨恨地想。她把所有的怨怼和委屈都指向了许杰军。这个男人，在贝贝还小的时候就离开家去北京，丢下孩子和老婆不管，更别说陪孩子一起玩耍一起成长了，除了给钱之外，他似乎为这个家根本没付出什么。好不容易说服他回上海来发展，结果之前的人脉和资源都崩塌了，现在碰到孩子想要一个市重点名额，他竟然束手无策，最后还得靠女人去打点。当今社会真的已经不再是只要有钱就没有搞不定的时代了。对于女人和孩子来说，金钱固然能带给他们安全感，但那是单一的，局限的。他们更需要的是另一种没有后顾之忧又能高枕无忧的安全感，这种安全感是需要你有足够的资本和人脉才能支撑起来的。吴璇发现在北京时的许杰军和现在的许杰军根本无法给予他们母子这种安全感，她突然觉得自己似乎根本就不需要这个男人，撇除金钱方面。

"妈妈，妈妈，我们商量好了，今晚想去吃日本料理……"贝贝和涵涵直接从后座凑过头大声说道。

"嗯，好的。"吴璇头也不回地回应了贝贝。

苏子美转过头狠狠地瞪了涵涵一眼后，立即堆满笑容，说道："好的，没问题，我们就吃日本料理。"其实鬼知道她的心有多疼，不管是单点还是自助，这顿日本料理怎么滴也要吃掉她七分之一的工资。

"哇，阿姨好棒，我们可以吃日本料理了！"贝贝抱着涵涵的手臂用力晃动欢呼着。而涵涵怯生生地看着苏子美那张明显装出来开心的脸，他知道自己又惹妈妈不开心了。其实吃日本料理是贝贝提议的，当时自己心里就担心妈妈会不开心，只是他不想扫贝贝的兴，而自己也很想吃这难得才能吃上的日本料理。

苏子美看着欢呼的贝贝和失落的涵涵，心里猛地像被针扎了一下，很痛！涵涵是个懂事的孩子，特别会照顾大人的感受，不像别的孩子只会考虑自己的感受。唉，其实自己赚钱不就是为了孩子嘛，不就是为了让孩子开心嘛。苏子美心里涌起了一丝自责，但只是一闪而过。当你口袋里的钱不足以撑起自己的感性时，那么请闭嘴！她眼眶一热，鼻子一酸，另一种自责涌上了心头：作为母亲，不能给孩子优越的生活，不能让他在同学面前炫耀什么，自己真的很难过很难过，这种感觉比自己手头没钱还难过……

"妈妈，我吃完饭还想看电影，"贝贝突兀地说道，"《海贼王》搬上了大屏幕，我是它的超级粉丝，必须要去捧场。"说完，还摆出里面路飞的一个特有姿势。

"嗯，好的，吃完饭我们就去看电影。"对于金钱，吴璇是不在乎的，只要儿子提出的要求她都无条件满足。

贝贝咧着嘴，拍了一下涵涵的肩膀，开心地提议道："涵涵，我们一起去看吧。"

涵涵支吾着，没有表态。

苏子美心疼地闭上了眼睛，《海贼王》是涵涵最喜欢的动漫，没有之一。她不用猜不用问，就知道涵涵是多么希望去看这部电影，但下一秒，她又狠了狠心，语气轻柔地说道："贝贝，涵涵就不去了。"

"阿姨，为什么不让涵涵去看？"贝贝急急地问道。

"哦，涵涵明天还有事，今晚要早点睡。"苏子美淡淡地回应。

吴璇从后视镜瞥了一眼贝贝，看他急得快要哭出来的样子，心里有点不舒服，但她没有说话。

"妈妈，明天什么事呢？"涵涵好奇地问道。如果妈妈因为心疼钱，他宁愿放弃爱吃的日本料理也要去看《海贼王》。前几天首映，班级里有去看过的同学说得惟妙惟肖，早就让他心动不已了。

"补习。"苏子美简单地回应，面无表情。

"妈妈，我周日才补习呢。"涵涵以为妈妈记错了，急急地纠正道。

"对啊，阿姨，涵涵和我都是周日补习。"贝贝急急地附和道。

苏子美脸一沉，冷冷地说道："哦，我忘了告诉你，上周给你报了一个补习班，明天开始上课了。"她的目光始终聚焦在车窗外，看不到她任何的表情和情绪。

她的这句话像一个惊雷直接炸响在车子的后座，涵涵猛地从座位上蹿起来，大声质问："我已经在上补习班了，你怎么还给我报？"

"因为我觉得你需要！"

"需不需要不是你说了算的，你都没有经过我的同意。"涵涵委屈得眼眶都红了，双手紧紧地抓着副驾驶的椅背，满脸通红。

"这还需要经过你的同意？"苏子美转过头，冷冷地瞥了一眼涵涵，反问道，"难道你知道自己需要什么？"说完，翻了翻白眼。从言语中能感觉到苏子美的怒火已经开始发酵。

贝贝凑近苏子美，轻轻拍了一下她的肩膀，弱弱地问道："阿姨，你给涵涵报的是什么补习班？"他知道苏子美生气了，但他更见不得涵涵哭泣，所以他想帮涵涵求情。

"贝贝，"吴璇突然叫道，"你别瞎掺和。"说完，通过后视镜挤了挤眼睛。她知道苏子美给涵涵报的是什么补习班，她也同样给贝贝报了这样的补习班，只是和涵涵是不同的补习机构而已，自然，她也没有和贝贝提及这件事。

涵涵猛地跌坐在后座上，嘴里生气地嘟囔："反正我明天不会去补习的。"

"你敢！"苏子美怒吼道。她的怒火开始迅速发酵，特别是想到那天为了这个名额，自己被那个胖女人欺负不说，还被推倒在地，出尽了洋相。

"别的孩子都补一天，为什么我就要补两天？"涵涵再次质问。一想到自己再也睡不成懒觉，而要奔波在补习路上，心里就害怕自己再也长不高了。身高可是他的心病啊！

"对了，忘了告诉你，是周六开始补习，然后每天晚上都补，连续补一个礼拜。"苏子美补充道。

"什么？"涵涵再次从后座蹦起来，大声嚷嚷道，"每天都补？那我写作业怎么办？现在作业那么多，我都去补习了，作业怎么完成得了啊？"涵涵开始哭泣。

苏子美一愣，当时只想着能进市重点，却忽略了这个问题。如今被涵涵这么一质问，心里不由得开始自责。是不是自己给孩子压力太大了，刚刚听他哭得那么难受，自己的心似乎被刀割一般。但是想想别的孩子，一年前就开始进入这种自招补习班，为今年的市重点做准备，自己似乎已经算是比较仁慈了。更何况这个突击班没上几次课，等市重点招考结束后就不上了。唉，就熬熬吧，大家都在熬，涵涵也能熬……

"涵涵，没几次课，你就克服一下好吗？"苏子美转过头，换了一种语气说道。面对瘦小又满脸泪痕的涵涵，她真的很难过。但是现在的教育这么惨烈，自己对孩子不狠心，等他长大了，别人就对他狠心了。作为母亲，自己的孩子只允许自己来责骂和狠心，苏子美也一样。

"阿姨，"贝贝怯怯地叫道，随后目光快速地瞥了一眼吴璇，轻轻地问道，"你是不是把涵涵周日的补习班停掉了？"

苏子美又是一愣，她知道贝贝是担心不能和涵涵一起上课了，他们俩的感情真的不是常人能理解的。她心一疼，柔声回应："贝贝，涵涵周日的兴趣班也上的，你放心吧！"

贝贝点点头，扭了扭鹰钩鼻，再次问道："阿姨，那你给涵涵报了什么补习班呢？"说完，扬起笑脸疑惑地盯着苏子美。

"贝贝，阿姨给涵涵报的是突击班。"苏子美柔声回应，目光却始终看着低着头抿着小嘴双手使劲揉搓的涵涵。

"什么是'突击班'？"贝贝再次好奇地追问。这次连一直低着头的涵涵都抬起头疑惑地盯着苏子美的脸。

苏子美很为难地扯了扯嘴角，她不知道该怎么说，因为她根本就不想让涵涵知道已经拿到市重点初中的名额了，一来怕他分心翘尾巴，二来还是担心他抵触反抗，毕竟市重点的招生考马上就要开始了，这时候千万不能有情绪。

"妈妈，什么是'突击班'？"贝贝看到苏子美不说话，直接问吴璇。

"嗯……"吴璇想了想，说道，"就是让成绩突飞猛进的那种班。"

"妈妈，我也要去上，我要和涵涵一起上。"贝贝突然大声要求道。

"上什么上？你凑什么热闹！"吴璇突然大吼道，随即话锋一转，厉声道，"人家涵涵已经拿到实验附中的推优名额了，人家才需要，你啥都没有，跟着瞎起什么劲？"

吴璇的话一下让车里的三个人都愣住了。特别是苏子美，她既意外又愤怒，狠狠地剜了一眼吴璇。

"哦，我不是故意的……"吴璇立马道歉，脸上露出诚惶诚恐的模样。

逼仄的车厢里短暂的沉默，空气里弥漫着不同的情绪。

良久。

"妈妈，你要让我去实验附中？"涵涵瞪着眼睛，大声问道。他的鼻子和下巴处的凹槽因为愤怒变得更深了。

苏子美不点头也不摇头，更没有说话。吴璇怎么可以没有经过自己的同意就把这件事情说给孩子们听呢？她到底居心何在？

看着妈妈沉默，涵涵就认为是她默认了。他搞不懂为什么妈妈非要他去市重点？为什么不问问他想不想去，就擅自主张呢？

"妈妈，"涵涵咬住嘴唇，低呼了一声，"我根本就不想去实验附中。"

随后涵涵又补充道："我们老师说了，如果你不努力，自己不主动学习，即便进了市重点初中也很难进市重点高中；如果你努力学习了，即便是在普通的初中，市重点高中的大门也会为你敞开。"

"老师的话就是圣旨对哇？"苏子美不满地反问。她发现现在不管是孩子还是家长都把老师的话当成了圣旨，很多时候老师也只不过是一种征求或者建议，但往往很多家长就会把这些话当成"圣旨"来对待，更别说是孩子了。家校沟通看来还是存在一定的问题。

贝贝偷偷地扯了扯涵涵的衣角，眼睛巴眨着，用唇语说道：你去市重点，那我怎么办？涵涵摇了摇头后又点了点头。

"反正即便你拿到了这个市重点的名额，我也不一定能考进去。"涵涵嘟起嘴巴，咕哝着。

"所以让你去突击班补习。"苏子美直接接上。她自始至终都没有正面回答涵涵的问题。

"没用。"涵涵冷冷地说道。

苏子美"嗖"地一下，整个身子转向了后座，目光直视涵涵，眉头微蹙，问道："为什么？"

涵涵脖子一扭，咕哝道："因为我不想去市重点。"委屈的眼泪却唰唰夺眶而出。他搞不懂为什么在大人眼里成绩比什么都重要，为什么自己连选择的权利都没有？为什么连看一场自己喜欢的电影都成了一种奢侈？

"你说什么？"显然苏子美没有听清涵涵的话。

"妈妈，你为什么非要让我去市重点？"虽然带着鼻音，但涵涵还是口齿清晰地问道。

苏子美身子一僵，记忆中这是涵涵第二次问她了。前一次自己和他讲了道理，这一次她平静了自己的情绪，心平气和地说道："我不想让别人认为我是个不为孩子努力的妈妈。如果我不给你去争取这个名额，那么很多人都会觉得我错过了给你创造平台的机会，会指责我没有这个教育观念，舍不得给孩子花钱。这么优秀的孩子，就被我给耽误了……"苏子美顿了顿后，继续说道，"涵涵，这个罪名妈妈担不起啊！更重要的是，我根本不敢拿你的未来开玩笑……"她的话透着一股苍凉。

"如果我给你努力创造了机会，让你往更高的巅峰走，你能接受还好；如果你反抗，那我又是罪该万死，我又变成一个残忍的母亲，不顾孩子的感受，心狠手辣地逼着孩子做一些他不愿意做的事，导致你厌学，那就等于我毁了你的一生。"苏子美接着说道。

随后，她深深叹了一口气，无奈无助地问道："涵涵，你告诉妈妈，我该怎么做？我现在不但被教育绑架了，而且也被社会舆论绑架了。"说完，苏子美心头漫过浪浪滔滔的辛酸，这一路走来所经历的酸甜苦辣只有自己知道。情到深处，不觉红了眼眶。

涵涵久久没有说话，他似乎在消化妈妈这段成人的话语，又似乎在排斥这段对于他来说无法解读的话。其实苏子美说完后，也知道这段话对于涵涵来说，根本无法理解，而自己也只是借这件事情发泄内心最恐慌最无奈的情绪，希望自己的情绪能让懂事又在乎她感受的儿子改变选择。

"不管你怎么说，反正我就是不想去市重点！"涵涵还是表态道。

"你！"苏子美没想到涵涵是这种态度！想到自己用尽全部的力气，让程浩好不容易求到一个珍贵名额，现在却被涵涵当成累赘一样嫌弃，她一口气回不过来，只感觉血压"噌噌噌"地往上飙。而涵涵眼里的那头小兽更是让她不寒而栗，他已经不是第一次这样决绝和坚持了，看来涵涵早已决定不去市重点。那自己何苦为了一个名额彻夜难眠，茶饭不思呢？

"唉……"苏子美深深叹了一口气，无力地转回身，疲惫地靠在了椅背上，望着车窗外发呆。

不知为何，她突然有一种感觉，吴璇似乎藏着什么阴谋……

"涵涵，别生气了，也别惹妈妈生气了，"吴璇通过后视镜对涵涵说道，随后把目光移向了苏子美，轻声嗔怪，"你也真是的，难得出来，还和孩子发这么大脾气……"

苏子美猛地转过头看了一眼吴璇，发现她的眉眼里装满了阴谋得逞的窃喜。记得前段时间涵涵去了贝贝家，回家后说了一个很奇怪的现象——说吴璇阿姨一直问他要不要去市重点初中。当时自己没当一回事，觉得问问这个也正常，但如今想来，这不是一个简单的问题。她今天故意在涵涵面前把市重点名额的事情说出来，就是为了引发自己和涵涵之间的战争，因为她早就知道涵涵内心不想去市重点。以她对自己的了解，涵涵的反抗肯定会引来自己的怒骂，而恰恰这种怒骂会更增加涵涵的抵触心理，孩子心里一旦抵触反抗，那么你手头有再好的资源和平台，也不一定能用上，毕竟读书这件事是孩子在读。她就是不想看到涵涵进实验附中，也许她刚刚惺惺作态的背后是喜形于色——你苏子美再怎么折腾，也折腾不过你儿子！

这女人太歹毒了！当苏子美看穿吴璇的嘴脸时，像吞下了一个苍蝇般难受，整个人开始如坐针毡。

涵涵从后座看到妈妈有点抖动的肩膀，心里也开始自责。看来自己伤了妈妈的心了。可自己不想去市重点也是真的，他不想为了迎合妈妈而去违背自己的内心啊，他更不想和妈妈说谎。如果今天自己不表态，那么真的到了去考试的当天，自己再反抗，估计妈妈会受不了，打击会更大，与其这样还不如直接说出自己的内心。只是……妈妈，对不起……

吴璇表面风平浪静，内心却乐开了花。没有错，这一切都是自己故意的，就因为她嫉妒苏子美有工作，嫉妒她的老公每天陪着她，嫉妒她的父母还帮她带孩子，而这些是自己统统没有的。外人眼里，自己是个有钱人的闲太太，但那种黑夜中孤独、内心始终被不安全感包裹的生活，是别人无法体会和理解的，包括身边这个看似是朋友的苏子美。自己羡慕别人家的热闹，羡慕别人家的老公天天回家，羡慕哪怕是吵架也有人陪你吵……如果让她再做一次选择，她宁愿选择不富裕，也要家人陪在身边。虽然自己的老公已经回来了，但是十年的分居，让婚姻早已千疮百孔，表面恩爱如初，实则貌合神离。

"妈妈，我也想和涵涵一起去上那个'突击班'。"贝贝打破了沉默，突兀地说道。

吴璇猛地回神，一惊，从后视镜迅速地扫了一眼贝贝，看他完全没有开玩笑的样子，急了。

"贝贝，"她尖叫，"你凑……"

她还未说出来，苏子美却抢过了她的话："好啊，贝贝，这个建议很不错，反正你妈妈也给你弄到了实验附中的名额。"说完，她故意瞥了一眼目瞪口呆的吴璇。

吴璇的脸一阵红一阵白一阵青，如川剧中的变脸。她很想发飙，却没有资本发飙，毕竟是自己先算计别人在先，现在只能说是搬起石头砸了自己的脚。

"妈妈，你不是说不会让我去市重点的吗？你不是说会征求我的意见的吗？你不是说会尊重我的选择的吗？你怎么也不声不响地去拿了这个名额呢？"贝贝的反应比涵涵还激烈，整个人从后座直接弹起来，右手板着吴璇的肩膀，如机关枪一样质问着。

没有错，他刚刚说去参加"突击班"补习，就是见不得涵涵难过，纯粹是给涵涵去做伴的，压根就没有想过要去市重点。虽然贝贝有时候很马大哈，但是还是有自知之明的，他认为以自己的成绩去市重点，就是去做分母的，哦，不，应该是炮灰。到时别说那些学霸，就是学渣也会将他虐得体无完肤。

"妈妈，你这是把我往火坑里推啊！"贝贝又尖叫道。因为情绪，鹰钩鼻如电动马达似的扭动着，像个愤怒的小丑。

吴璇莫名其妙地被儿子一顿狂风暴雨，面子上过不去，直接怒吼，"够了！"接着也是噼里啪啦如干柴烈火般吼道，"让你去市重点是为你好，你竟然说我把你往火坑里推？你知道要一个市重点的名额有多不容易吗？那是你老妈我厚着脸皮，磨破嘴皮，求爷爷告奶奶地帮你求来的！你现在倒好，竟然怪起我来了！"兴许情绪失控了，吴璇竟然没有斟酌这些话就直接从嘴里冒了出来。

她自己还没有发觉，但苏子美却全部听在耳朵里。原来自己的猜测是准的，这个名额根本就不是贝贝的爸爸用一个电话就解决的，她一开始就欺骗了自己，这个女人实在太有心机了。但另一种情感却也涌上了苏子美的心头，眼前这个看上去高贵得像贵妇一样的女人，其实比自己还可悲，不但每天要装出嫁了一个好老公的幸福样子，又要为了圆谎不得不去奔波。说真的，苏子美还是同情她的，同样应了那句话——可恨之人也必有可怜之处。

"妈妈，你明明知道我的成绩根本就进不了市重点，你为何还要拔苗助长呢？"贝贝的言语犀利远远在涵涵之上。涵涵是自戳痛点，贝贝是尖锐。

"什么叫拔苗助长？我辛辛苦苦把你拉扯大，不就是想给你创造一个好的平台吗？难道这在你眼里就是拔苗助长？"吴璇大声质问。她握着方向盘的双手青筋暴露微微颤抖。

苏子美感觉到车子开始晃动，她特别害怕贝贝的尖锐会导致吴璇情绪失控，这后果可是不堪设想啊！车上还有两个孩子呢！想到这，她毛骨悚然。

"贝贝，乖，不要说话了，妈妈开车呢，有话我们回家再和妈妈说好吗？"苏子美转过身子，柔声安抚正气呼呼的贝贝。

接着转过身，左手轻轻拍了拍吴璇的右手背，轻声安慰道："别生气了，贝贝可能是太意外了，还不能接受……"

"都怪你！都是你惹的祸！你干吗要把这件事说出来，如果你不说出来会发生这样的事情吗？"吴璇非但不接受苏子美的安慰，反而把矛头直接指向了苏子美，一阵狂轰滥炸。

苏子美被骂得莫名其妙，这事情怪她？到底是谁先把事情给说出来的？难道就允许你吴璇说就不允许我苏子美说了？这女人太不讲理了！

"你说你居心何在？"吴璇继续发飙道，说话越来越没有分寸了。

苏子美忍无可忍，反驳道："我能有什么居心？你应该问问你自己的居心何在吧？"

"我有什么居心，是你自己告诉我你老公已经帮涵涵拿到了实验附中的名额了，难道这些是我自己编出来的？"吴璇讥笑道。

"这就好笑了，难道你们贝贝没有拿到吗？我可是在两个星期前就听你说，你家老公一个电话就拿到了实验附中的名额的，难道是我听错了？"苏子美冷笑一声，戏谑道。

"你！"吴璇一下语塞，她不管三七二十一，方向灯都没有打，直接朝马路边上急速开去。

"妈妈，妈妈……"贝贝和涵涵吓得急叫。苏子美吓得脸色苍白，双手紧紧抓着车窗上的手把。

"滋……"一声强烈的轮胎摩擦沥青的刹车，车子猛地刹住，停在了路边。

"你不就是想看我的笑话吗？如今你看到了，你满意了吧！"吴璇冷冷地说道，"现在你带着你的聪明儿子可以下车了！"

苏子美一惊，她完全没有想到这个女人可怕到拿别人的生命开玩笑，即便她不让自己下车，自己也要下车了。

"你们不想活命，我们可还想活命呢！"苏子美直接解开安全带，嘲讽道，随后转头对着吓得不轻的涵涵说道，"涵涵，背上书包，我们下车！"

时　空　轴

程浩的宝马×1疾速奔跑在A5高速上，这是一条郊区绕城高速。最近几天，他天天在这条高速上来回奔波，只为了一件事——李孙案件。

在周二的会议中，听到同事们对这件案子的陈述，他突然发现了一个很奇怪的现象，这种现象让他觉得这件事情似乎没那么简单，作为一个律师特有的敏感度，他感觉这会是整个案子的突破口。为此，周二会议结束后，他就开始了另一个计划。

今天是计划实施的第四天，案件显然有了很大的突破和进展。车载音响里是汪峰独一无二的嘶吼。"我想要怒放的生命，就像飞翔在辽阔天空……"程浩跟着音乐也在嘶吼。向来五音不全的他，唯独对这首歌情有独钟，也许汪峰唱出了他的心声吧。

生长于小镇的程浩，从小就希望能靠自己撑开梦想的翅膀，飞往向往的城市，筑就生命的奇迹。如今，机会来了……

原来这对被社会和媒体热烈关注的小夫妻其实根本就不想离婚，从他们骑着摩托车，为了一个小小的梦想，翻山越岭奔赴到上海之日起，他们的爱情就注定了与众不同。通过这几日与小夫妻的交往和交流，程浩晓之以理，动之以情，甚至讲述了自己的故事后，才终于解开了他们心头的结。

事情是这样的：在他们还在那个小镇上的时候，他们只知道在一起，只知道在一起就是爱，爱得纯粹，爱得疯狂，甚至爱得死去活来。直至他们来到了上海，碰到了好心人，走进了媒体和社会的眼睛，开始过上了新上海人的生活后，他们慢慢发现，所谓的爱是需要能力和条件的。当彼此发现对方无法满足自己的条件时，就开始怀疑彼此的能力了。由此，本来好好的一对小夫妻就开始看对方不顺眼，时不时挑刺，好好的日子硬是过成了鸡犬不宁，最终演变成了离婚。两个人为了显示自己能干，竟然再次利用媒体把这场离婚闹得满城风雨，在新闻媒体和社会上掀起了大浪。

在交流过程中，程浩明显地感觉到这对小夫妻对彼此还是有感情的，但现在似乎骑虎难下，都需要一个台阶，而可悲的是没有人给他们这个台阶，所以就这样僵持着。程浩的出现，正好给他们彼此一个很好的台阶……

"嘟……嘟……"车载音乐猛地停止，显示了苏子美的号码。

"喂，子美。"

"老公，你在哪里？"声音里明显有了哽咽。

"怎么了？发生什么事了？我在高速上往回走呢。"

苏子美看了看身边从下车之后一直心事重重闷闷不乐的涵涵，想了想回应道："没，没什么……就是我和涵涵还没有吃饭。"

程浩下意识地瞥了一眼车上的时间。

"嗯，我大概再有 20 分钟到，你们在哪里？我过去找你们。"

"嗯，好的，那我和涵涵就在解放路上的'冷翡翠'餐厅等你，你到时候直接来找我们。"

"好的，没问题，你们等我！"

挂了电话，汪峰的歌声继续响起。程浩集中精神，加大了油门。

此时，正华灯初上，车水马龙。

第十四章

意外之变

孩子一直是他们夫妻俩的禁词，这是两个人最深的痛，特别是他自己，永远无法卸下这个致命的包袱。今天，潘悦竟然把这件事当做一个筹码来和自己谈判，他的心硬生生地被撕裂了，那种痛比自己当时听到医生的判决时还要痛，那更是一种绝望。

6月4日　芒种　周日

　　沈柯斜靠在真皮圆床上，双手交叉放在脖子后，眼睛盯着正在化妆的妻子。不知道为什么，他突然觉得自己的妻子变得很陌生，特别是昨晚睡觉前的一番争执，让他感觉两个人的距离像天涯海角。

　　"沈柯，我今天出去啊。"潘悦边画着眼线边说道。

　　"对了，你别傻不拉叽地把这么炙手可热的名额给你的什么大学同学，你的这个名额我可是答应给别人了。"她停下化妆的手，身子猛地转过来，不耐烦地叫道，"听见了没！"

　　沈柯翻了翻眼皮，假装没听到，继续盯着天花板发呆。

　　昨晚潘悦竟然告诉他，在他权力之内的市重点初中名额被她给了别人。哦，不！应该是通知。她向来强势又有心计，自己和她结婚这么多年来，始终被她压制着，处处都得让着她，顺从她，稍有反抗，就会一哭二闹三上吊，把大上海的大小姐脾气演绎得淋漓尽致，把家里折腾得鸡飞狗跳。后来查出来是自己的问题导致她不能怀孕，沈柯更是小心翼翼地伺候着她，不敢轻易得罪她。不管怎么说，是他剥夺了她作为女人做一个母亲的资格，所以他总觉得愧对她。

他可以容忍她的大小姐脾气，也能迁就她偶尔的霸道和无理取闹，但他很难接受她强制性地剥夺自己的权利，甚至连招呼都不打一个。这不是明摆着不尊重自己吗？在她的眼里还有没有自己这个老公啊？难道她就没有考虑过自己的感受吗？没有想过自己的老公也有人脉也有朋友也有同学需要经营吗？

靠！这女人实在太过分！自己这次就是不妥协，看她怎么办？沈柯暗自骂道。

"嗳，你哑巴啦？还是聋啦？没听到我说话啊？"潘悦气呼呼地吼道。

沈柯一惊，不知何时，她化完了妆已经站在了自己面前。眼镜后面的那双单眼皮透着冷光，嘴角固执地翘着，怎么看都是一个盛气凌人的女人，没有一丝亲和力。

"说什么？"沈柯淡淡地问道，目光又移向了天花板。

"什么说什么？"潘悦眉头微蹙，声音一下就提高了好几个分贝，"我不是告诉你那个名额我已经给别人了吗？"

"你这不叫告诉，而是通知。你这是先斩后奏！"沈柯冷笑道。

"嗳，你这个人，"潘悦没想到沈柯会对自己冷嘲热讽，右脚一蹬，气急败坏地叫道，"什么叫先斩后奏啊，平时不都是这样的吗？你权力以内的名额不都是让我处理的吗？是谁说最不喜欢做这种事，不喜欢看到那些为了一个名额，涎着脸，阿谀奉承的人！你不是一个两袖清风洁身自好的人吗？怎么，现在想通了，想改变了？"

沈柯闭着眼睛，任由潘悦如冲锋枪般对自己扫射，这么多年他早已见怪不怪。

"但是，这次这个名额我不能给你。"沈柯淡淡地表态道。

"为什么？"潘悦夸张地叫道，"难道就为了你那个所谓的早已不联系的大学同学？你脑子坏掉了啊？"

沈柯卷了卷被子，闭着眼睛不作声。

潘悦看到他臭脾气上来了，叹了一口气，坐在了床沿边，撒娇道："老公，你别生气嘛，我不也是为我们这个家好嘛！你想呀，像这次，局里就给你招生办主任一个名额的权利，而我作为督导主任一个都没有，你就可以想象市重点初中的名额比房价还金贵吧，你怎么能随便就给别人呢？哦，当然，这个人是你大学四年的同学，照理说你应该帮他，问题是我们帮人也要看这个人值不值得帮！对不？"说完，给沈柯掖了掖了空调被。

沈柯从鼻子里冷哼了一下，依然不说话。

潘悦气得直翻眼皮，但她又不想和沈柯吵翻，因为沈柯的倔脾气上来，那是十头牛都拉不回来的。

"你吧，就是太善良，"潘悦强压怒火，故作心平气和地说道，"在这个位置上混了这么多年，难道你不清楚现在是个什么样的时代？那么多人对你溜须拍马，还不是因为你的职务？这年头看的不是一个人口袋里有多少钱，他口袋里的钱再多，碰到孩子就读，不也是夹着尾巴，低头哈腰地来求你？所以啊，你手头的资源才能决定别人值不值得花时间花金钱甚至不惜一切代价来讨好你……"

这个道理，在她从苏子美的手里抢走那个师范大学保送名额时，就开始懂得了。

"你说你的同学就是一个律师，而且还是一个被单位长期压制的律师，可想而知，他目前的生活状态会是怎样的。你拿自己这么重要的资源去给他，他能给你什么啊？他除了一声谢谢，什么也给不了你。老公，这年头都是资源置换，谁也不会傻到把自己的资源白白送给别人啊……"潘悦越说越急，情绪又开始上来了。

"你就是一个势利的女人！"沈柯突然怒吼道。

潘悦吓得从床沿上跳起来，看到向来温顺的沈柯竟然满脸的嫌弃和反感，她一下就暴怒了，委屈地叫道："我势利？你竟然说我势利！请问现在哪个人不势利？你以为你招生办主任的位置是你自己争取得来的，还是别人善意地让给你的？还不是靠我爸爸手头的资源和别人置换的，你现在说我势利？既然你不势利，你高尚，那么有本事不要在这个位置上干啊，我看看有没有人愿意给你一个好的职务？"

"不干就不干，不是每个人都像你这样只知道交易！如果人生到处都是交易，那还有什么感情可谈？"沈柯直接怼了回去。

"扑哧"，潘悦一下笑出声来，手指着沈柯嘲笑道，"沈柯，你多大了？现在还谈感情？你觉得感情这东西能让你衣食无忧，能让你在人前人后光鲜亮丽吗？"

"人是情感动物，没有感情比禽兽还不如！"沈柯厉声反驳，他从小生活在小镇上，那里的环境塑造了他重情重义的性格，于他而言，情感就是信仰，是一片不可亵渎的圣地，即便在上海这个大都市生活了那么多年，见多了那些尔虞我诈的事情，但骨子里的那份情感却一直存在，从未消失。这也是为何程浩一开口，他就会立马答应的原因之一。

"我不想和你讨论这个没有意义的问题。反正你的这个名额我要定了！"潘悦翻了翻眼皮，强势地说道。

"那我不给呢？"沈柯挑衅道。

"你敢！"潘悦脚一跺，气势汹汹地叫道。

"要不你试试我敢不敢？"沈柯挑起半边剑眉，再次挑衅。

"沈柯！"潘悦再次跺脚，撕心裂肺地叫道，"你不要这样嘛，你明明知道我已经答应贾伟哥哥了，你这样让我以后怎么抬头做人啊？"说完，她的眼眶都红了。

换作之前，沈柯会妥协。但这次他就不！不只是因为程浩，还因为贾伟曾经是自己的情敌，男人再怎么窝囊，也不可能对情敌退让。

"我也答应了程浩，而且是我答应程浩在先。"沈柯冷冷地说道。说完，他走下床，朝卫生间走去。

"但是我更需要这个名额！"潘悦嘟着嘴巴，再次跺脚，朝着沈柯的背影大叫。

"但是名额的权利在我这里！"沈柯不紧不慢地回应。

这一刻，潘悦终于承认今天碰到难题了，这个向来对自己百依百顺的男人看来要和自己死磕到底了。

怎么办？今天贾伟约了自己一起吃饭，就是因为这个名额的事情，最关键的是自己拍胸脯保证的，如今告诉他自己不能搞定，这不是自己打自己脸嘛！我潘悦什么时候丢过这个脸，这传出去，自己还要不要在这个圈子里混了？这个时候找父亲也没有用，先不说他老人家已退下来了，单就时间上就根本来不及。

潘悦是越想越焦急，这一焦急吧，所有的情绪就开始泛滥。所以，等沈柯刷完牙洗完脸冲完澡从卫生间走出来的时候，潘悦早已泪水涟涟地站在房间中央，楚楚可怜地盯着他。

"唉，你怎么又哭了？"沈柯无奈地说道。他最受不了女人的泪水，特别是潘悦的，每每都像一个受尽委屈的小媳妇。

潘悦不说话，嘟起嘴巴，抽泣着。

"请你不要太自私好吗？请你也为我考虑一下好吗？请你也让我在同学面前有点信誉好吗？"沈柯一连用了三个"请"，语气里满满的不耐烦。

"求你不要对我自私好吗？求你为我考虑一次好吗？求你在我圈子里不要让人给我贴上'吹牛'的标签好吗？"潘悦整个人迎上去，边哭边说，把沈柯的"请"字换成了"求"。

"你！"沈柯气急，他知道潘悦最拿手的就是耍无赖，玩文字游戏，"你能不无理取闹吗？"说完，绕开了潘悦，开始穿衣服。

"这次我真的不是无理取闹。"潘悦无力地辩驳道。

沈柯不理睬，继续穿衣。

两分钟后，他走出了卧室。

潘悦紧紧跟上。

沈柯拿起了沙发上的公文包和车钥匙。

潘悦牙齿咬住下唇，鼻翼快速地扩张，眼泪不断地滴下来。

沈柯走到门口，开始换鞋。

在他正准备推开门的瞬间，"沈柯！"一声撕心裂肺的叫喊从潘悦的嘴里发出。

沈柯一愣，回头。

潘悦整个人蹲在了地上，咬住下唇，泪流满面地盯着他，久久才从嘴里吐出："求你了……"

沈柯眉头微蹙，心突然一痛。他不明白向来强势的妻子怎么会为了这个名额向自己这般示弱呢？这个名额于她真的那么重要？还是因为贾伟……

"沈柯，就算这个名额是我为我们的孩子求的。"潘悦泪眼汪汪，吃力地说道。

沈柯一怔，反问道："什么意思？"

"如果我们有孩子的话，也差不多是这个小升初的年龄，如今我做不了母亲，我想帮帮和我们孩子差不多年龄的孩子，给他一个平台……"潘悦动容地说道。许是想到伤心事，泪水更是泛滥。

沈柯完全怔住了。孩子一直是他们夫妻俩的禁词，这是两个人最深的痛，特别是他自己，永远无法卸下这个致命的包袱。今天，潘悦竟然把这件事当做一个筹码来和自己谈判，他的心硬生生地被撕裂了，那种痛比自己当时听到医生的判决时还要痛，那更是一种绝望。

这辈子，是自己欠潘悦的。在这段婚姻里，潘悦看似是受害者，其实她是赢家，因为自己永远无法挣脱这个魔咒。

沈柯深深地在内心里叹了一口气，看着满脸期待的潘悦，他突然觉得很恶心，很恶心。

良久。

沈柯冷冷地抛出一句话："好吧，这个名额给你了。"

随后，"砰"的一声巨响，摔门而去。

潘悦擦了擦眼泪，虽然内心有点内疚，但想到目的已达到，她的嘴角还是露出了胜利者的笑容。沈柯嘛，到时晚上回来好好哄哄他，拍拍他马屁就可以了。男人嘛，有时候就是个孩子，哄哄他，说些好话，什么都搞定了。

她边想边走进了卧室。

"博才"补习班的校门口，早已乌泱泱地拥满了接送孩子的家长。程浩踮起脚尖，伸长脖子，朝一扇小门里张望，那是孩子们唯一的进出口。今天苏子美的父母身体不舒服，她陪着父母回了乡下，接送涵涵上兴趣班的任务就落到了他身上。

"滋……"手机突然在手中震动。

低头一看，是来自沈柯的微信。

——程浩，今天是否有空，我找你有点儿事。

沈柯找自己，除了孩子名额的事情还能有什么事？程浩嘀咕着，难道孩子的事情确定下来了？还是有了什么变数？他的心猛地"咯噔"了一下。

"爸爸，爸爸……"涵涵边喊边冲过来，笑容洋溢。

"涵涵，出来了呀，想吃什么？爸爸带你去吃。"程浩摸了摸涵涵的脑袋，柔声问道。

"周五我想去吃日本料理，但是妈妈没有带我去，所以……"涵涵抬起头，满眼的期望。

"好，我们去吃日本料理。"程浩又摸了摸涵涵的头，笑着说道。

"涵涵，涵涵……"贝贝从不远处奔过来。

程浩抬眼看去，一个风姿绰约的女子跟在贝贝的身后，他一猜就知道是贝贝的妈妈。

"贝贝，怎么啦？"涵涵疑惑地问道。

贝贝边喘着气边埋怨道，"你怎么都不等我就走了呢？害我还在那里找。"

随后转头看了一眼，凑近涵涵的耳朵低声说道，"我妈妈也给我报了突击班，但是不和你在一起，我答应我妈妈去实验附中了，到时我们又可以在一起了……"说完，鹰钩鼻一抽，露出一副我很讲义气的表情。

哦，涵涵淡淡地回应了一下，完全没有贝贝意料中的欣喜。

"涵涵，你不愿意吗？"贝贝瘪着嘴，委屈地问道。

"我……"涵涵支支吾吾，看似很为难。

"贝贝，你跑那么快干吗？我们要回家了。"吴璇追了过来，念叨道，随后对着程浩礼节性地一笑。

"阿姨好。"涵涵有礼貌地打招呼。

吴璇脸色一变，却立马堆满笑容，夸赞道："涵涵真乖。"随后又叫道，"贝贝，我们回家。"

"涵涵再见，叔叔再见。"贝贝嘟起嘴巴，无奈地和涵涵挥挥手。

解放路上的"神田"日料店里，涵涵趴在桌上，闷闷不乐。

"怎么了？涵涵。"程浩放下菜单柔声问道。其实涵涵上车后就一直沉默，似乎心事重重，程浩估计是和刚刚的贝贝有关。

涵涵摇了摇头，不说话。

程浩无奈地笑了一下，这个儿子不但在长相上和自己像是一个模子里刻出来的，连同脾气也有点像，耿直又倔强，不喜欢也不善于向别人表达自己的想法和情绪。既然他不想说，程浩也就不问了。孩子嘛，他想说的时候自然会和你说，他不肯说，你怎么问都不会说。这点，苏子美似乎总是不明白，每次都喜欢打破砂锅问到底。

一会儿，服务员端上了涵涵最爱吃的三文鱼和海胆。

"涵涵，你最爱的东西来啦，快点吃。"程浩招呼道。

"唔。"涵涵摇了摇头，下巴抵着桌沿，嘴巴都翘到碰到鼻子了，正好把他凹进去的鼻头给遮住了。

"你不吃，爸爸可吃啦，到时吃完了你可别怪我啊……"程浩假装吓唬。

"唉……"涵涵深深叹了一口气，边用筷子捣鼓酱油和芥末，边自言自语道，"人活着到底是为了什么？"

程浩心头一惊，看着涵涵一副认真的样子，他不得不承认孩子已经慢慢长大，有了自己的思考了。只是这个问题还真不是他这个年龄所思考的，这小脑袋瓜里到底装的是什么啊？

"儿子，你这个问题太有哲学性了。"程浩身子往前一倾，假装很意外地说道。随后给涵涵夹了一块三文鱼，说道："人活着啊，就是为了完成使命，就像你眼前的三文鱼，它的存在就是为了满足人们味蕾上的享受。"

"那它是不是也没有选择的余地？"涵涵边往嘴里塞三文鱼，边好奇地问道。

"什么意思？"程浩被问懵了，现在孩子的思想真的不可小觑。

"难道它的生命自己无法选择吗？只能成为人类口中的食物吗？难道就没有别的选择吗？"涵涵瞪着眼睛问道。

程浩眼睛快速地眨了眨，竟然无言以对。

"哼，如果我是它，早就知道生命的结果，那么我情愿不要生命。"涵涵翘着嘴巴嘟囔道。

"其实生命的规律都是一样的，但过程却不一样。就像我们家的豆豆，它肯定也知道生命的结果是什么，但是它还是活得很开心，因为它总是在期待主人下一次会给自己买什么口味的狗粮，期待下一次的出行会是去哪里，或者说在出行的路上会不会碰到心仪的女朋友……"

"爸爸，"涵涵直接打断了程浩的话，不耐烦地叫道，"我说的不是这个。"

"那你想说什么？"程浩疑惑地问道。

涵涵沉默了一下，眼睛巴眨巴眨的，似乎在寻思怎样才能表达清楚自己的意思。良久，侧着脑袋，一本正经地说道："我想说的是，如果我的生命中失去了选择的权利，那还有什么意义？"

看着涵涵一脸的严肃，程浩心里很惊诧，他想不到才五年级的儿子竟然会说出这么深奥的问题，他的思维模式和小时候的自己有着惊人的相似，看来，自己完全有必要和他来一次大人间的交流了。

"如果生命不能选择，确实是件悲哀的事情。"程浩点点头，赞同道。

"对吧，老爸，你也知道没有选择的权利就像是被禁锢的螃蟹。"涵涵咧嘴一笑，形容道。

"螃蟹？"

"对啊，你看每次到了吃螃蟹的季节，外婆从市场买回来的螃蟹都是被很粗的绳子捆绑着，它根本无法挣脱，任由外婆把它放入蒸锅。"

程浩哈哈一笑，这个比喻还挺恰当。

"那你觉得自己像螃蟹了？"程浩笑着逗他。

"反正我觉得现在是。"涵涵翻了翻眼皮，咕哝道，一脸的委屈样。

"噢？怎么说？"程浩双手靠在桌沿边，做出聆听的模样。

"唉……"涵涵又叹了一口气，随后夹起了一片三文鱼，往嘴里一塞，含糊地说道，"让我再吃一块三文鱼，不然等一下不好吃了。"

哈哈，程浩被涵涵的可爱逗乐了，孩子到底是孩子，什么事情都没有吃重要。

"爸爸，你知道吗？"涵涵咽下了三文鱼，又舔了舔嘴唇，双手和程浩一样靠在桌沿边上，不怀好意地问道，"妈妈非要逼我去实验附中这件事你知道吗？"

程浩一愣，不知道涵涵的葫芦里卖的是什么药，只是含糊地点点头。

"听说这个实验附中的名额还是您帮我去争取的？"涵涵不依不饶，眼睛直直地盯着程浩。

"呵。"程浩尴尬地笑了笑，这孩子怎么看都像是一副兴师问罪的样子啊。

"爸爸，我知道你们都是为了我好，包括外婆非要让外公去找他的学生帮忙一样，你们希望我能进名校，这样你们觉得心里对得起我，为我创造了更加优秀的平台，但是我的心里不好受啊……"涵涵像个大人一样语重心长地说道。

程浩又是一惊，这孩子怎么什么都知道。

"给你好的教育是作为父母应尽的义务，你也别因为这个心里不好受。"程浩安慰道，顺便舀了一勺海胆给涵涵。

"唉，"涵涵皱了皱眉头，满脸的无奈，却张大嘴巴直接把海胆送了进去，咕噜一声就到了肚子里。

"爸爸，我说的心里不好受不是你想的那样。"涵涵翻了翻眼皮，抱怨道。

"那是？"程浩不解地问道。

"我心里不好受是我根本就不想去实验附中，但是全家人似乎都要我去那里，妈妈甚至直接剥夺了我选择的权利！"涵涵气呼呼地说道。

"噢，这样啊。"程浩淡淡地回应。他没有想到这孩子还很会设套，用什么哲学性的问题一步步地把自己引到他想要解决的问题上。厉害了，我的孩子！

"好吧，那你说说你为何不想去实验附中？"程浩放下筷子，很认真地问道。

"很简单。"涵涵自信地说道。但下一秒，他用手直接拿起一块服务员刚送上来的鱼子酱寿司往嘴里一塞，边咀嚼边说道，"等我吃完。"

程浩宠溺又无奈地笑了笑。他发现和儿子在一起是一件多么美好的事情，特别是突然发现自己的儿子已经慢慢长大，思想也在慢慢成熟时，那种男人间的交流让他特别舒适和幸福。

涵涵终于咽下了寿司，端起果汁喝了一口，开始认真地说道："第一，市重点是好学校，但并不一定适合我，因为据我了解，那里的教学节奏很快，而我从小学一年级开始就接受的是比较慢的教学节奏，我怕一进去就跟不上，慢慢就会磨掉我的自信和学习的乐趣；第二，人再怎么快速适应环境，也需要一个过程吧，我到了市重点，里面都是全新的同学，全新的老师，全新的环境，如果过去总是需要时间先去适应这些，那么这样就占去了我应该学习的时间，我想了想这不合算；第三，我自己早就和自己约定好了，我不进市重点也会努力的，争取一直保持在年级前十，也会主动去补习课外的知识，拓展自己的眼界。这样的话，四年下来，市重点高中的大门同样会为我打开的。"

程浩看着眼睛瞪得滚圆直直盯着自己的涵涵，心里不由地升起了一种骄傲，眼前这个逻辑清晰、思维敏捷的孩子真的是我程浩的儿子吗？他的嘴角渐渐漾开了自豪的笑容。

看到爸爸的笑容，涵涵更加起劲了，又急急地补充道："爸爸，如果结局是一样的，那么你们何必让我去走一条我不愿意走的路呢？"

犀利！扼要！直戳痛点！

程浩在心里为涵涵鼓掌。他从小的经历和性格告诉他，被太多人追逐的东西往往失去了它的本质，最终会迷失在别人的选择和思想里。所以他从内心根本就不想涵涵去市重点，他希望自己的孩子能创新自己的路，知道自己需要什么，适合什么，这才是最重要的。要不是苏子美天天逼着自己，要不是现在的教育如此变态，要不是人言可畏，自己是绝对不会选择让孩子和那么多人挤一条路的。

"涵涵，既然你自己决定了，就应该把这些想法告诉妈妈。"程浩建议道。

"我说了，但是妈妈就是觉得我还是个孩子，没有选择的能力，所以她就直接把我的权利占为己有，而且还非常明目张胆名正言顺。"涵涵再次嘴角一翘，气呼呼地数落道。

"既然妈妈要帮你选择，自然有她的道理和她的判断。"程浩假装帮苏子美说道。其实他就是想再听听涵涵还有什么想法。

"爸爸，"涵涵生气地叫道，"她所谓的那些道理和判断还不是因为受其他家长的影响啊！"

"谁的影响？"

"贝贝的妈妈啊，她也帮贝贝争取到了实验附中的名额。"涵涵不屑地说道，"真不知道你们到底是怎么想的，难道不知道学习的是孩子，不是你们自己吗？难道你比孩子还知道自己适合的是什么吗？"

"涵涵，不许这么没有礼貌地说话。"程浩不悦地说道。

"本来就是嘛……"涵涵嘟起嘴巴，咕哝着。随后低着头开始吃他最爱的三文鱼。

看到贝贝一副不服气的样子，程浩心里也在思考。就像前两天和沈柯探讨的一样，现在的教育不止是绑架了我们的孩子，同样也绑架了家长。而且不止是行为上的绑架，还有思想上的绑架。因为盲目跟风，导致很多家长都无法分辨什么是对的什么是错的，在面对一系列的教育问题时，只会不断地和别的家长找寻一种共性，来安抚自己那颗惶惶不安的心。有时候吧，明明知道这样做不一定对，但是却怎么也不敢去打破常规，尝试自己的想法，久而久之，就把大多数人的想法变成了真理。就像苏子美一样，受过高等教育的她难道分辨不出对错？或者说如她这般强势的女人真的愿意思想被绑架？当然不！她只是不敢拿孩子的未来做赌注，她没有自信更没有这胆量，因为她根本就输不起，所以只能按照别人走过的路让自己的孩子去走，不管这条路是不是适合自己的孩子，至少那么多人在走，大方向不会错。

程浩叹了一口气，怔怔地看着眼前的涵涵。他突然觉得很悲哀，枉自己活了那么多年，却在事实面前，没有勇气和胆量去选择自己想要的，连一个孩子都不如！

"爸爸，你知道刚刚贝贝和我说什么吗？"涵涵突然问道。

"什么？"程浩心不在焉地问道。他现在的心思已经不在这里了，而是在想今晚找个时间和苏子美好好聊聊关于涵涵择校的事情。

"他说他要去实验附中，说和我去做伴。"涵涵说道。

"如果我说我根本不想去实验附中，他会不会不开心？会不会说我不要他了？"涵涵又苦恼地问道。

"不会的，他不会怪你的。"程浩安慰道。

"其实我一开始就不想去实验附中，真的不是因为贝贝去不了，而是我根本就没有打算要去。不过……"涵涵捏着鼻子，若有所思地说道。

"不过什么？"程浩追问。

"如果有机会能参加实验附中的自招考，我还是想去试试的……"涵涵抿嘴一笑，坏坏的样子。

"哦？"

"老爸，别多想，我只是去测试一下自己的学习能力，看看自己到底是在一个什么程度。和高手过过招，是件很过瘾的事情。"涵涵晃着脑袋，笑着说道。

"好，爸爸支持你。"程浩终于表态了。

"真的啊！"涵涵似乎不相信自己的耳朵，急急地反问，"爸爸，你真的支持我的想法，不让我去实验附中了吗？"

"嗯。"程浩认真地点点头。

涵涵开心地咧嘴一笑，立马又抓起一块寿司往嘴里塞，但突然又停住了，小心翼翼地问道："那妈妈这里怎么办？"

"这个你不用担心，爸爸去说。"程浩再次认真地回应。

涵涵又是咧嘴一笑，塞进了寿司的同时，筷子又夹住了一块三文鱼。

月亮湾小区。

苏子美边哼着曲边保养着皮肤。虽然周五和吴璇两个人发生了不开心的事，但这丝毫没有影响到她的好心情。昨天涵涵还是很听话地去上了那个突击班，而且回来说老师讲得很好，自己的思路又拓展了一下。

"涵涵，妈妈的宝贝……"苏子美边轻柔地唤着，边从卫生间走向涵涵的房间，"时间差不多了哦，你赶快睡觉，明天还要早起呢……"

"好的，妈妈。"涵涵很听话，直接合上书本，钻进了被子里。

"宝贝，今天妈妈给你弄的莲雾好吃吗？那是台湾的水果耶，很贵的哦……"苏子美凑近涵涵，轻声问道。

"嗯，好吃，妈妈。"涵涵乖顺得像一只小绵羊。

"那明天妈妈再给你买，等下周六实验附中的自招考结束后，妈妈带你吃日本料理，嗯……"苏子美侧着头想了想，"还带你去欢乐谷好不好？"

涵涵咧嘴一笑，点点头，接着说道："妈妈，晚安。"

苏子美一愣，马上脸上挤满笑容，在涵涵的额头上亲了亲，嗲声道："晚安，我的宝贝。"

"嗳，涵涵今天乖得不要不要的，让我很意外啊。"苏子美边关上卧室的门，边对着斜靠在床上看书的程浩说道。

"你吧，儿子不听话的时候你在那里大呼小叫，现在儿子听话了吧，你又觉得意外，我看啊，就你最矫情。"程浩头也不抬地说道。

"嗳，你这小样，胆肥了嘛，竟然开始嘲笑我？"苏子美嗔怪道，但脸上是怎么也藏不住的欣喜。

程浩偷偷地瞄了一眼心情大好的苏子美，酝酿着怎么和她开口说涵涵的这件事。不过涵涵这小家伙也太机灵了，知道用乖巧来蒙蔽自己的妈妈了。

"嗳，下周六实验附中就要自招考了，你这边没什么问题吧？"躺上床的苏子美用手肘碰了碰程浩，问道。

"唔。"程浩轻轻应了一声，眼神却透着一丝慌乱。

"嗯，那就好，等涵涵考上了实验附中，我就放心了，可以好好放松一下。"苏子美开心地嘀咕着，接着猛地侧过身子，一只腿搭在了程浩身上，双臂紧紧缠着他的右臂。

"喂，你干吗？"程浩本能地躲避了一下。

"喂，你干吗啊！"苏子美生气地叫道，"你躲什么躲啊？是不是做了什么亏心事？说！"

"做什么亏心事啊，我只是被你突然这样主动给吓到了嘛。"程浩冤枉地叫道。

"哈哈……"苏子美大笑，再次缠上了程浩的手臂，柔声说道，"老公，你真的太可爱了。你知道吗？实验附中要求孩子都上晚自习的，以后我也不用一下班就往家里冲，急着回来给孩子辅导功课，可以多待在单位加加班，给领导留好印象，争取多挣一点钱，到时我们就买个好一点大一点的房子，把你的爷爷和哥哥都接过来，省得他们在老家总受你叔叔的气，你也好安心工作。"

"我想过了，接下去如果爸爸妈妈不愿意待在我们这里的话，就让他们回乡下去住，在乡下他更加习惯，也热闹，周末我们就回乡下去看看他们。这老人家啊，最怕的就是寂寞了，这几年啊，我们一直把他们拖在身边帮我们照顾涵涵，心里也过意不去。"苏子美继续唠叨着，突然她脸往程浩手臂里一钻，呢喃道，"你不总是抱怨我们没有私人空间嘛，到时我们私人空间有的是，你想干吗就干吗！"说完，发出一阵嗤嗤的笑声。

程浩心头一软，他突然不忍打破苏子美的梦想。但是想到涵涵那委屈的样子，他还是狠了狠心。

"老婆，你觉得孩子这么小上晚自习好吗？"

"怎么不好？"苏子美猛地抬起头，坐直了身子，不悦地说道，"别的孩子也在上的，又不是只有我们家涵涵一个。"

"可是，涵涵那么瘦小，我担心学校的伙食不好，涵涵的营养跟不上，毕竟他现在是发育时期。”

“这个根本就不会有问题，我想过了，接下去每天晚上接涵涵回家，我都会给他开小灶的，增加他的营养。为了这，我特地在 APP 上下载了‘我家小厨房’的软件，里面想吃什么就有什么，可简单了。”苏子美自豪地说道。

程浩沉默了，本来以为用涵涵瘦小的身子来说服苏子美，没想到一下就碰壁了。要知道她可是全家最担心涵涵吃不饱长不高的人，但看今晚她的态度，她是铁了心要涵涵去实验附中了。

“嗳，我说你今晚不对劲啊，”苏子美突然凑近程浩的脸，狐疑地问道，“是不是涵涵的名额有问题了？”

苏子美的目光紧紧地锁住程浩的脸，似乎想从他的神情里捕捉出蛛丝马迹。

“你多想了，”程浩匆匆瞥了苏子美一眼，辩解道，“没有的事。”

“那你干吗突然说那些话，我怎么感觉你似乎在说服我不让涵涵去市重点啊……”苏子美放过了程浩，但她还是有疑心。

唉，程浩叹了一口气，合上书本放在床头柜上，然后一把揽过满心狐疑的苏子美，轻声说道：“其实吧，我还真不是很想涵涵去市重点。”

“为什么？”苏子美像刺猬一样挣脱了程浩的怀抱，大叫道。

“你能好好说话吗？你非要这样一惊一乍的吗？你不是怀疑我吗？那我说说自己的想法总可以吧？”程浩皱了皱眉头，反问道。

苏子美狠狠舒了一口气，整个人坐直在床上，嘟囔道：“你说。”

咳咳，程浩假装咳了咳，然后不顾苏子美那快要白出来的眼珠，同样坐直了身子，和她面对面。

“老婆，你觉得涵涵身上什么是让你担心和不满意的？”

苏子美又是狐疑地看了一眼程浩，不满道："你不是要说你的想法吗？怎么倒问起我问题来了。"

嘿嘿，程浩傻傻地笑了笑，"你先回答就是。"

唉，苏子美瘪了一下嘴，叹了口气，淡淡地说道："涵涵嘛，就是胆子太小，看到老师就像老鼠见了猫，成绩这么好，却不够自信，我也是服了他。而且吧，也就因为不开朗不主动，一些活动总是轮不到他，其实我很想让他锻炼锻炼，慢慢突破自己的。"

"唉，平时在家像老虎，到了学校吧就像病猫。还和我说什么谦让，我看他就是胆子小，什么都不敢去尝试。"一说到这个，苏子美是越说越生气。

"我读书时可是老师的好帮手，什么事情都抢着做，什么活动都是核心人物，怎么会生出这样胆小的孩子呢？"苏子美翻了翻白眼，随后把目光定格在程浩身上。

"像我，都像我，我读书时就比较闷，胆子比老鼠还小。"程浩不等苏子美说，就抢先把责任揽到自己身上。

"嗯，"苏子美点点头，若有所悟地道："我看也是，典型的翻版，绝不是盗版。"

程浩不好意思地咧嘴一笑。

"你看，连鼻头和下巴缺一块都像你，我看自己是肚子白痛了。"苏子美继续嗔怪道。

程浩捏了捏鼻头又捏了捏下巴，好像很得意。

"喂，你到底要不要说啊，再不说，我要睡觉了，爸妈不在，明天还要早起煮早餐送涵涵呢。"说完，苏子美打了个哈欠。

"别，别睡，老婆。"程浩急急地阻止道，随后直接一把拉过苏子美，抱在怀里，半躺在床上，不紧不慢地说道，"老婆，你看，你也很清楚涵涵的缺点是不？其实这些缺点我也看到了，如果他是女孩子，胆小点没问题，别人觉得是羞涩矜持，但是涵涵是男孩啊，他这样胆小会被别人认为没有阳刚之气，没有魄力，缺少担当的！"

苏子美又猛地从程浩的怀里跳起来，生气地叫道："谁说的，谁说男孩胆小就缺少阳刚之气啦？就没有魄力啦？真是的。"

程浩再次把她拥进怀里，安抚道："我们作为父母的当然不会这么认为，但是我们无法阻止别人的父母给我们的孩子贴上标签呀。"

"贴什么标签？他们有什么资格来给我的孩子贴标签。"苏子美身子再次晃动。

程浩手臂用力一紧，她又乖乖地躺回了怀里。

"你别激动嘛，你这样还听不听我说啦？"程浩手臂又是一紧，有点不悦。

"说吧说吧。"苏子美很不耐烦。其实她突然对程浩说的这个问题很好奇，这个所谓的标签到底是什么？和涵涵上不上市重点又有什么关系呢？

"想象一下，如果一个孩子在你面前乱扔垃圾，你会怎么看？"程浩问道。

"当然觉得这个孩子没有教养啊，这还用问？"

"那你凭什么说这个孩子没有教养了？"

"他乱扔垃圾，肯定就是没有家教的孩子。"

"所以说，你看你也会因为孩子的某一个行为就给他贴上没有家教的标签，但这个孩子的父母却永远不会认为他们的孩子没有家教，他们会认为是孩子一不小心的，只要提醒一下就没事了。每个父母看似对自己的孩子有很高的要求，实际上却对自己的孩子有着很大的包容心；而他们对别人家的孩子没有任何要求，却对这些孩子没有包容心。"

程浩说完，看了看怀里沉思的苏子美。

"同样的，涵涵的胆小和怯弱你很不喜欢，但你还是会包容他，并想方设法地想去帮他突破和改变，那是为什么？"程浩又抛出了一个问题。

"我不想我的孩子以后被别人说，被别人数落……"苏子美咕哝道。

"对，其实我们每个父母都不想让别人的父母来说自己的孩子，所以我们才会对自己的孩子要求越来越高，越来越多，因为我们心里很清楚，只有我们才能包容我们的孩子一次次的犯错，而别的父母不会。"

"可是，老公，你说这些和涵涵上不上市重点有什么关系呢？"苏子美不解地问道。

"当然有关系，"程浩咽了咽口水，继续说道，"你想，实验附中是什么学校，那是名校啊，是很多学霸尖子聚集的地方啊。那些孩子个个身怀绝技，不但学习成绩优秀，而且综合能力也强，你说我们的儿子在这样的环境中，有他竞争的资本吗？有他施展能力的机会吗？有他可以自信的地方吗？没有吧？肯定没有！因为比成绩，成绩比他好的比比皆是；比能力，他向来不喜欢张扬，哪来的能力？比才艺，我们家涵涵也没有学过什么才艺，人家动不动就是钢琴十级，动不动就是跆拳道几段的，你拿什么去和别人比拼？涵涵在这样被别人压着的学习环境中，你觉得他会快乐吗？他会有幸福指数吗？"

"可是，可是，"苏子美被程浩的长篇大论唬住了，但又不想被他说服，所以急急地辩解道，"这样孩子可以锻炼啊，在逆境中成长对他的未来很有帮助的，有了压力就会有动力，不是吗？"

"你说的这些都没有错，但是这些都需要前提条件的。首先锻炼孩子真的不急在一时，更没有必要在孩子内心还没有做好准备时就去让他经历这些残酷。你以为这些锻炼真的能让他奋起吗？不见得，也许反而会打击到他的自信，从此一蹶不起。其次在逆境中真正能成长起来的人毕竟是个案，人还是需要在顺境中成长，这样他们才会对未来充满希望和美好，你一开始就给他设置逆境，你觉得他还会相信你说前面有好风景吗？就像人一样，你第一眼看到他长得很丑，别人说其实这个人心灵很美，你还会相信吗？最后压力成为动力，这更是扯淡，我想问问你，当你每天埋在深深的压力中，看不到丝毫希望时，请问你还有动力吗？所谓的压力变成动力是指，当你能很清晰地看到曙光，你才能真正把压力化作动力，因为那是你能亲眼看到事实。"程浩噼里啪啦地一阵阐述，把苏子美说得哑口无言。

他准备趁热打铁。

"如果我们涵涵在普通的初中，那他就不一样了，你想啊，普通初中里的孩子都是些比较普通的孩子，而我们涵涵的成绩很优秀，这就占了优势，他就会被老师和同学关注。一般情况下，老师都会把一些好的机会给成绩优秀的学生，这样我们涵涵既能得到锻炼的机会，也能尝试他曾经陌生的领域，慢慢地他就会突破内心胆小的局限。最重要的是，他在这样的学校能得到一种存在感，一种成就感。现在很多孩子会成为问题小孩，很多都是因为找不到一种存在感，没有存在感的孩子自然不会有成就感，没有了成就感，他怎么刷存在感！"

程浩再次咽了咽口水，语重心长地说道："对于我们的涵涵，现在需要的不是名校的平台，也不是跟着别人的脚步努力往前跑，涵涵需要的恰恰是在一个普通的平台找到存在感和成就感。这些东西才是让他能找到更多的自信，更有兴趣往前冲的动力。一旦他拥有了这些，那么市重点高中的大门同样会为他打开的，不是吗？"

苏子美一动不动，也一言不发。

程浩动了动手臂，唤道："老婆？"

"干吗？"苏子美低低地回应，情绪很低落。

"我以为你被我说睡着了呢？"程浩笑着调侃道。

"你说，你是不是早就预谋好的？是不是早就和儿子串通好了要给我洗脑子的？是不是早就想看我笑话的？"苏子美猛地从程浩的怀里挣脱起来，一把摁住他，咬牙切齿地质问道。

"老婆大人，手下留情，冤枉啊……"程浩边挣扎边求饶。

"你哪里冤枉了？"

"我真的是没有预谋，这些话确实是今天和涵涵聊天之后，知道了他的内心，才斗胆和你说的呀。"

"那还说没有和儿子串通好？"

"这不是串通啊，冤枉啊，我们只是发表一下自己的想法而已，毕竟这件事关系到涵涵啊。"

"你明明知道，我一心想让涵涵进市重点，你还帮着他一起欺负我！哼，怪不得这小家伙今天乖得反常，原来是给我设计障眼法啊！"

"老婆，你松手，你先松手，你听我说，好不好……"

"说什么说，还听得不够啊？早知道这样，我今晚不洗澡了，直接用你的鸡汤洗澡得了，既省水还养生。"

说完，苏子美直接松开双手，背对着程浩，大声说道："关灯，睡觉！"

程浩一愣，立马讨好道："好嘞，我家美丽又聪明的老婆大人要睡美容觉了。"

"口蜜腹剑！"苏子美嗔怪道。

黑暗中，程浩先是拍了拍狂跳不已的心脏，暗喜：好险！随后又比了一个胜利的手势。他本以为迎接自己的是一场狂风暴雨，怎么也没想到，苏子美会这么容易被自己说服！哈哈，看来自己出马，不同凡响啊！

时　空　轴

陪涵涵吃完午饭，送他到了补课的地方后，程浩就急急地赶到了沈柯约他的地方。还是他的办公室，依然是在午后，唯独不同的是今天是沈柯等程浩。

当程浩推门进去的时候，只见沈柯静静地站在窗户前，明明挺拔的身子却给人一种落寞和悲凉。程浩心头一紧，一种不祥之感笼罩上来。

"沈柯，我来了。"程浩主动打招呼。

沈柯缓缓地转过身子，低沉地回应："哦，来了，坐……"

程浩从沈柯的神情和言语中验证了自己的猜测。他满脸疲惫，眼神空洞无神，似乎刚刚经历了一场战争。

"找我有事？"程浩直奔主题。

"哦，"沈柯点燃了一支烟，颓废地坐在了办公椅上，对着程浩点点头。

记忆中，沈柯是一个讨厌抽烟的人，因为他的父亲就是因抽烟而得了肺癌去世的，怎么这小子竟然抽起了烟来？不过从他抽烟的姿势来看，就是一个新手。看来他真的有事啊！

程浩没有问，双手抱胸，等待沈柯自己开口。

良久。

沈柯缓缓地吐出一口散乱的烟雾，尴尬地扯扯嘴角，充满歉意地说道：

"程浩，对不起，我要失信于你了……"

"哦……"

程浩拖着长音。他虽然意料到了这个结果，但真的从沈柯嘴里听到，还是很意外和失望。要知道除了沈柯之外，他没有任何人脉可以找，也就是说，涵涵的市重点名额彻底没戏了！

他首先想到的是安慰沈柯，"没事的，沈柯，你不用和我说对不起，毕竟这件事已经很为难你了。"

沈柯没有接应，继续抽烟。程浩也保持沉默。

就在一个小时前，沈柯给现任教育局局长打了个电话。先是一堆冠冕堂皇的问候，接着表达了自己想再要一个市重点初中的名额，哪怕不是实验附中，只要是市重点就可以。但局长很直接地拒绝了他，根本不给他任何面子。在等程浩的这一个小时里，他不知道自己经历了什么，所有的记忆如飞蛾扑火般飞来，来不及整理就把自己掩埋在记忆的河流里。

他知道好久不会回忆的自己突然会陷进回忆中，不是因为局长的拒绝，而是因为潘悦今天的态度和对自己说的那些话！那一刻，他猛然发现，自己一直是孤独的，一直是一个为了赎罪在婚姻中疲于奔跑的男人……

程浩看着沈柯憔悴又有故事的容颜，内心涌起了一股同情。刚刚还在担心自己回去怎么和苏子美交差，怎么迎接苏子美的河东狮吼，怎么去安慰失落的涵涵！但此时，他觉得这些都没什么，都不重要，比起眼前这个眼里溢满悲凉的男人来说，自己还算是幸运的。

这种在异乡悲凉的痛，程浩知道，他感同身受！

唉……空气中只有叹息。

程浩深深叹了一口气，随后站了起来，在转身的瞬间，看到自己前几天拿来的乐高玩具静静地躺在沙发的角落里，像被世人孤立和遗弃的无家可归的孩子。他看了看沈柯，似乎明白了些什么……

　　"沈柯，那我先走了。"程浩轻轻地说道。

　　在出门的瞬间，程浩看到沈柯因为痛苦而扭曲的脸。

第十五章

一切都是最好的安排

昨天晚上爸爸在接他放学回家的路上，告诉他一个惊人的好消息——妈妈竟然答应了尊重他的选择。只不过妈妈有个条件：如果今天他凭实力被实验附中录取，那么妈妈希望他还是考虑要不要进这所学校。

6 月 10 日　芒种　周六

今天是实验附中的校园开放日，很多小升初的孩子都会去那里参加测试。

吴璇比平时都起得早，在厨房间忙碌一番后，轻手轻脚地打开了贝贝的房间。

"贝贝，"她凑近被窝，轻声唤道。看贝贝没有反应，便亲了亲孩子的小脸，柔声道，"妈妈的宝贝，快起床了……"

"唔……"贝贝擦了擦被亲过的地方，翻了个身继续睡觉。

吴璇气得直翻白眼，快步走向窗户，只听"唰"的一声，阳光就滚进了房间。她刚想河东狮吼，突然想起了什么。

"贝贝，再不起来就来不及考试了哈，到时涵涵就要等急了……"吴璇双手抱胸，站在床前，不紧不慢地说道。

"轰"的一声，贝贝从床上跳起来，跑向了卫生间。

吴璇嘴角露出胜利者的微笑。

等贝贝一切整理好后，餐桌上早已摆上了丰盛的早餐，有牛奶、鸡蛋，还有贝贝爱吃的燕麦片和烧麦。

"爸爸呢？"贝贝问道，"他不陪我们一起去吗？"

嗯，吴璇点点头，没有吱声。其实关于贝贝要去实验附中的事情她压根就没有和许杰军说过，因为她知道，和他说了也没有用，他根本就解决不了任何问题。

"贝贝，书包昨晚整理好了吧？该拿的都拿了吧？电子学生证、2B 铅笔、修正带，这些都拿了吧？"吴璇边打开贝贝的书包边问道。

"妈妈，别看了，都拿了，就是我没有邀请函。"贝贝嘴里塞着烧麦，口齿不清地说道。

"什么邀请函？"吴璇停住了手，抬头疑惑地问道。

"我也不知道，反正昨天放学的时候，老师发了几张东西给几个成绩很好的同学，说什么让他们今天拿着那张东西去实验附中参加考试。"贝贝边吃东西边含糊地说道，随后又补充道，"老师说没有那张东西就不能进去实验附中考试，让同学们不要弄丢了……"

"老师确定是这么说的？"吴璇一惊，反问道。

贝贝认真地点点头，喝了一口牛奶后又说道："涵涵也拿到了，他让我看了，上面写着什么'程梓涵同学，本校邀请你明天早上八点三十分……'什么什么的，我忘记了。"

哦……吴璇神色凝重地点点头。随即放下贝贝的书包，从口袋里掏出手机，在微信上编辑了一条微信。

没多久，手机就响了。

——没事，你孩子不用邀请函，我已经打过招呼了，你们今天过去就是过过场子的，放心哈。

吴璇的脸瞬间阴转晴，眼里开了花。

"贝贝，快点吃，我们等一下就要出发了。"她边叮嘱边走向了卧室，脚步很轻快，像在跳芭蕾。

"这一大早的你和贝贝去哪里？又要去补习吗？"吴璇刚进卧室，许杰军就问道。

她没有回应，打开衣橱开始拿衣服。

"孩子这么小，你给他这么大压力真的好吗？"许杰军继续说道。一直漂泊在外的他特别希望周末能一家人在一起，吃吃饭，看看电影或者近郊走走。但是他发现梦想和现实差距实在是太大了，每个周日都是奔波在送孩子上兴趣班的路上，最近更可气，连周六都搭上了，自己似乎又变成了在北京的那个时候一样，孤零零地守着一个没有温度的空壳。

情绪这东西很好玩，一旦出现就会立刻蔓延和肆虐。这个早上的许杰军就是这样的，他似乎完全被这种孤立给包裹了，找不到一种存在感。

"天天往外跑，周末也不消停，这家都快变成你们的宾馆了。"许杰军没有发现吴璇越来越沉的脸，不满地说道。

"到底是谁把家当成了宾馆？"吴璇猛地转过身子，直视许杰军，叫道。随后手一挥，不耐烦地说道，"算了，我没精力也没时间和你吵架，你爱咋地就咋地……"

许杰军一愣，最近他发现吴璇突然对自己很冷淡，时不时就给自己摆脸色看。

"你把时间和精力都花去哪里了？"许杰军揶揄道。

吴璇没有接话，"砰"的一声关上了衣橱门。她最近确实对许杰军态度不好，这很大程度上和贝贝的这个市重点名额有关，当她发现这个比房价还珍稀的名额别的男人轻而易举就能拿到，而自己的男人却无能为力时，她突然就对许杰军产生了一种反感。甚至怀疑当初让他回到上海来发展这个决定是不是个天大的错误。

她很累，当整个教育竞争越来越惨烈，每个家庭都在奋力为孩子保驾护航时，自己却得不到一丝家人的帮助，甚至没有后援。

"妈妈，我吃完了，我们要走了吗？"贝贝突然打开房门，探进小脑袋问道。

"贝贝，是不是又要去补课啦？中午爸爸来接你好吗？"许杰军感受到气氛不对，看到贝贝，立马转移方向，讨好地说道。

吴璇来不及阻止，贝贝已经脱口而出："爸爸，我今天去实验附中考试。"

"考什么试？"

"考初中呗。"

"期末考试啦？"

"不是啦，是考市重点初中。"

"贝贝，别理你爸爸了，我们来不及了。"吴璇生硬地打断了父子俩的对话，对着贝贝催促道，"你先去客厅背上书包等妈妈，妈妈马上就来。"

贝贝一走出房间，许杰军就生气地叫道："嗳，你这个人怎么这样呢？我还没问完孩子呢！"

吴璇嫌弃地瞄了一眼今天有点反常，确切地说应该是无理取闹的许杰军，没好气地说道："有什么好问的，说了你也不懂。"

"嗳，我怎么就不懂了呢？"许杰军不依不饶，"不就是考市重点嘛，你怎么都不和我商量一下呢？”

“和你商量什么？和你商量有用吗？”吴璇质问道。

自打从北京回到上海后，工作上的进展非常慢而且很吃力，让许杰军有一种从巅峰摔向低谷的感觉，特别压抑和焦灼，甚至开始怀疑自己。这个时候他真的很需要吴璇的鼓励和支持，可惜她似乎压根就没有注意到自己情绪的低潮，一副爱理不理的样子，甚至当着孩子的面轻视自己的存在。想到这儿，他的怒火“噌”地就燃起了！

“作为贝贝的爸爸，难道我想知道孩子考什么学校都不可以吗？”他怒吼道。

“问题是你知道了又有什么用呢？你能帮孩子什么呢？能给他创造平台还是给他创造机会？”吴璇嘲讽道。

“你怎么就知道我不能给他创造平台呢？”许杰军黑着脸，反问道。不管如何，这么多年在律师行业混，手头的资源还是有的。

“呵呵，你就装吧……”吴璇鼻子里冷哼一声，讥笑道，“一个从小就没有管过孩子的父亲，现在竟然信口开河说能帮孩子创造平台？我怎么感觉听了个笑话呢？”说完，吴璇又冷哼了一下。

“吴璇，你什么意思？”许杰军大吼道。他觉得这女人实在太过分了，竟然敢这么轻视自己存在的价值，而且是当着孩子的面！

“不好意思，”吴璇冷笑道，“请问许先生，您知道您的孩子读几年了吗？读几班？成绩在什么水平？他最爱什么科目，最讨厌什么科目？他最近一次的测验成绩是多少？他参加了什么样的兴趣班？这些您都知道吗？”

“不知道吧？”吴璇看着脸色铁青的许杰军，冷笑一声，拿起了化妆台上的小包，再次戏谑道，“其实这些不知道也没关系，只要你能帮贝贝争取到一个实验附中的名额，那你就是一个合格的爸爸。"说完，吴璇拉开了房门，在转身的瞬间，还不忘再嘲讽道，"可惜，你根本就没有这个能力。"

一会儿，客厅传来"砰"的关门声。

空荡豪华的屋子里，只剩下许杰军内心的哀嚎声，吴璇那轻蔑不屑的语气深深刺痛了他的自尊。难道真的如她所说，自己不是个合格的爸爸吗？自己真的无法给儿子创造好的平台吗？

不！堂堂许大律师，行业的翘楚，怎么可能连一个市重点的名额都不能帮儿子解决呢？

许杰军急急地拿起手机，开始翻阅通讯录，一遍又一遍，他的脸随着时间的滴答变得越来越惨白。

原来对孩子的爱除了精神上的给予之外，自己还需要一定的能力和条件。这个世界上，只有实际的东西才能构建精神空间的富裕，不然一切都是自欺欺人。这个道理，许大律师又怎么不懂呢？

苏子美拉着涵涵的小手在马路上奔跑。

他们穿过堵塞的车流，跑过一条又一条的马路，终于跟随人群走在了通往实验附中的那条林荫大道上。

今天的天气特别好，细碎的阳光钻进枝丫的缝隙，洒落在这条铺着青石板的小道上。苏子美抬起汗涔涔的脸，迎向了还不太热烈的太阳，心头几个月来的阴霾在渐渐消退，取而代之的是脸上的梨涡漾开在嘴角。

"妈妈，爸爸等一下会找得到我们吗？"涵涵背着海贼王的书包，屁颠屁颠地跟在苏子美身边，不放心地问道。

"不管我们在哪儿，爸爸都能找得到我们。"苏子美摸了摸涵涵的脑袋，笑着回应。

"为什么呢？"涵涵晃着脑袋，假装不知道。他很喜欢今天的妈妈，特别温柔美好。

"因为我们是他最重要的人啊，是他的无价之宝呀。"

"妈妈，那我是不是你的无价之宝？"

"当然，你当然是妈妈的无价之宝咯，傻瓜……"

"那你千万别把我给弄丢咯。"涵涵狡黠地说道。说完莫名其妙地笑开了，昨天晚上爸爸在接他放学回家的路上，告诉他一个惊人的好消息——妈妈竟然答应了尊重他的选择。只不过妈妈有个条件：如果今天他凭实力被实验附中录取，那么妈妈希望他还是考虑要不要进这所学校。

当然！如果自己真的能被实验附中录取，自己肯定会考虑的。涵涵暗自嘀咕道：其实我要的就是和别的孩子一样，去公平公开地竞争。只是自己一直没有把这个真正的想法说出来而已，因为怕伤了爸爸妈妈的心，毕竟他们一直在努力为自己争取这个市重点的名额。

苏子美虽说已经选择了妥协，但是当越来越靠近实验附中的校门时，她的内心依然如打翻了的调味罐，五味杂陈。多少次自己走在这条路上，想象涵涵从这所名校的大门奔出来投向自己的怀抱；多少次痴痴地看着那些接孩子的家长脸上洋溢着的幸福和骄傲；又多少次暗自发誓，拼尽自己所有的力气都要把涵涵送进这样的名校。只是，如今……她眼眶一热，鼻子一酸。

"昨晚的自招题复习了吗？有没有不会的？不会的有没有问老师？"走在自己前面的一个高个子母亲正问着身边的孩子。

"嗯。"那个和涵涵差不多瘦小的男孩点了点头。

"嗯什么嗯啊，我问你话呢，上了一年的突击班就是为了今天的考试，你可千万别在这个时候给我掉链子啊！"高个子母亲厉声说道，全然不顾身边还有别的家长和孩子。

苏子美看不到男孩的表情，但从他越来越低的头和越来越弯的背可以感受到他的心情。

"还有，面试的时候一定要机灵点，把自己得到的奖项啊，在学校的荣誉啊，担任什么样的职务，还有哪些证书啊，都要说出来，别藏着掖着，知道哇……"高个子母亲继续絮絮叨叨地叮嘱道，"对了，英语听力一定要听清楚点，别带着耳朵像没带的一样，知道哇！语文的小作文审题要认真，别偏题了，知道哇？"

这个母亲的语气又凶又冰冷，像在和一个仇人家的孩子说话。但苏子美还是能理解这个母亲，每个母亲心里都有一个望子成龙望女成凤的梦，自己也不例外。

"妈妈……"涵涵突然把手伸了过来，扯了扯苏子美的衣角，眼神怯怯地盯着她，轻声问道："如果我考不好，你会不会像这个妈妈一样？"

苏子美一愣。

"涵涵，我们做任何事情，首先要对得起自己，接下来是不辜负别人。所以你只要努力了，争取了，妈妈都不会指责你。"说完，苏子美拉起了涵涵的小手，对他笑着点点头。

还未到校门口，就听到一群孩子和家长围着一个学校的警卫在说些什么，情绪有点小激动。侧耳一听，原来这些孩子都没有收到实验附中的邀请函，今天一早到这里来，就是为了来冲考的。但是警卫告诉他们，今年学校一律不接受冲考。这些孩子和家长哪里能接受这个理由，都嚷嚷着要进去参加考试。

——凭什么不让我们的孩子进去考试？教育就应该是公平公开的竞争！

——就是啊，我们进去考了，如果没有考好，那我们也认了，也输得心服口服。

——我就不信了，这些有准考证的孩子难道就比我们的孩子优秀吗？

——你们不给更多孩子尝试，怎么就知道自己招的学生都是全市最棒的呢？

······

家长们你一句我一句，本来就人山人海的校门口瞬间变成了早上的菜市场。

苏子美无奈地摇摇头，嘴角微微一上翘，目光从一开始的不屑，到疑惑，再到同情，最后闪出一丝不易察觉的自豪——涵涵是有邀请函的学生。

涵涵正踮起脚尖，伸长脖子，不停地向四周张望。

"涵涵，你看什么呢？"苏子美好奇地问道。

"我在找贝贝，我们约好了一起进去考试的。"涵涵边回应边继续张望。

哦。自上周从吴璇的车上下来后，两个人就再也没有联系过。当时自己确实很愤怒，因为苏子美最不能容忍的就是欺骗，但事后她想想还是理解了吴璇的做法。在这个如战场一样惨烈的教育体制下，每个母亲都像母鸡一样护着自己的孩子，努力给孩子撑起一片安全又安稳的学习天空。再说两个孩子又好得像亲兄弟一样，作为母亲怎么忍心因为自己的私心而拆散他们呢？每个母亲内心都愿意为自己的孩子妥协！苏子美是这样想的，就像这次的市重点名额，再怎么强势的自己，最终也在涵涵的强烈要求下慢慢妥协了。

"贝贝！贝贝！我在这里！"涵涵对着不远处也在张望的贝贝边叫边挥手。

"涵涵，涵涵……"贝贝用力穿过人群，兴奋地朝着涵涵的方向奔来。

苏子美的眼眶又是一热，她不得不承认自己总是被这两个孩子感动着。

吴璇急急地跟过来，却尴尬得不知道说什么。

"吴璇。"苏子美主动打招呼，"过来了呀？是不是堵车很严重？"

吴璇身子一僵。

"对啊，好多车啊，还好我们是坐差头（出租车）过来的，不然……"她接腔道。为了掩盖自己的尴尬，假装抬头向四周张望。

"没事，还早呢。"苏子美轻声安慰道。

吴璇笑了笑，"今天的人真多啊！这要多少孩子参加考试啊？"

苏子美看了看四周，叹了口气说："不知道啊，反正刚刚那里还有好多孩子要冲考，为这事都闹起来了呢。"

"是吗？这样啊……"看到这么多人，吴璇突然心里七上八下的，那个贾主任真的能靠得住吗？真的就像他说的那样，贝贝只需要过过场子而已吗？万一没搞定怎么办？到时……

想到这里，她不安定了，对着正和涵涵说着悄悄话的贝贝交代道："贝贝，妈妈去打个电话哈，你跟着阿姨，千万别乱动，妈妈马上回来。"说完，她急急地挤出人群，往边上走去。

手机那端传来"嘟……嘟……嘟……"的声音，直至响起机械的"您好，您所拨打的电话暂时无人接听。"

吴璇脸一僵，心一下就悬了起来，她继续按下了拨打键，心里不断祷告：老天，千万别出什么岔子啊，求你啦！

"贝贝，我有一件事想和你说，"涵涵拉住贝贝的手，神情凝重地说道，"如果我不说出来的话，我会觉得很难过很难过的，会觉得特别对不起你。"

"什么事啊？涵涵。"贝贝紧张兮兮地问道。这是他第一次看到自己的好朋友这么认真和严肃。

"嗯，"涵涵沉思了一下，要求道，"那你得答应我，我说了你不许生气，不许哭更不许不理我，好吗？"说完，眼睛紧紧地盯着贝贝。

"嗯，不管你说什么做什么，我都不会生气不会不理你的。"贝贝用力地点点头。

涵涵舒了一口气，咧嘴一笑，低下头轻声说道："贝贝，其实我……我不想去实验附中……"说完，偷偷抬起头瞄了一眼贝贝。

贝贝一脸茫然。这个消息对于他来说太意外了！

"为什么啊？"他大叫道，甩开了涵涵的手。

涵涵拉住贝贝，急急地解释道："你别生气，别生气，听我说好吗？"看到贝贝反应这么大，涵涵急得都快哭了。

贝贝狠狠地瞪着涵涵，嘟着嘴巴不说话。

"其实我早就和你说过我不想去实验附中的，但是我妈妈一直想要我进这所学校，我为了不让我妈妈伤心难过，所以一直没有和她表态。昨天爸爸突然告诉我他说服了我妈妈，他们尊重我的选择，所以你看，我知道了这件事情，今天立马就告诉你了……"

"那你今天还来这里干吗？"贝贝气呼呼地问道。

"因为我答应妈妈来这里尝试一下的，来考核一下自己的水平，给自己一个锻炼的机会。最重要的是，我想陪你一起去考试，只要我在，你就不会紧张啦……"

说完，涵涵笑了笑，双手不停地摇晃着，可怜兮兮地说道，"贝贝，对不起嘛，是我不好，你别生气好不好？"

随后举起右手，瞪着大眼睛，开始发誓："我保证永远做许亦贝的好朋友，不管在哪里，都不离不弃，都要想到对方，把他放在心里！"

"好吧，我原谅你了，但是你要记住今天的誓言啊，以后再也不允许骗我了……"贝贝翻了翻白眼，嘟着嘴巴说道。

"一定，保证！"涵涵笑着吐了吐舌头。

涵涵和贝贝的这番话，苏子美一字不漏地听在耳朵里。她既感动又欣慰，这些自己都没有想到的事情，涵涵竟然都想到了，关键他能勇敢真实地面对自己的朋友，能勇于承担自己的责任。

"贝贝，如果你进了实验附中，以后就和涵涵多多交流学习心得，你们俩呀，也可以相互说说学校里的趣事，多多分享，当然更可以经常一起玩。"苏子美走近他们，摸着贝贝的脑袋，温柔地说道。

"滋……滋……"手机突然在口袋里震动，苏子美掏出来一看，是程浩打来的。

"喂，老公。"

"老婆，单位突然有急事，我得马上过去一趟，你先陪涵涵，我完事后过来接你们。"手机那端，程浩急急地说道。

"嗯，好的。"

"各位同学，请注意了，请注意了，大家请依次排好队，拿好邀请函和相关文具，从校门口的右侧进校。"学校开始广播了。

人群快速地涌动。

苏子美踮起脚尖，张望了一下四周，没有看见吴璇。她急急地招呼两个孩子，让他们跟着大部队。

"涵涵，把邀请函先拿在手里，那里有老师检查。"苏子美从涵涵肩上接过书包，掏出邀请函递到了涵涵手里。

"贝贝，你的邀请函呢？"弄完涵涵，苏子美开始问贝贝。

"阿姨，我没有邀请函……"贝贝低声说道，眼睛里充满了惶恐和紧张。

"你怎么会没有邀请函呢？是不是在你妈妈那里？"苏子美急急地问道，再次踮起脚尖四处张望。

"阿姨，我本来就没有邀请函，妈妈说我不需要邀请函。"贝贝哽咽道，眼睛眨巴了一下，泪水就掉了下来。

苏子美一愣，她突然想起了，贝贝的名额是吴璇找人要的，学校是不会给成绩不好的孩子发邀请函的。

"贝贝，别急，我们等妈妈来哈，别担心……"苏子美轻轻拍了拍贝贝的肩膀安慰着。

看着人群越来越往前走，苏子美急得再次踮起脚尖朝四周张望，终于看到吴璇神色匆匆地走过来。

"吴璇，这里，这里！"苏子美急急地和她挥手。

刚刚还光鲜靓丽的吴璇一下子显得很憔悴，五官耷拉着，脸色苍白。

"妈妈，我没有邀请函是不是就进不去了？"贝贝看到吴璇就像看到了救命稻草，急急地拉住了她的手，颤抖地问道。

"没事，儿子，妈妈来处理。"吴璇对着贝贝努力挤出了一个笑容，边安抚边在手机上快速地编辑着文字。

"同学，请出示你的邀请函。"一个警卫拦住了涵涵。

涵涵紧张地递了过去后，边往里走边回过头看满脸慌张的贝贝。

"同学，你的呢？"警卫拦住了贝贝，问道。

"哦，师傅，不好意思，我们今天走得急忘记拿了，我已经让我老公在送过来的路上了，要不你让孩子先进去考试吧，行不行？"吴璇抢先解释道。

"那不行，没有邀请函肯定进不了。"警卫冷冷地拒绝道。

"师傅，你就通融通融好吗？我们马上就送过来。"吴璇再次低声哀求道，因为心急连身子都在微微颤抖。

"师傅，你就让孩子进去吧，邀请函等一下就送来了。"苏子美动了恻隐之心，帮着吴璇请求着。虽然她恨说谎，但看到吴璇的无助、贝贝的眼泪，她第一次破了戒。善意的谎言，老天会原谅的。她想。

"不是我不帮你们，这是规定！再说了，你没有邀请函，就拿不到准考证，没有准考证你怎么考试？"警卫双手一摊，无奈地说道。

后面的学生开始嚷嚷着要进去，旁边的家长也开始批评吴璇了。吴璇脸色越来越苍白，身子抖得更严重了。

"妈妈……"贝贝拉了拉吴璇的衣角，噙着泪喊道。

吴璇吸了吸鼻子，转身拉着贝贝走出了议论纷纷的人群。

——唉，这家长也是的，没有邀请函还想骗门卫。

——就是，当着孩子的面说谎也不脸红，这样的家长肯定教不出好的孩子。

……

苏子美心头一紧，程浩说得一点都没有错，每个人都站在道德制高点来审视别人，根本不问青红皂白就给别人乱贴上标签。

唉……她深深地叹了一口气，朝着涵涵挥了挥手，示意他快点进去，然后转身朝着吴璇的方向快步走去。

在校门口的东侧，贝贝抖动着肩膀，发出低低的抽泣声。吴璇脸色铁青正在拨打电话。

苏子美走过去轻轻揽过伤心的贝贝，慢慢地抚摸着他的脑袋，心里特别难过。她怎么也想不到事情会是这样的。这真的太残酷了，真的让人无法接受。

"喂，贾主任，您终于接电话啦！"吴璇捂住嘴巴对着手机说道。

不等对方回话，吴璇急急地问道："这到底是怎么回事？您不是说我们没有邀请函也能进去吗？您不是说今天就是过过场子吗？怎么到了校门口，人家学校说不行呢？"她刻意压低的声音里还是能听出愤怒，因为愤怒，声音都在颤抖。

看来这个贾主任就是吴璇托的那个人，苏子美猜测，而且从吴璇的话里可以听出，这个人一定和她拍了胸脯保证过的。

虽然吴璇离自己有点小距离，但是苏子美还是能清晰地听到对方说的话。

"小吴啊，真的对不起啊，我刚刚单位正好有点事处理，所以没有接听你的电话。其实我也是刚刚接到小潘电话，说市教育局接到群众举报，所以这次他们特别重视，一律取消所有特例人员手里的全部名额，本来呢那个小潘老公手里有一个他权力之内的名额，但就因为这个也被取消了。事发突然啊，事发突然啊……"

"你们这样欺负我们老百姓是不是太过分了！我才不管什么群众举报呢，也不管什么名额取消不取消，你答应给我的名额，我一定要！不然我儿子怎么办？你有没有想过这样会对我儿子造成怎样的伤害？他心里又有多大的阴影？你们想过吗？你现在一句什么'事出有因'就搪塞过去了？你实在是太过分了！"吴璇噼里啪啦地叫道，情绪完全失控。

如果说一开始她还注意语气，那是她觉得事情也许还有转机，但当发现事情没有任何转机时，她显然要把刚刚受的委屈发泄出来。

"小吴，你有情绪我可以理解的，但是你这样说话就不中听了，我也想帮你的，但是这是政策问题啊，我也无能为力啊……好，就这样啊，挂了！"

"嘟嘟嘟……"手机里传来一阵忙音。

吴璇失魂落魄地站在那里，如一根随时可以被风吹走的稻草。

苏子美再次拍了拍还在哭泣的贝贝，弯下腰，柔声说道："贝贝乖，不哭了，现在你妈妈很难过，阿姨过去安慰她一下好吗？"

贝贝瘪着嘴巴，噙着泪水懂事地点点头。

苏子美摸了摸贝贝的头，就朝着吴璇走去。刚刚手机那端的话她是听得一清二楚，好险啊，如果涵涵没有拿到学校的邀请函，那么结局和贝贝是一样的。看来歪门邪道还是行不通的，一切都要靠自己。

苏子美一把揽过双手捂脸低声哭泣的吴璇，轻轻地拍着她的背。

"哇！"吴璇靠在苏子美的肩上失声大哭。

苏子美什么也没有说，任由她抖动肩膀大哭。她知道她要把所有的憋屈都哭出来，不然她会很难受的。

唉……苏子美内心深深叹了一口气。有孩子的妈妈伤不起啊，她们早就成了神话中的"超人"，从原来的陪吃陪玩陪睡升级到了陪吃陪玩陪聊陪读陪考。就像自己，晚上再怎么崩溃，早上在闹钟响起的瞬间，都会如机器人般从床上蹦起来，然后在半梦半醒、黑灯瞎火中行动自如，无怨无悔地重复着每天的"流水线"工作。

良久，吴璇似乎安静些了。

"吴璇，别难过了……"苏子美拍了拍她的肩膀轻声安抚道，"其实我们涵涵也不准备去实验附中了。"

吴璇身子一僵，猛地挣脱，抬起头，满脸狐疑地问道："为什么？"

苏子美笑了笑，伸手拂去了她沾在脸上的头发，坦然地说道："也没有为什么，我只是尊重涵涵的选择，孩子有他自己的意愿。"

吴璇皱了皱眉头，半信半疑地道："你这不是在安慰我吧？"

呵呵，苏子美咧嘴一笑，转头看了看贝贝，淡然地说道："不信，你就问问贝贝呗，刚刚你去打电话的时候，涵涵都和贝贝说了。"

吴璇把狐疑的目光移向了满脸委屈的贝贝。

"妈妈……"贝贝突然哭着奔过来，"你别难过了，我不去实验附中我也会好好学习的，以后再也不让你担心我了。"

"贝贝，我的宝贝……"吴璇弯下腰，紧紧地把贝贝拥在怀里，哭着说道，"妈妈相信你，妈妈永远相信你！"

"噔噔噔……噔噔噔……"吴璇手中的手机突然响了起来。

"喂。"

"老婆，你还在实验附中门口吗？我现在正开车过来呢。"

"嗯，好的，我和贝贝都等着你。"

吴璇挂了电话，对着苏子美害羞地一笑，然后牵起贝贝的手，柔声说道："爸爸来接我们了。"

"阿姨，再见！"贝贝朝着苏子美挥了挥手。

看着远去的母子俩，苏子美耸起肩膀，深深吸了一口气，又深深吐了一口气，拿起手机拨通了电话。

"喂，老公，你快好了吗？"

"嗯，我在过来的路上，等一下我要告诉你一个好消息……"

"什么好消息？"

"等一下你就知道了，绝对是惊喜……"

苏子美梨涡从嘴角渐渐漾起。抬头，阳光正踮起脚尖在树叶上跳起了芭蕾。

时 空 轴

当程浩好不容易在实验附中的停车场找到停车位，手机响了起来。

"小程，你现在马上来单位一趟，我在办公室等你。"

从贾伟那不容置疑的语气听来，似乎有很重要的事情，但程浩实在想不到向来不喜欢在周末加班的贾伟怎么会突然出现在单位呢？

一路上，什么样的假设和推测程浩都想过了，唯独没有想到的是，在他急冲冲地跨进一把手那宽敞明亮的办公室时，那对把离婚案演绎得如火如荼的小夫妻——小孙小李会在那里。

什么情况？难道说……

"小程啊，你终于来了，他们可是等你很久了。"贾伟看到满脸汗涔涔的程浩，笑着招呼道。

"主任，您找我什么事？"程浩一脸茫然地问道。

"坐，你先坐，坐下再说。"贾伟没有急着回答程浩的话，而是走到饮水机旁特地为他倒了一杯水，亲自递给他，笑着说道，"不是我找你，是他们两位找你。"说完，用嘴朝着坐在三人沙发上的满脸不自在的小孙小李努了努嘴。

程浩急急接过水杯，有点受宠若惊。自己进单位这么多年来，还是第一次受到这种待遇。

不过最关键是，这两位小夫妻到底找自己什么事情呢？

程浩被搞得一头雾水。

突然小李从沙发上站了起来，直接走到程浩面前，伸出双手就要握。程浩本能地往后一退。

小李尴尬地笑了笑，缩回了双手，不好意思地站在那里，似乎不知如何是好。

"小程啊，他们这对小夫妻今天来是要撤案的。"贾伟直接说道，帮小李解了围。

"对，对，程律师，真的谢谢您！"小李立马接过贾伟的话。

程浩如梦初醒般看着这个对自己又是点头又是哈腰的小青年。

"小李，你自己说吧，怎么回事。不然你这样要吓坏我们的程大律师了。"贾伟哈哈一笑，把肥胖的身体埋进了黑色办公椅里。

小李尴尬地搓了搓手，不好意思地说道："是这样的，前几天程律师特地跑到郊区来找我们，了解我们之间的故事，分析我们的问题，然后开导我们。这几天，我和我媳妇想通了，程律师的话很有道理，我们就是被现在意想不到的好生活给蒙蔽了内心，滋生了一些乱七八糟的想法，忘记了我们刚开始来上海的真正的目的。"说完，他转头看了看满脸通红、坐在沙发上绞着衬衫衣角的小孙，不好意思地笑了笑。

程浩像看外星人一样盯着小李。他到现在为止还没有回转过来，这怎么像演电视剧啊，这情节也转折得太快了吧，自己本想着明天再跑一趟他们家，没想到他们主动找上门来了，而且似乎是来感谢自己的。

"嗳，媳妇，"小李对着沙发上的小孙轻喊了一声，挤了挤眼睛，说道，"还不快点来谢谢程律师，要不是他，我们都不知道自己在做什么。"

哦，小孙急急地站起来，小跑到程浩面前，刚想鞠躬弯腰，被程浩阻止了。

"嗳，别，别这样。"程浩竟然脸红了，"其实我也没有帮你什么，关键是你们自己还有感情，还有初心。如果真的没有情感了，我再怎么开导也没有用的。"

"哪里，哪里，我们还是要好好感谢程律师，所以今天我们就把案子给撤了。"小李一本正经地表态道。

程浩笑了笑，没有说话。本来不善于言谈的他，面对突然而至的表扬，真心有点不习惯，他又要想逃了。

"哈哈，这是好事情好事情！"贾伟突然从办公椅上站了起来，走到程浩面前，赞许地拍了拍他的肩膀，语重心长地说道，"很多律师啊，都只知道怎么打赢官司，怎么拿到更多的费用，却不会深入当事人的生活中去了解和分析这个案子背后的故事，更不会像你这样去开导他们，让他们看清自己到底想要什么，什么才是正确的！小程啊，我没有看错你，你那缜密的思维和不寻常的逻辑值得我们这些同行学习啊，当然，也值得我学习……"

"哪里，哪里，主任您谬赞了，是我应该向您学习才是！"程浩再次受宠若惊。

当他走出律师事务所，抬头望着这栋工作了整整七年的办公楼，他依然觉得自己是在梦境中……

附　录

妈妈友时代

——新时代新女性自助、互助、共助的趣缘社群组织

当别人还在喝心灵鸡汤的时候，

我们已经走在自我探索的路上了……

"妈妈友时代"本着自助、互助、共助的宗旨，开展一系列集教育、成长、两性、婚姻、情感于一体的"妈妈友"沙龙，让我们女性朋友的身心灵都有安放之处。

我们的每次活动都会以"妈妈友时代"这个身份亮相。

"妈妈友时代"是中国新时代新女性自助、互助、共助的趣缘社群组织：缘来如此，兴趣使然，一起自我探索、共同成长、彼此成就，共建、共享、共同获得我们身心灵可以诗意栖居和自由飞翔的互联网＋精神家园。

1. 每周开展各类探索探讨的课题沙龙（两性、婚姻、教育、情感……）；

2. 每周一次线上互动（讨论社会热点、社会困惑、社会焦虑、孩子教育……）；

3. 有规划地组织各类主题活动（旅游、美容、美食、插花、公益、读书会、讲座、观影等）；

4. 定期录制视频、音频，每个妈妈都有机会参与进来，成为视频和音频里的主角；

5. 共享群中妈妈们分享出来的资源。

亲爱的，外面太冷，让我们一起抱团取暖吧！

妈妈友沙龙第 1 期
是谁在给我们的孩子贴标签？

今天是女神节，下午约了几位妈妈在咖啡馆，本来想探讨关于女性的话题：亲爱的，我们为谁而战？但最终还是无法绕开关于孩子的话题，看来孩子和我们之间永远都只是一根脐带的距离……

孩子最在意谁给他们贴标签？

在聊天中，我们一直在追问探索所谓的标签是什么。在我看来，标签没有褒贬。坏孩子、好孩子，都可以是标签。

也许很多人觉得，孩子的标签很多都是自己的父母贴的，比如：不听话、太叛逆、不懂事……

抑或是：乖孩子、暖孩、学霸……

其实这些标签在孩子的眼里和心里产生不了很大的影响力，因为人的思维就是：父母对我们的要求高，希望用这样的标签来激励我们。

抑或是：每个父母的心里，都是自家的孩子好，再不好，家丑也不可外扬。

但别人给他们贴标签，带给他们的影响力就不同了。

案例一

小乐的作文写得非常棒。很多时候，她父母夸赞她的时候，她总是嗤之以鼻，不屑一顾，甚至还会当做是糖衣炮弹，里面又是一通说教。但是当老师和父母身边的人夸赞她，给她贴上一个"小才女"的标签时，她嘴上不好意思说，但内心乐开了花。这种被外人所认可的才华对她来说是一种自信，更是一种资本，不管是虚荣心还是成就感都是满满的。

标签产生的影响力！

案例二

初三的小姜同学，成绩很糟糕，学习态度也不端正。父母不止一次在他面前抱怨他，甚至给他直接扣上职校的帽子，但他似乎毫不在乎，依然我行我素。

直至有一次，从别人的嘴里听到说他是学渣的时候，他第一次感到愤怒和恐惧。这种恐惧让他对学习产生焦虑、厌恶，甚至不敢和同学们一起玩耍交流。本来还算稳定的他成绩直接跌入谷底，那种学习的欲望消失殆尽。

标签产生的杀伤力！

父母最在意谁给自己的孩子贴标签？

爱得越深，就会越在乎，越在乎就会越恐惧，越恐惧就越想保护，越保护就越会在意外界的影响。

很多父母在数落和抱怨自己的孩子时，一般都是口是心非，图嘴上一时之快；但在表扬和夸赞孩子的时候，那是发自内心的，是真心的夸赞。所以，我们在面对父母数落他们的孩子时，会选择一笑了之，或者冠冕堂皇地劝慰几句，很少真正地去和他们探讨这个孩子的问题。

自己的孩子由自己来数落就好，别人都请靠边站。这是很多父母的心态。只是当孩子被外界贴上标签时，父母的反应又是怎样的呢？

案例一

我的孩子从小就比同龄人矮小，每次出去总是被很多人说，甚至是直接指责。所以我每次在孩子吃饭的时候，都会要求他多吃点，吃多点，有时候直接喂他吃。

一开始我认为自己的这种心态和行为只是因为心疼孩子，但后来我才发现还有一个更重要的原因——我害怕被别人贴上一个"这是一个不会养孩子的妈妈"的标签，给我的孩子贴上一个"矮小症"的标签。

那时，只要和孩子出去，先不说遭到别人的质问，就是别人一个异样的眼神，都会让我如芒在背。而我的孩子，很多时候都是恐惧的，经常问我：妈妈，我会不会长不高了？

这种标签是我和孩子的痛，也是烦恼。

案例二

有一个孩子，特别喜欢在学校搞事，动不动就和同学打架。

一次，两个妈妈在一起聊天，其中一个妈妈对另一个妈妈说：自己很喜欢拳击，经常会带孩子去打拳击。另一个妈妈随口说道，怪不得你家孩子那么喜欢打架。

说者无心，听者有意。

当晚十一点，另一个妈妈收到了这个爱打拳击的妈妈的短信。她表示自己非常愤怒，她觉得你凭什么就说我的孩子喜欢打架？你有什么资格给我的孩子贴标签？你必须要向我道歉！

从这个案例我们就能看出，另一个妈妈的那句无心之语戳中了这位妈妈的痛点。她正在为孩子的调皮捣蛋烦恼，甚至一直处在警惕和惴惴不安中，担心有一天因为孩子的行为被别人指责。所以当被戳中痛点时，她除了愤怒还有恐惧。

我知道我孩子的问题，但由不得你来贴标签！

给我们贴标签的恰恰都是别人，而我们最不能接受的又恰恰是别人给我们贴上标签。

当你对我不了解的时候，你凭什么给我贴上标签？你有什么权利来审判我？

这个世界上每个人都是道德审判官，可笑的是很多人只会审判别人却忘了去审判自己。

我们要求我们的孩子，对他们严厉苛刻，只是因为不想有一天他被绑在道德的十字架上，被别人来审判！

妈妈友沙龙第 3 期
别人为什么通过绑架孩子来审判你?

中国人的很多压力来自于比较。特别是女人，喜欢通过比较来实现自我价值。

有时候明明知道这些比较是没有意义的，生活是自己过的，不必在乎别人的看法。可我们还是不自然地把"比较"作为生活必要品。

小时候，物质条件匮乏，物质上大家的差异不大。所以，女人们的比较停留在老公层面。谁的老公职位高，在单位里就比较有面子，身边簇拥的人就比较多。为了这些无谓的比较，小时候，老妈没少骂老爸没用。这绝对影响夫妻关系。可怜的老爸一直在比较中倍感压力。

等这群比老公的女人们变老了，她们的比较开始升级，成了拼孩子。谁家的娃赚得多、工作好，成了女人们骄傲的资本。

于是，在这场比较中，老妈开始挺起了腰杆。我的工作好坏、嫁人好坏，成了她和人比较的砝码。为了她的砝码，我不得不努力工作，小心找男盆友。我莫名觉得压力山大。

慢慢地，我也开始进入了老妈那时的年龄，突然发现，我开始继承了她的衣钵。比较也成了我的主旋律，比谁的老公帅，谁的老公赚的多，谁家的房子大……

这些都是在我的可控范围内。唯独不可控的，是我的娃!

为什么我努力想在这场比较中胜出，可娃成了我的猪队友?我到处搜集升学情报，到处找好老师，甚至每天八小时工作后，继续兼职他的家庭教师，希望他能有让我骄傲的资本。

可事实绝对啪啪打脸。每每看到他的名次，我的心碎了一地。在这场比较中，我败下阵来。我一下子觉得好焦虑，好失败……

（本话题由"妈妈友"群的黛西提供）

这也是目前大多数妈妈的困惑：

孩子成绩的好坏，怎么就成了衡量妈妈是否称职的标准？

是谁、又为什么，拿孩子来衡量我们？

一、语言的策略

1. 为什么有些人说话的方式总是一副"我为你好，我是真的为你的孩子好；如果不是朋友，我才懒得说呢"的样子？这种打着"真心朋友为你着想"的旗帜背后到底是什么呢？她的潜台词是不是——"是我看不惯你，看不惯你的孩子……"

她借着"我都是为你好，为你孩子好"的幌子来审判你！

2. 很多人都会下意识地采取最有利于自己的叙述方式。习惯性地把自己包装成"正义、善良、包容、正确"的形象，把别人形容成"邪恶、狭隘、错误"的形象。这是人性的"利我损他"原则。

把自己放在"善"的一方，站在道德制高点审判别人！

3. 很多人在说的时候，或多或少会隐含着她的利益诉求。当她在说你的时候，动机是什么？意图是什么？想要达到什么样的效果？

你可能会侵犯到她的利益，所以她想方设法要阻止你！

二、审判的立场

1. 为什么拿孩子的问题来说事？为什么认为你的孩子有问题？她认为你的孩子有问题，难道你的孩子就真的有问题了吗？

2. 她认为你孩子的问题都是你造成。然而事实是，你的孩子有问题真的是你造成的吗？

3. 她下意识地把自己当成一把标尺来衡量别人，问题在于她的尺子真的对吗？她有什么资格拿她这把尺子来衡量别的孩子别的妈妈？

她是谁？凭什么以绑架我的孩子来审判我？

三、价值的取向

1. 她到底有没有资格来当这个审判官？她认为，现在的女性为了孩子应该放弃自己身心灵的发展。

2. 她认为，你越优秀越有成就感就越给孩子压力。其实这很荒谬，不是应该你越努力越有成就感对孩子的激励越大吗？

3. 她认为，每个父母都应该成为孩子的垫脚石。而真正的健康教育，不应该是：我在成长，我的孩子也在成长；我在努力，我的孩子也在努力；我在成就，我的孩子也在成就吗？

她凭什么拿她的价值观来绑架我的价值观？

现实生活中有很多这样的人，绑架你的孩子（成绩、行为）来审判你，让你内心产生负罪感、内疚感、沉痛感。觉得孩子所有不好的问题都是你一手造成的，从而你就沉浸在自责、难过、焦虑、恐惧中。